U0063511

三毛

典藏 2

稻草人的微笑。

E C H O L E G A C Y

編輯的話。

在華文世界中，三毛可以說和張愛玲一樣，不論人和作品，都是一則空前絕後的傳奇。三毛以她活靈活現的筆將撒哈拉的故事寫成了所有讀者的想望，也成為「流浪文學」的經典之作，而她率真飄逸的丰采以及與荷西的愛情故事，更成為最膾炙人口的典範。

二〇一一年一月適逢三毛逝世二十週年，為了紀念三毛，同時也為了讓更多新世代的讀者一起來認識三毛，我們特別重新整理三毛的散文作品，推出《三毛典藏》新版。新版將依照主題重新編選分成九大冊，不但每一冊都更加精緻，也更具分量，希望讓讀者對三毛創作的脈絡能有更清楚完整的了解。

這九冊的內容分別規劃如下：

1・撒哈拉歲月：收錄三毛住在撒哈拉時期的故事，以舊版《撒哈拉的故事》為主，另包括《雨季不再來》、《稻草人手記》、《哭泣的駱駝》、《溫柔的夜》中的相關內容，總共二十一篇。

2・稻草人的微笑：收錄三毛從撒哈拉沙漠搬遷到迦納利群島前期的故事，包括與荷西的互動和生活的點點滴滴。以舊版《稻草人手記》為主，以及《哭泣的駱駝》、《溫柔的夜》等書中的相關內容，共十七篇。

3・夢中的橄欖樹：收錄三毛在迦納利群島後期的故事，包括回憶遠方的友人，以及失去摯愛荷西後的心情。以舊版《背影》為主，以及《溫柔的夜》、《送你一匹馬》、《傾城》、《鬧學記》等書中的相關內容，共十九篇。

4・快樂鬧學去：收錄三毛從小到大唸書、逃學、到國外留學，以及老師與同學的故事，包括舊版《稻草人手記》、《背影》、《送你一匹馬》、《傾城》、《鬧學記》、《我的快樂天堂》等書中的相關內容，總計二十二篇。

5・流浪的終站：收錄三毛回到台灣後的故事，看三毛寫故鄉人、故鄉事，以及許許多多不滅的心靈塵緣。包括舊版《稻草人手記》、《哭泣的駱駝》、《背影》、《送你一匹馬》、《傾城》、《鬧學記》、《我的快樂天堂》等書中的相關內容，共二十八篇。

6・心裏的夢田：收錄三毛年少的創作、對文學藝術的評論，以及最私密的心靈札記。包括舊版《雨季不再來》、《夢裏花落知多少》、《送你一匹馬》、《傾城》、《鬧學記》、

《我的快樂天堂》等書中的相關內容共二十九篇，以及《隨想》的十四首新詩。

7．把快樂當傳染病：收錄三毛與讀者談心的往返書信，包括舊版《談心》與《親愛的三毛》全本。

8．奔走在日光大道：收錄三毛到中南美洲及中國大陸的旅行見聞，包括舊版《萬水千山走遍》和《高原的百合花》全本，以及《我的快樂天堂》中的相關內容。

9．永遠的寶貝：收錄三毛最心愛、最珍惜的寶貝收藏，以及三毛各時期的照片精選。包括舊版《我的寶貝》全本，以及部分首次曝光的珍貴照片。

【導讀】

三毛傳奇與三毛文學。

——【明道大學中文系助理教授】陳憲仁

三毛寫作甚早，年輕時即曾在《現代文學》、《皇冠》、《中央副刊》、《人間副刊》、《幼獅文藝》等發表文章。但真正踏上寫作之路，應該是一九七四年與荷西在西屬撒哈拉沙漠結婚後，寫下一系列「沙漠故事」才算開始。

三毛的《撒哈拉的故事》（註：此為舊版《三毛全集》書名，收入新版《三毛典藏》系列《撒哈拉歲月》中）是中文世界裏，首次以神秘的撒哈拉沙漠為背景的作品，對於長期蟄居在台灣島國的人，無異開啟了寬闊的視野，加上她的文筆幽默生動，內容豐富有趣，從第一篇〈沙漠中的飯店〉發表之後，即造成轟動，後來更掀起了巨浪般的「三毛旋風」。

一九七九年十月至十二月，《讀者文摘》在澳洲、印度、法國、瑞士、西班牙、葡萄牙、墨西哥、南非、瑞典等國以十五種語言刊出三毛的〈一個中國女孩在沙漠中的故事〉；日本筑摩書房也於一九九一年三月出版《撒哈拉的故事》翻譯本。另外，個別篇章也有英文、越南文、法文、捷克文等譯文相繼出現，可見三毛作品在國際間也有一定的分量。

大家提到三毛，想到的可能都是她寫的撒哈拉沙漠故事的系列文章，其實三毛一生的作品，包括小說、散文、雜文、隨筆、書信、遊記等有十八本，翻譯四種，有聲書三冊，歌詞錄音帶三捲，電影劇本一部。體裁多樣，篇數繁多，顯現她的創作力不僅旺盛，且觀照範圍遼闊。

在三毛過世二十年，三毛全集作品重新編纂出版之際，我們回顧三毛作品，重讀三毛作品，可以以文學的角度、文學的樂趣來閱讀、來發現，則三毛作品中優秀的文學特性將能處處顯現，如對人的關懷與巧妙的文學技巧。

我們看《撒哈拉歲月》裏，三毛寫〈沙巴軍曹〉的人性光輝：一位西班牙軍曹，因為弟弟在西班牙軍人被撒哈拉威人大屠殺的慘案中死了，仇恨啃咬了十六年的人，卻在一群撒哈拉威孩子誤觸爆裂物、面臨最危急的時候，用自己的生命撲向死亡，去換取他一向視作仇人的撒哈拉威孩子的性命。

又如〈啞奴〉，三毛不惜筆墨，細細寫黑人淪為奴隸的悲劇，寫其善良、聰明、能幹、愛家愛人，對於身處這樣環境下的卑微人物，三毛流露了高度的同情，也寫出了悲憤的人道抗議。

再如〈哭泣的駱駝〉，書寫西屬撒哈拉原住民——撒哈拉威人爭取獨立的努力與困境，呈現其命運的無奈、情愛的可貴，著實令人泫然！

而在中南美洲旅行時，她對市井小民的記述尤多，感嘆更深，哀傷更巨。當進入貧富差距大、人民生活困苦的國家，她的哀感是「青鳥不到的地方」；當她在教堂前面看到：一位中年男人、白髮老娘、二十歲左右的青年、十幾歲的妹妹，都用膝蓋在地上向教堂爬行，慢慢移動，全家人的膝蓋都已磨爛了，只是為了虔誠地要去祈求上天的奇蹟。

「看著他們的血跡沾過的石頭廣場，我的眼淚迸了出來，終於跑了幾步，用袖子壓住了眼睛。坐在一個石階上，哽不成聲。」

凡此，均見三毛為人，富同情心，具悲憫之情，對於苦痛之人、執著之人，常在關懷之中，她與人同生共活、喜樂相隨、悲苦與共。

三毛作品的佳妙處，當然不只特異的題材內容，不只流露的寬闊胸懷，還有她巧妙的寫作技巧。

我們看她的敘述能力、描寫功夫，都是讓人讀來，愛不釋手的原因。就以三毛自己很喜歡的《撒哈拉歲月・荒山之夜》為例，這篇文章寫三毛與荷西到沙漠尋寶，荷西出了意外，陷入沼澤中，三毛憑著機智與勇氣救出荷西。其文學技巧高妙處，約略言之，即有如下數端：

一、伏筆照應：

三毛把荷西從泥沼中救出來的東西「長布帶子」，是因為她穿了「拖到腳的連身裙」，才能將「長裙割成長布帶子」；荷西上岸後免於凍死，是因三毛出門時「順手拿了一個皮酒壺」。當後面出現這些情節，看到這些東西時，我們才恍然大悟，為什麼前面作者要描寫穿的衣服及順手抓起的東西？這種「草蛇灰線」的技巧，三毛作品中，唾手可得。

二、氣氛鋪陳：

當三毛與荷西的車子一進入沙漠，兩人的談話一再出現「死」字、「鬼」字，如：「上次幾個嬉皮怎麼死的？」、「死寂的大地像一個巨人一般躺在那裏，它是猙獰而又凶惡的。」、

「我在想，總有一天我們會死在這片荒原裏」、「鬼要來打牆了。心裏不知怎的覺得不對勁」。

成功的營造氣氛，不僅讓讀者有身歷其境的感覺，也是作品成功的要件。

三、高潮迭起：

三毛善於說故事，故事的精彩則奠基於「高潮迭起」。〈荒山之夜〉即是這樣的作品，高潮與低潮不斷的湧現：三毛數度找到救星，卻把自己陷入險境；荷西數度陷入死亡絕境，卻又次次絕處逢生。情節緊扣，讓人目不暇給，喘不過氣。

三毛作品除了「千里伏線」、「氣氛鋪陳」、「高潮起伏」等技巧之外，還有一項「情景交融」，運用得更好更妙，像：

〈娃娃新娘〉，出嫁時的景象：「遼闊的沙漠被染成一片血色的紅」，象徵即將面臨的婚姻暴力。

〈荒山之夜〉，荷西陷在泥沼裏，「沉落的太陽像獨眼怪人的大紅眼睛，正要閉上了」，平添蠻荒詭異的色彩。

〈哭泣的駱駝〉，三毛眼見美麗純潔的沙伊達被凌辱致死，無力救援，「只聽見屠宰房裏駱駝嘶叫的悲鳴越來越響，越來越高，整個天空，漸漸充滿了駱駝們哭泣的巨大的迴聲」，以強烈的聽覺意象取代情感的濃烈表達。

三毛這些「以景襯情」的描寫，處處可見可感，如：

一、寫喜：

「漫漫的黃沙，無邊而龐大的天空下，只有我們兩個渺小的身影在走著，四周寂寥得很，沙漠，在這個時候真是美麗極了。」

這是〈結婚記〉兩人走路去結婚的畫面，廣角鏡頭下的兩個渺小身影，襯出廣大的天地，世界是兩人的。此時的愉快心情，完全不必說。筆觸只寫沙漠「美麗極了」，正是內心美麗極了的「境由心生」，同時也是「以景襯情」的寫法。

二、寫愛：

〈愛的尋求〉，「燈亮了，一群一群的飛蟲馬上撲過來，牠們繞著光不停的打轉，好似這個光是牠們活著唯一認定的東西。」

三、寫驚：

〈哭泣的駱駝〉，當三毛知道沙伊達是游擊隊首領的妻子時，那種震驚，「黃昏的第一陣涼風，將我吹拂得抖了一下。」

四、寫懼：

（三毛聽完西班牙軍隊被集體屠殺的恐怖事件後）「天已經暗下來了，風突然厲裂的吹拂過來，夾著嗚嗚的哭聲，椰子樹搖擺著，帳篷的支柱也吱吱的叫起來。」

五、寫悲：

〈哭泣的駱駝〉，（三毛想到她的朋友撒哈拉威游擊隊長被殺的事件）「打開臨街的木板窗，窗外的沙漠，竟像冰天雪地裏無人世界般的寒冷孤寂。突然看見這沒有預期的淒涼景致，我吃了一驚，癡癡的凝望著這渺渺茫茫的無情天地，忘了身在何處。」

六、寫哀：

〈哭泣的駱駝〉，沙伊達被殺的地方是殺駱駝的屠宰房。「風，在這一帶一向是厲冽的，即使是白天來亦使人覺得陰森不樂，現在近黃昏的尾聲了，夕陽只拉著一條淡色的尾巴在地平線上弱弱的照著。」

三毛傳奇，一直是許多人津津樂道和念念不忘的。在三毛去世之後，兩岸也出現了不少三毛相關的傳記，足見她的魅力和影響歷久不衰，甚至於近年來，學院中亦陸續有以三毛為題的研究論文出爐，三毛作品的文學價值漸受重視，此刻回思瘂弦〈百合的傳說〉中說過的話：「紀念三毛最好的方式，還是去研究她的作品。」、「研究她特殊的寫作風格和美學品質，研究她強烈的藝術個性和內在生命力，才是了解三毛、詮釋三毛最重要的途徑。」相信，新的《三毛典藏》出版，帶給大家的正是這樣的方向與契機！

三毛二三事。

——三毛家人

「三毛」並不存在

在我們家中，「三毛」並不存在。

爸爸媽媽和大姐從小就稱呼她為「妹妹（ㄇㄟˋㄇㄟˋ）」；兩個弟弟喊她「小姐姐」；在姪輩的心中，她是一個稀奇古怪但是很好玩的「小姑」。

「三毛」這個名字從民國六十三年開始在《聯合報》出現，那些甚至連「三毛」的家人都沒經歷過的撒哈拉沙漠生活，讓我們的「妹妹」、「小姐姐」、「小姑」頓時成了大家的「三毛」；但即使在她被廣大讀者接受後的七十年代，家中仍然沒有「三毛」這個稱呼，大家一切如常，仍然是「妹妹」、「小姐姐」。儘管父母親實在以這個女兒為榮，但家人在外從來不會主動表示「三毛」是我的誰。記憶中，母親偶爾會在書店一邊翻閱女兒的書，一邊以讀者的身分問店家：「三毛的書好不好賣啊？」每當答案是肯定的，她總會開心的抿嘴而笑，再私下買兩三本三毛的書，自我捧場。父親則是有一次獨自偷偷搭火車，南下聽女兒在高雄文化中心的演講，到會場時發現早已滿座，不得其門而入，於是就和數千人一起坐在館外，透過擴音器聽女兒的聲音，結束後再帶著喜悅默默的搭火車回台北。

父親還會做一件事，就是幫女兒整理信件。當時小姐姐在文壇上似乎相當火熱，各地讀者雪片般的信件每月均有數百封。一開始，三毛總是一一親自閱讀，但到後來讀者來信實在太多，對身體不好的三毛成為極大的負擔；不回，則辜負了支持她的讀者的美意，一一回信，簡直不可能。於是父親就利用其律師工作之餘，每天花三四小時幫小姐姐拆信、閱讀、整理、分類、貼標籤，再寫上註記，標明哪些是要回的、哪些是收藏的。十多年來甘之如飴，這是父親用行動表示對女兒的愛護。而這十幾大箱讀者的厚愛與信中藏著的喜怒悲歡，已在小姐姐葬禮中全部火化讓她帶走。

「三毛」是她的光圈，但在我們看來，那些名聲對她而言似乎都無所謂。她的內在一直是陳平，一個誠實做自己、總是帶著點童趣的靈魂。她走過很多地方，積累了很多豐富的經歷，但也因為這些經歷、辛苦和離合，她的靈魂非常漂泊。對三毛的好朋友們、三毛的讀者，和身為三毛家人的我們來說，我們各自或許都看到了、理解了、感受了某一個面向的三毛，但又沒有人能真正看透全部的她。因此我們各自保有對她不同的記憶，用各自的方式想念她。這些記憶或許看似瑣碎，但是對我們來說，是家人間最平凡也最珍貴的回憶。在此身為家人的我們，願意和大家分享這些記憶，做為我們對她離開二十年的懷念。

從小就不同

「小姐姐」在我們家是一個說故事的高手。二十多年了，關於她，我們家人總有一個鮮明的印象：吃完晚飯後，全家人齊坐客廳，小姐姐把頭髮往上一紮，雙腿盤坐，手上拿一大罐面霜，一邊塗臉按摩，一邊「開講」她遊走各地的事。這些在一般人說來平凡無奇的經歷，從她口中講來則是精彩絕倫，把我們唬得一愣一愣的。所以小姐姐總說自己是「說故事的人」，不是作家。

其實三毛從小就顯現她與眾不同的特點，譬如有一次她向母親討了點錢，去買了一支當時非常貴的馬頭牌花生口味的冰棒，然後抓著姐姐到離家不遠的一個山洞（防空洞）裏，把冰棒慎重的放到鐵盒做的香煙罐裏，說：「這裏涼涼的冰棒不會化，明年夏天我們就還有冰棒可以吃啊！」第二年的夏天，姐妹倆真的手牽手回到山洞裏，把已經發黃鏽掉的鐵罐挖出來，一打開，哇！只有黃黃濁濁的水。這是她從小可愛的一面，而這份童真在她一生中都沒有消逝。

另外當時我們重慶的大院子裏有個鞦韆，是她們姐妹倆喜歡去的地方。但因為院裏埋著一些墳墓，於是每到天黑姐姐便拉著妹妹想回家。但三毛從小膽子便大得很，總是在鞦韆上盪啊跳的，非摸黑不肯走。除了善良、憐憫、愛讀書，小姐姐同時勇敢、無懼又有反抗心，從小就很有想法，四個手足中，似乎只有她一個是翻轉著長的。她後來沒去上學，現在回想起來，在那個小小的年紀裏，我們自己對人生的態度已經不自覺的顯現出來了。

一切憑感覺

熟悉她的讀者或許記得，三毛曾在沙漠用棺材板做沙發。有時候想想，這個能用棺材板和輪胎把家裏布置得美輪美奐的女人是我的姐姐、陳家的女兒，我們都覺得不可思議。因為回到台灣以後她與爸媽同住，一間不到五坪大的房間，除了書桌、書架和床之外，一切可說非常簡單。但是在她自購的小公寓可就不一樣了，這個位在頂樓不大的鳥居，屋內所見幾乎全部是竹木製：木製牆面、木桌、木鳥籠（裏面裝著戴嘉年華面具的小丑）、竹籐沙發。對我們兄弟姐妹還有我們的小孩來說，那裏是個很特別的地方，完全散發著她個人獨特的美感。

除了家居布置，小姐姐手也非常巧，很會照顧身邊的人，和荷西在一起，可以把他養得白白胖胖，讓他天天想著吃「雨」（粉絲）。但對她自己來說，「吃東西」是非常無所謂且不重要的事，尤其在她專注寫作的時候。她在台北的家有冰箱，但常是空的。她工作起來可以沒日沒夜不吃飯不睡覺，所以我們家人經常買點牛奶、麵包、香腸、牛肉乾、泡麵放在裏面。記得有一次我們去看她，一打開冰箱，裏面空空蕩蕩，只有一條已經咬過幾口的生香腸。我們都大驚失色：「這是妳咬的嗎？」她說：「是啊！肚子餓了嘛！」

另一個她較不在意的便是金錢。小姐姐儘管文章常上雜誌報紙，但是稿費這部分，她一律不管，全部交給母親打理。她常說「我需要的不多」。事實也是如此，她最常穿的是一套牛仔工裝吊帶褲，塑膠鞋和球鞋，高跟鞋是很少上腳的。

不爲人知的「能力」

在家中，基本上父母親是不喝酒的，即使應酬，也只是沾唇而已。但是這個二女兒不知是否得了祖父或外祖父的遺傳，她可以喝一整瓶白蘭地或威士忌不會醉倒。但她並不常喝，除非找到能一起說話的朋友。至於煙，小姐姐倒是抽得兇，每次去老家巷口的家庭式洗頭店，總是一邊說故事給老闆娘和其他客人聽，一邊手上一根根的抽，一個小時下來，可以抽上十來根，寫作的時候亦是如此。她抽煙總是用火柴而不用打火機，為的是燒火柴時那股「很好聞，有硫磺的味道」，同時燒火柴時「有火焰，有煙會散開，感覺很棒！」對她來說，火柴是記憶的一部分，會幫她增加靈感。

三毛記憶力很好，而這份記憶力或許在語言上也對她助益頗深。我們家父母親彼此說的是寧波話與上海話，到台灣以後，小姐姐日常說的是國語，但和二老講話時則換回這兩種語言。出生在四川的她除了四川話頗為流利，日後又和與她很親近的打掃阿姨學了純正的台灣話，完全不帶一點外省口音。她在台灣的日商公司短暫幫忙的日子中粗通了日文，並在出國後把西班牙文、英文、德文也統統收到自己的百寶箱中。中文和西班牙文是她這九種語言中最精通的兩種，每當父親有歐美的客戶或友人來台時，三毛總會幫著父親，讓大家賓主盡歡。

充滿愛的小姐姐

小姐姐一輩子流浪的過程中，或許都在尋找一份心裏的平安和篤定，好不容易有了荷西，他卻又撒手中途離去。除了荷西，小姐姐也很愛她的朋友們。三毛對朋友基本上無分男女、國籍、社會地位、有學問沒學問、知名不知名，一旦當你是朋友，她就拿心出來對你。她笨笨的、不會說捧人的話，但是對人絕對真誠，而且對不足的人特別的關心。她有很多很多的好朋友，而這些朋友對三毛的生命造成或大或小的影響。

不過她似乎習慣四處流浪，她說：「不要問我從哪裏來。」於是有了〈橄欖樹〉。當這首膾炙人口的歌不斷被翻唱之際，身為家人的我們除了為她驕傲，也為她心疼。她流浪的遠方不是一個我們能觸及的地方，但也因為是家人，我們比旁人更能看到她的快樂、傷痛和辛苦。另外一首最能代表她年輕的心情的歌則屬〈七點鐘〉，由三毛作詞，李宗盛作曲，描述年輕時約會的心情。詞裏寫道：「鈴聲響的時候，自己的聲音那麼急迫，是我是我是我……是我是我是我……」是啊！這就是我的小姐姐，這樣的小姐姐。

不再漂泊

對很多讀者來說，「三毛」，這個像吉普賽人的女子變魔術一樣的來到人間，寫下一篇篇故事，然後又像變魔術一般的離開。二十年了，三毛仍在你們的記憶中嗎？

在我們家中，「三毛」不存在，但是二十年前的那天，父母親和大姐口中的「妹妹（ㄇㄟˋㄇㄟ˙）」，我和我哥哥的「小姐姐」，走了。

我們很想念她。

儘管，我們不敢說真的完全理解她（畢竟誰又能真的理解誰），但是她非常愛我們，我們也非常愛她，對於家人的我們來說，足矣。對於她的驟然離世，父親有一段話，他說：「生命的結束，是一種必然，早一點晚一點而已，至於結束的方式就不那麼重要了。妹妹的離開，做父母親的固然極度的悲傷、痛心、難過、不捨，但是她的離開是我們人生的一部分，我們只能接受這個事實。妹妹豐富的一生高低起伏，遭遇大風大浪，表面是風光的，心裏是苦的。幸虧有家人和朋友的關懷，不然可能更早就走了。她曾經把愛散發給許多朋友，也得到很多回報，我們讓她好好的平靜的安息吧。」

如果有另一個世界，親愛的小姐姐，希望妳不再漂泊。

目錄

序言。

麥田已經快收割完了，農夫的孩子拉著稻草人的衣袖，說：「來，我帶你回家去休息吧！」

稻草人望了望那一小片還在田裏的麥子，不放心的說：「再守幾天吧，說不定鳥兒們還會來偷食呢！」

孩子回去了，稻草人孤孤單單的守著麥田。

這時躲藏著的麻雀成群的飛了回來，毫不害怕的停在稻草人的身上，他們吱吱喳喳的嘲笑著他：「這個傻瓜，還以為他真能守麥田呢？他不過是個不會動的草人罷了！」

說完了，麻雀張狂的啄著草人的帽子，而這個稻草人，像沒有感覺似的，直直的張著自己枯瘦的手臂，眼睛望著那一片金黃色的麥田，當晚風拍打著他單薄的破衣服時，竟露出了那不變的微笑來。

•本篇原為三毛全集《稻草人手記》序言

赴歐旅途見聞錄。

繞了一圈地球，又回到歐洲來，換了語文，再看見熟悉的街景，美麗的女孩子，久違了的白樺樹，大大的西班牙文招牌，坐在地下車裏進城辦事，曬著秋天的太陽，在露天咖啡座上看著來來往往的行人，覺得在台灣那些日子像是做了一場夢；又感覺到現在正可能也在夢中，也許有一天夢醒了正好睡在台北家裏我自己的床上。

人生本是一場大夢，多年來，無論我在馬德里，在巴黎，在柏林，在芝加哥，或在台北，醒來時總有三五秒鐘要想，我是誰，我在哪裏。腦子裏一片空白，總得想一下才能明白過來，哦！原來是在這兒呵——真不知是蝴蝶夢我，還是我夢蝴蝶，顛顛倒倒，半生也就如此過去了。

離開台北之前，捨不下朋友們，白天忙著辦事，夜裏十點以後總在Amigo跟一大群朋友坐著，捨不得離去。我還記得離台最後一晚，許多好友由Amigo轉移陣地，大批湧到家裏，與父親、弟弟打撞球、乒乓球大鬧到深夜的盛況，使我一想起來依然筋疲力盡也留戀不已。當時的心情，回到歐洲就像是放逐了一樣。

其實，再度出國一直是我的心願，我是一個浪子，我喜歡這個花花世界。隨著年歲的增長，越覺得生命的短促，就因為它是那麼的短暫，我們要做的事，實在是太多了。回台三年，我有過許多幸福的日子，也遭遇到許多不可言喻的傷痛和挫折，過去幾年國外的教育養成了我剛強而不柔弱的個性。我想在我身心都慢慢在恢復的情況下，我該有勇氣再度離開親人，面對自己絕對的孤獨，出外去建立新的生活了。

我決定來西班牙，事實上還是一個浪漫的選擇而不是一個理智的選擇。比較我過去所到過、住過的幾個國家，我心裏對西班牙總有一份特別的摯愛，近乎鄉愁的感情將我拉了回來。事實上，七年前離家的我尚是個孩子，我這次再出來，所要找尋的已不是學生王子似的生活了。

這次出國不像上次緊張，行李弄了只兩小時，留下了一個亂七八糟的房間給父母去頭痛。台北機場送我的朋友不多，（親戚仍是一大堆呵！）這表示我們已經進步了，大家都忙，送往迎來這一套已經不興了。上機前幾乎流淚，不敢回頭看父親和弟弟們，仰仰頭也就過去了。

再臨香港

我的母親捨不得我，千送萬送加上小阿姨一同飛到香港。香港方面，外公、外婆、姨父、姨母，加上妹妹們又是一大群，家族大團聚，每日大吃海鮮，所以本人流浪的第一站雖不動人但仍是豪華的。（這怎麼叫流浪呢？）

香港我一共來過四次。我雖是個紅塵中的俗人，但是它的空氣污染我仍是不喜歡，我在香港一向不自在，說它是中國吧，它不是，說它是外國吧，它又不像，每次上街都有人陪著，這種事我很不慣，因我喜歡一個人東逛西逛，比較自由自在，有個人陪著真覺得礙手礙腳。雖說香港搶案多，但是我的想法是「要搶錢給他錢，要搶命給他命」，這樣豁出去，到哪兒都沒有牽掛了。廣東話難如登天，我覺得被封閉了，大概語文也是一個問題。

香港是東方的珍珠，我到現在仍認為它是不愧如此被稱呼的。了不起的中國人，彈丸之地發展得如此繁華。二十世紀七〇年代的今天，幾乎所有經濟大國跟它都有貿易上的來往，當然它也佔盡了地理上位置上的優勢。雖然它的出品在價格上比台灣是貴了一點，但仍是大有可為的。這些事暫不向讀者報導，這篇東西是本人的流浪記，將來再報導其他經濟上的動向。

海底隧道建成之後，我已來過兩次，請不要誤會本人在跑單幫，香港太近了，一個週末就可來去，雖然不遠，但總有離家流浪之感。隧道我不很感興趣，我仍喜歡坐渡輪過海，坐在船上看看兩岸的高樓大廈，半山美麗的建築，吹吹海風，還沒等暈船人已到了，實在是過癮極了。

買了一家怪公司的包機票

且說坐飛機吧，我買了一家怪公司Laker航空的包機票，預備在香港起飛到倫敦再換機去馬德里，到香港一看機票目的地寫的是Gatwick機場，打電話去問，才知我要換ＢＥＡ航空公司去馬德里的機場，是英國另外一個Heathrow機場，兩地相隔大約一小時車程。

當時心裏不禁有點洩氣，坐長途飛機已是很累人的事，再要提了大批行李去另一機場，在精神上實在不划算。不過轉過來想，如果能臨時申請七十二小時過境，我也不先急著去西班牙了，乾脆先到倫敦，找個小旅館住下來，逛它三天三夜再走。後來證明我的如意算盤打錯啦。

這次登機不像台北那麼悠哉了，大包機，幾百人坐一架，機場的混亂、悶熱、擁擠，使我忘了在一旁默默流淚的母親和年邁的外祖父。坐飛機不知多少次了，數這一次最奇怪，全是清一色的中國人，但手裏拿的護照只有我是中華民國的。匆忙去出境處，香港親友擠在欄杆外望著我。

不要望吧，望穿了我也是要分離的。移民的人問我填了離港的表格沒有，我說沒有，講話時聲音都哽住了。擠出隊伍去填表，回頭再看了母親一眼，再看了一次，然後硬下心去再也不回頭了，淚是流不盡的。拿起手提袋，我仰著頭向登機口走去。就那樣，我再度離開了東方。

在我來說，旅行真正的快樂不在於目的地，而在於它的過程。遇見不同的人，遭遇到奇奇怪怪的事，克服種種的困難，聽聽不同的語言，在我都是很大的快樂。雖說一沙一世界，一花一天堂；更何況世界不只是一沙一花，世界是多少多少奇妙的現象累積起來的。我看，我聽，我的閱歷就更豐富了。

換了三次座位

飛機上我換了三次座位，有的兄妹想坐在一起，我換了；又來了一家人，我又換了；又來了一群學生想坐一起，我又換了。好在我一個人，機上大搬家也不麻煩。（奇怪的是我看見好幾個年輕人單身旅行，別人商量換座位，他們就是不答應，這種事我很不明白。）予人方便，無損絲毫，何樂不為呢？

機上有一個李老太太，坐在我前排右邊，我本來沒有注意到她，後來她經過我去洗手間，空中小姐叫：「坐下來！坐下！」她聽不懂，又走，我拉拉她，告訴她：「要降落加油了，妳先坐下。」她用寧波話回答我：「聽不懂。」我這才發現她不會國語，不會廣東話，更別說英文了，她只會我家鄉土話。（拿的是香港居留證。）

遇見我，她如見救星，這一下寧波話嘩啦啦全倒出來了。她給我看機票，原來她要換機去德國投奔女兒女婿，我一看她也是兩個不同機場的票，去德國那張機票還是沒劃時間的，本想不去管她了，但是看看她的神情一如我的母親，我忍不下心來，所以對她說：「妳不要怕，我也是寧波人，我也要去換機，妳跟住我好了。」她說：「妳去跟旁邊的人說，妳換過來陪我好嗎？」我想這次不能再換了，換來換去全機的人都要認識我了。

大約六十八歲

飛機飛了二十一小時，昏天黑地，吃吃睡睡，跟四周的人講講話，逗逗前座的小孩，倒也不覺無聊。清晨六點多，我們抵達英國 Gatwick機場，下了飛機排隊等驗黃皮書。我拿了兩件大衣，一個很重的手提袋，又得填自己的表格，又得填李老太太的。（奇怪的是她沒有出生年月日，她說她不記得了，居留證上寫著「大約六十八歲」，怪哉！）

兩百多個人排隊，可恨的是只有一個人在驗黃皮書，我們等了很久，等完了；又去排入境處的移民局，我去找到一個移民官，對他說：「我們不入境，我們換機，可不可以快點。」他說：「一樣要排隊。」

這一等，等了快兩小時，我累得坐在地上，眼看經過移民局檯子的有幾個人退回來了，坐在椅子上。我跑去問他們：「怎麼進不去呢？」有的說：「我英國居留證還有十五天到期，他們不許我進去。」

有的說：「開學太早，不給進。」

有一個中國人，娶了比利時太太，他的太太小孩都給進了，他被擋在欄杆裏面，我問他：「你怎麼還不走？」他說：「我是拿中國護照。」我又問：「你的太太怎麼可以？」他說：「她拿比利時護照。」「有入境簽證嗎？」他說：「我又不入境，我是去Heathrow機場換飛機去比利時，真豈有此理。」

我一聽，想想我大概也完了，我情形跟他一樣。回到隊伍裏我對李老太太說：「如果我通不過移民局，妳不要怕，我寫英文條子給妳拿在手上，總有人會幫妳的，不要怕。」她一聽眼眶馬上紅了，她說：「我可以等妳，我話不通……」

我安慰她，也許我跟移民局的人說說可以過，現在先不要緊張。等啊，等啊，眼看一個個被問得像囚犯似的，我不禁氣起來了，我對一個英國人說：「你看，你看，像審犯人似的。」他笑笑也不回答。

站到我腳都快成木頭了，才輪到我們，我先送李老太太去一個移民官前，她情形跟我差不多，她通過了，我鬆了口氣。輪到我了，我對移民局的人說：「麻煩您了。」他不理，眼睛望著我，我對他笑笑，他不笑。手裏拿著我的護照翻來翻去的看了又看，最後他說：「妳，妳留下來，這本護照不能入境。」

我說：「我是換機去西班牙，我不要入境，我有BEA十點半的飛機票。」（看情況我得放棄七十二小時申請入境的計畫了。）

「哦，妳很聰明，妳想找換機場的理由，半途溜進英國是不？你們這些中國人。」

我一生除了在美國芝加哥移民局遇到過不愉快的場面之外，這是第二次如此使我難堪。（更難堪的還在後面。）

我努力控制自己，不要生氣，不要生氣，給我通過了再罵他還來得及。我盡力對他解說：「請不要誤會，我給你看機票，給你看西班牙簽證，我很匆忙，請給我通過。」

講完更好了，他將我護照、機票全部扣下來，他說：「妳回到那邊去，等別人弄好再來辦妳的問題。」

我拿了大衣，也不走門，跨了欄杆回到裏面，嘴裏輕輕的罵著：「混蛋，混蛋。」

那位李老太太走到欄杆邊來，眼巴巴的望著我，我寫了一張英文條子叫她拿著自己走吧。她再度眼圈溼了，一步一回頭，我看了實在不忍，但也沒有法子助她了。李老太太如果看見這篇文章，如能給我來張明信片我會很高興。助人的心腸是一定要有的，我們關心別人，可忘記自己的軟弱和困難。

陰溝裏翻船

再說全機的人都走了，一共有五個人留下來，我機上認識的朋友們走時，向我揮手大叫：「再見，再見，祝妳順利通過。」我也揮揮手叫：「再見呵，再見呵！」

等了又快一小時，有三個放了，最後第四個是那個拿中華民國護照，娶比利時太太的也放了。他太太對我說：「不要急，妳情形跟我先生一樣，馬上輪到妳了，再會了。」

這一下我完全孤單了，等了快三十分鐘，沒有人來理我，回頭一看，一個年輕英俊的英國人站在我後面，看樣子年紀不會比我弟弟大，我對他說：「你嚇了我一大跳。」他笑笑也不響，我看他胸口別著安全官的牌子，就問他：「你在這兒做什麼？」他又笑笑不說話。（真傻，還不知道是來監視我的。）這時那個移民局的小鬍子過來了，他先給我一支煙，再拍拍我肩膀，對我友善的擠擠眼睛，意味深長的笑了笑，（你居然也還會笑。）然後對我身後的安全官說：「這個漂亮小姐交給你照顧了，要對她好一點。」說完，他沒等我抽完第一口煙，就走了。

這時，安全官對我說：「走吧，妳的行李呢？」我想，我大概是出境了，真像做夢一樣。他帶我去外面拿了行李，提著我的大箱子，往另一個門走去。

我說：「我不是要走了嗎？」他說：「請妳去喝咖啡。」

我喝咖啡時另外一個美麗金髮矮小的女孩來了，也別著安全官的牌子，她介紹她叫瑪麗亞，同事叫勞瑞。瑪麗亞十分友善，會說西班牙文，喝完咖啡，他們站起來說：「走吧！」

我們出了大門，看見同機來的人還沒走，正亂七八糟的找行李，我心裏不禁十分得意，馬上找李老太太。我的個性是泥菩薩過完江，馬上回頭拉人，實在有點多管閒事。

瑪麗亞將我帶著走，我一看以為我眼睛有毛病，明明是一部警車嘛！她說：「上吧！」我一呆，猶豫了一下，他們又催：「上吧！」我才恍然大悟，剛才那個小鬍子意味深長的對我笑笑的意思了——中了暗算，被騙了。（氣人的是，那個娶外國太太的中國人為什麼可以走？）

眼看不是爭辯的時候，還是先聽話再說，四周嘈雜的人都靜下來了，眾目睽睽之下，我默默的上了警車（真是出足風頭），我的流浪記終於有了高潮。

我不閉嘴

警車開了十分鐘左右，到了一座兩層樓的房子，我的行李提了進去，我一看，那地方有辦公室，有長長的走廊，有客廳，還有許多房間。再走進去，是一個小辦公室，一個警官在打字，看見我們進去，大叫：「歡迎，歡迎，陳小姐，移民局剛剛來電話。」

瑪麗亞將門一鎖，領我到一個小房間去，我一看見有床，知道完了。突然緊張起來，她說：「睡一下吧，妳一定很累了。」我說：「什麼事？這是什麼地方？我不要睡。」她聳聳肩走了。

這種情形之下我哪裏能睡，我又跑出去問那個在辦公的警官：「我做了什麼事？我要律師。」他說：「我們只是管關人，妳做了什麼我並不知道。」「要關多久？」他說：「不知道，這個孩子已經關了好多天了。」他指指一個看上去才十幾歲的阿拉伯男孩。

我回房去默默的想了一下，吵是沒有用的，再去問問看，我跑去叫那警官：「先生，我大概要關多久？」他停下了打字，研究性的看著我，對我說：「請放心睡一下，床在裏面，妳去休息，能走了會叫妳走的。」我又問：「什麼樣的人關在這裏？都是些誰？」「偷渡的，有的坐船，有的坐飛機。」「我沒有偷渡。」

他看看我，嘆了口氣對我說：「我不知道妳做了什麼，但是妳可不可以閉嘴？」我說：「不閉。」他說：「好吧，妳要講什麼？」我說：「我如果再多關一小時，出去就找律師告你。」「妳放心，移民局正在填妳的罪狀，不勞妳先告。」

我說：「我要律師，我一定要律師。」他氣了，反問我：「妳怎不去房間裏抱了枕頭哭，妳吵得我不能工作。」「我要律師！」他奇怪的問我：「妳有律師在英國？」我說：「有，給我打電話。」他說：「對不起，沒有電話。」我也氣了：「這是什麼？瞎子！」

我指著他桌上三架電話問他，他笑呵呵的說：「那不是妳用的，小心點，不要叫我瞎子。」

我當時情緒很激動，哭笑只是一念之間的事了，反過來想，哭是沒有用的。事到如今，只有努力鎮靜自己往好處去想，跟拘留所吵沒有用的，要申辯也是移民局的事。不如回房去躺一下吧。

回房一看，地下有點髒，又出去東張西望，那個警官氣瘋了，「妳怎麼又出來了，妳找什麼？」我說：「找掃把想掃掃地。」他說：「小姐，妳倒很自在啊，妳以前坐過牢沒有？」

本人壞念頭一向比誰都多，要我殺人放火倒是實在不敢，是個標準的膽小鬼。

人生幾度坐監牢

他說：「來來，我被妳吵得頭昏腦脹，我也不想工作了，來煮咖啡喝吧！」

於是我去找杯子，他去煮咖啡，我說：「請多放些水！」他說：「為什麼？」我也不回答他，就放了一大排杯子，每一個房間都去叫門：「出來，出來，老闆請喝咖啡啊！」房間內很多人出來了，都是男的，有很多種國籍，神情十分沮喪委縮，大家都愣愣的看著我。警官一看我把人都叫出來了，口裏說著：「唉唉，妳是什麼魔鬼啊！我頭都痛得要裂開了。」

我問他：「以前有沒有中國女孩來過？」他說：「有，人家跟妳不同，人家靜靜的在房內哭著，妳怎麼不去哭啊？」（怎麼不哭？怎麼不哭？怎麼不哭？太討厭了！）

我捧著杯子，喝著咖啡，告訴他：「我不會哭，這種小事情值得一哭麼？」反過來想想，這種經歷真是求也求不來的，人生幾度夕陽紅——人生幾度坐監牢呵！

看看錶，班機時間已過，我說要去休息了，瑪麗亞說：「妳可以換這件衣服睡覺，舒服些。」我一看是一件制服一樣的怪東西。

我說：「這是什麼？囚衣？我不穿，我又不是犯人。」事實上也沒有人穿。警官說：「隨便妳吧！妳太張狂了。」

出了喝咖啡的客廳，看見辦公室只有勞瑞一個人在，我馬上小聲求他：「求求你，給我打電話好吧！我要跟律師連絡，請你幫幫忙。」

他想了一下，問我：「妳有英國錢嗎？」我說有，他說：「來吧，這裏不行，我帶妳去打外面的公用電話。」

我馬上拿了父親的朋友——黃律師的名片，跟他悄悄的走出去。外面果然有電話，勞瑞拿了我的零錢，替我接通了，我心裏緊張得要命，那邊有個小姐在講話，我說找黃律師，她說黃律師去香港了，有什麼事。我一聽再也沒有氣力站著了，我告訴她沒有事，請轉告黃律師，台灣的一位陳律師的女兒問候他。掛掉了電話，也掛掉了我所有的希望，我靠在牆上默默無語。

勞瑞說：「快點，我扶妳回去，不要洩氣，我去跟移民局講妳在生病，他們也許會提早放妳。」我一句話都不能回答，怕一開口眼淚真要流下來了。

英國佬不信我們有電視

我在機上沒有吃什麼，離開香港之前咳嗽得很厲害，胃在疼，眼睛腫了，神經緊張得像拉滿的弓似的，一碰就要斷了，不知能再撐多久，我已很久沒有好好睡覺了。閉上眼睛，耳朵裏開始叫起來，思潮起伏，胡思亂想，我起床吃了一粒鎮靜劑，沒有別的東西吃，又吃了幾顆行李裏面的消炎片。躺了快二十分鐘，睡眠卻遲遲不來，頭開始痛得要炸開了似的。

聽聽外面客廳裏，有「頑皮豹」的音樂，探頭出去看，勞瑞正在看「頑皮豹過街」的電視。（頑皮豹想盡了辦法就是過不了街，台灣演過了。）

我想一個人悶著，不如出去看電視，免得越想越鑽牛角尖，我去坐在勞瑞前面的地上看。這時大力水手出場了，正要去救奧莉薇，還沒吃菠菜。那些警官都在看，他們問我：「你們台灣有電視麼？」我告訴他：「不稀奇，我家就有三架電視，彩色電視很普通。」

他們呆呆的望著我，又說：「妳一定是百萬富翁的女兒，妳講的生活水準不算數的。」

我說：「你們不相信，我給你們看圖片，我們的農村每一家都有電視天線，我怎麼是百萬富翁的女兒，我是最普通家庭出來的孩子，我們台灣生活水準普遍的高。」

復仇者

有一個警官問我：「你們台灣有沒有外國電視長片？」我說有，叫「復仇者」。我又多講了一遍「復仇者」，眼睛狠狠的瞪著他們。

瑪麗亞說：「妳很會用雙關語，妳仍在生氣，因為妳被留在這裏了是不是？復仇者，復仇者，誰是妳敵人來著？」

我不響。事實上從早晨排隊開始，被拒入境，到我被騙上警車，（先騙我去喝咖啡。）到不許打電話，到上洗手間都由瑪麗亞陪著，到叫我換制服，到現在沒有東西給我吃——我表面上裝得不在乎，事實上我自尊心受到了很大的傷害。

我總堅持人活著除了吃飽穿暖之外，起碼的受人尊重，也尊重他人，是我們這個社會共存下去的原則。雖然我在拘留所裏沒有受到虐待，但他們將我如此不公平的扣下來，使我喪失了僅有的一點尊嚴，我不會很快淡忘這事的。

我不想再看電視，走到另一間去，裏面還真不錯，國內青年朋友有興趣來觀光觀光，不妨照我乘機的方法進來玩一玩。

另外房間內有一個北非孩子，有一個希臘學生，有一個奧國學生。我抽了一支煙，他們都看著我，我以為他們看不慣女孩子抽煙，後來一想不對，他們大概很久沒有煙抽了，我將煙拿出來全部分掉了。

瑪麗亞靠在門口看我，她很不贊成的說：「妳太笨了，妳煙分完了就買不到了，也不知自己要待多久。」

這些話是用西班牙文對我說的。我是一個標準的個人主義者，但我不是唯我主義者。幾支煙還計較嗎？我不會法文，但是我跟非洲來的孩子用畫圖來講話。原來他真的是偷渡來的，坐船來，我問他為什麼，他說他在非洲做了小偷，警察要抓他把手割掉，所以他逃跑了。我問他父母呢？他搖頭不畫下去了。總之，每個人都有傷心的故事。

眞像瘋人院

下午兩點多了，我躺在床上看天花板，瑪麗亞來叫我：「喂，出來吃飯，妳在睡嗎？」我開門出來，看見瑪麗亞和勞瑞正預備出去。他們說：「走，我們請妳出去吃飯。」

我看看別人，搖搖頭，我一向最羞於做特殊人物，我說：「他們呢？」瑪麗亞生氣了，她說：「妳怎麼搞的，妳去不就得了。」

我說：「謝謝！我留在這裏。」他們笑笑說：「隨妳便吧，等一下有飯送來給你們吃。」

過了一下飯來了，吃得很好，跟台北鴻霖餐廳一百二十元的菜差不多，我剛吃了消炎片，也吃不下很多，所以送給別人吃了。剛吃完勞瑞回來了，又帶了一大塊烤肝給我吃，我吃下了，免得再不識抬舉，他們要生氣。

整個下午就在等待中過去，每一次電話鈴響，我就心跳，但是沒有人叫我的名字。我在客廳看時裝雜誌。看了快十本，覺得女人真麻煩，這種無聊透頂的時裝也值得這麼多人花費腦筋。（我大概真是心情不好，平日我很喜歡看新衣服的。）

沒事做，又去牆上掛著的世界地圖台灣的位置上寫下：「我是這裏來的。」又去拿水灑花盆內的花，又去躺了一會兒，又照鏡子梳梳頭，又數了一遍我的錢，又去鎖住的大廈內每個房間看看有些什麼玩意兒。

總之，什麼事都做完了，移民局的電話還不來。瑪麗亞看我無聊透了，她說：「妳要不要畫圖？」我一聽很高興，她給了我一張紙，一盒蠟筆，我開始東塗西塗起來——天啊，真像瘋人院。畫好了一張很像盧奧筆調的哭臉，我看了一下，想撕掉，瑪麗亞說：「不要撕，我在收集你們的畫，拿去給心理醫生分析在這兒的人的心情。」（倒是想得出來啊，現成的試驗品。我說瘋人院，果然不錯。）

我說我送妳一張好的，於是我將姪兒榮榮畫的一張大力水手送給拘留所，貼在門上。

開仗了

這樣搞到下午六點，我像是住了三千五百年了，電話響了，那個大老闆警官說：「陳小姐，妳再去機場，移民局要妳，手提包不許帶。」

我空手出去，又上了警車，回到機場大廈內，我被領到一個小房間去。裏面有一張桌子，三把椅子，我坐在桌子前面，瑪麗亞坐在門邊。早晨那個小鬍子移民官又來了。我心裏忐忑不安，不知又搞什麼花樣，我對他打了招呼。

這時我看見桌上放著我的資料，已經被打字打成一小本了，我不禁心裏暗自佩服他們辦事的認真，同時又覺他們太笨，真是多此一舉。

這個小鬍子穿著淡紫紅色的襯衫，灰色條子寬領帶，外面一件灰色的外套，十分時髦神氣，他站著，也叫我站起來，他說：「陳小姐，現在請聽我們移民局對妳的判決。」

當時，我緊張到極點，也突然狂怒起來，我說：「我不站起來，你也請坐下。我拒絕你講話，你們不給我律師，我自己辯護，不經過這個程式，我不聽，我不走，我一輩子住在你們拘留所裏。」

我看他愣住了，瑪麗亞一直輕輕的在對我搖頭，因為我說話口氣很兇，很怒。那位移民官問我：「陳小姐，妳要不要聽內容？妳不聽，那麼妳會莫名其妙的被送回香港。妳肯聽，送妳去西班牙，去哪裏，決定在我，知道嗎？要客氣一點。」

我不再說話了，想想，讓他吧。

他開始一本正經的唸理由。第一、中華民國護照不被大英帝國承認。（混帳大英帝國！）第二、申請入境理由不足，所以不予照准。第三、有偷渡入英的意圖。第四，判決「驅逐出境」——目的地西班牙。另外若西班牙拒絕接受我的入境，今夜班機回香港轉台灣。

我的反擊

他唸完了將筆交給我：「現在請妳同意再簽字認可。」

我靜靜的合著手坐著。我說：「我不簽，我要講話，講完了也許簽。」其實我心裏默默的認了，但絕不如此偃旗息鼓了事。

他看看錶，很急的樣子，他說：「好吧，妳講，小心，罵人是沒有好處的，妳罵人明天妳就在香港了。」

我對他笑笑，我說：「這又不是小孩子吵架，我不會罵你粗話，但是你們移民局所提出的幾點都不正確，我要申辯。」

他說：「妳英文夠用嗎？」我點點頭。他嘆了口氣坐下來，點了煙，等我講話。

我深深的呼吸了一大口氣，開始告訴他：

「這根本是一個誤會，我不過是不小心買了兩個飛機場的票而已。（這一點國內旅行社要當心，只可買同時到Heathrow換機的兩張票，減少旅客麻煩。）你們費神照顧我，我很感激，但是你所說的第一點理由，不承認我的國籍，我同意，因為我也不承認你的什麼大英帝國。

「第二，你說我申請入境不予照准，請你弄明白，我『沒有申請入境』。世界上任何一個國家的機場都設有旅客過境室，給沒有簽證的旅客換機，今天我不幸要借借路，你們不答應，這不是我的錯誤，是你們沒有盡到服務的責任，這要你們自己反省。我沒有申請的事請不必胡亂拒絕。

「第三，我沒有偷渡入境的意圖，我指天發誓，如果你不信任我，我也沒法子拿刀剖開心來給你看。我們中國人也許有少數的害群之馬做過類似的事情，使你留下不好的印象，但是我還是要聲明，我沒有偷渡的打算。英國我並不喜歡居住，西班牙才好得多。

「第四，你絕不能送我回香港，你沒有權利決定我的目的地，如果你真要送我回去，我轉託律師將你告到國際法庭，我不怕打官司，我會跟你打到『你死』為止。至於『驅逐出境』這四個難聽的字，我請你改掉，因為我從清早六點到此，就沒有跨出正式的『出境室』一步，所以我不算在『境內』，我始終在『境外』，既然在境外，如何驅逐『出境』？如果你都同意我所說的話，改一下文件，寫『給予轉機西班牙』，那麼我也同意簽字；你不同意，那麼再見，我要回拘留所去吃晚飯了。現在我講完了。」

他交合著手，聽完了，若有所思的樣子，久久不說話。我望著他，他的目光居然十分柔和了。「陳小姐，請告訴我，妳是做什麼的？」我說：「家伯父、家父都是律師，我最小的弟弟也學法律，明年要畢業了。」（簡直答非所問。）

他大笑起來，伸過手來握住我的手，拍拍我，對我說：「好勇敢的女孩子，妳去吧，晚上九點半有一班飛馬德里的飛機，在Heathrow機場。歡迎妳下次有了簽證再來英國，別忘了來看我。妳說話時真好看，謝謝妳給我機會聽妳講話，我會想念妳的。對不起，我們的一切都獲得澄清了，再會！」

他將我的手拉起來，輕輕的吻了一下，沒等我說話，轉身大步走了出去。

這一下輪到我呆住了，瑪麗亞對我說：「恭喜！恭喜！」我勾住她的肩膀點點頭。疲倦，一下子湧上來。這種結束未免來得太快，我很感動那個移民官最後的態度，我還預備大打一仗呢，他卻放了我，我心裏倒是有點悵然。

豬吃老虎的遊戲

回拘留所的路上，我默默的看著窗外。瑪麗亞說：「妳好像比下午還要悲傷，真是個怪人，給妳走了妳反而不笑不鬧了。」

我說：「我太累了。」

回到拘留所，大家圍上來問，我笑笑說：「去西班牙，不送回香港了。」看見他們又羨慕又難過的樣子，我一點也高興不起來。我希望大家都能出去。

勞瑞對我說：「快去梳梳頭，我送妳去機場。」我說：「坐警車？」他說：「不是的，計程車已經來了，我帶妳去看英國的黃昏，快點。」

他們大家都上來幫我提東西，我望了一眼牆上的大力水手圖畫，也算我留下的紀念吧。那個被我叫瞎子的大老闆警官追出來，給了我拘留所的地址，他說：「到了來信啊！我們會想妳的，再見了！」我緊緊的握著他的手謝謝他對我的照顧。

佛說：「修百年才能同舟。」我想我跟這些人，也是有點因果緣分的，不知等了幾百世才碰到了一天，倒是有點戀戀不捨。

勞瑞跟計程車司機做導遊，一面講一面開，窗外如詩如畫的景色，慢慢流過去，我靜靜的看著。傍晚，有人在綠草如茵的路上散步，有商店在做生意，有看不盡的玫瑰花園，有駿馬在吃草，世界是如此的安詳美麗，美得令人嘆息。生命太短促了，要怎麼活才算夠，我熱愛這個世界，希望永遠不要死去。

車到H機場，勞瑞將我的行李提下去，我問他：「計程車費我開旅行支票給你好不好？」他笑了笑，說：「英國政府請客，我們的榮幸。」

我們到H機場的移民局，等飛機來時另有人送我上機，我一面理風衣，一面問勞瑞：「你玩過豬吃老虎的遊戲沒有？」他說：「什麼？誰是豬？」我說：「我們剛剛玩過，玩了一天，我是豬，移民局是老虎，表面上豬被委屈了十幾小時，事實上吃虧的是你們。你們提大箱子，陪犯人，又送飯，打字，還付計程車錢。我呢，免費觀光，增了不少見識，交了不少朋友，所以豬還是吃掉了老虎。謝啦！」

勞瑞聽了大聲狂笑，一面唉唉的嘆著氣，側著頭望著我，半晌才伸出手來說：「再見了，今天過得很愉快，來信呵！好好照顧自己。」他又拉拉我頭髮，一面笑一面走了。

我站在新拘留所的窗口向他揮手。這個新地方有個女人在大哭。又是一個個動人的故事。

揮揮手，我走了，英國，不帶走你一片雲。（套徐志摩的話。）

寄語讀者

三毛的流浪並沒有到此為止，我所以要寫英國的這一段遭遇，也是要向國內讀者報導，如果你們不想玩「豬吃老虎」的遊戲，還是不要大意，機票如赴倫敦換機，再強調一次，買Heathrow一個機場的，不要買兩個機場的票。

又及：我來此一個月，收到八十封國內讀者的來信，謝謝你們看重我，但是三毛每天又念書又要跑採訪，還得洗洗衣服，生生病，申請居留證，偶爾參加酒會也是為了要找門路。代步工具是地下車，有時走路，忙得不亦樂乎。

所以，在沒有眉目的情況下，我尚不能一一回信給你們。

再見了。謝謝各位讀者看我的文章。

•原載於民國六十二年十一月《實業世界》九十二期

我從台灣起飛。

我在做這篇訪問之前，一共見到西班牙環宇貿易公司的董事長薩林納先生（Migue Salinas）大約三次。每次，都是在很匆忙的場合之下，握握手，沒說幾句話就分開了。

後來，我知道他不只在西國做生意，跟台灣貿易方面，也有很大項額的來往。我打過數次電話給他，請求他安排短短的半小時給我做個專訪。但是他太忙了，一直到上星期六才排出一點空檔來。

我在約定的時間——下午四點半到公司，但是他公司的人告訴我，要等十五分鐘左右。薩林納先生已打過電話回來了。他私人的辦公室裏，滿房間都堆滿了樣品，許多台灣來的產品，令人看了愛不釋手。

如果說這個辦公室是嚴肅的，有條理的，嚇人的，公式化的，那就錯了。它是一個親切舒適，不會嚇壞你的地方，你坐在裏面，可以感覺到它是年輕的，有幹勁的，一點不墨守成規。

五點不到，因為是星期六，公司裏的人陸續都走了，只留下我在等。我一間一間走了一圈，東看看、西看看，順便接了兩個電話，也不覺得無聊。這時門「碰」的一下推開了，薩林納先生抱了一大捲文件，大步走進來。

「抱歉，抱歉，要妳久等了，我盡快趕回來的。」他一面鬆領帶一麵點煙，東西放在桌上，又去拉百葉窗。

「妳不在意我將百葉窗放一半下來吧，我就是不喜歡在太光亮的地方工作。」

我坐在他辦公桌對面的沙發上靜靜的觀察他。他進辦公室第一步就是佈置一個他所覺得舒適的環境，這一點證明他是一個很敏感的人。

藝術型的企業家

他並不太高大，略長、微鬈的棕髮，條子襯衫，一件米灰色的夾克式外套，帶一點點寬邊的年輕人時興的長褲，使他在生意之外，又多了些微的藝術氣息。

在他隨手整理帶回來的文件時，口中一再的說：「對不起，對不起，請稍候一下，馬上好了。」

他是親切的，沒有架子的，眼神中不經意的會流露出一點點頑皮的影子。但你一晃再看他時，他又是一個七分誠懇三分嚴肅的人了。

好不容易他將自己丟在沙發上，嘆了口氣說：

「好了，總算沒事了，妳問吧！我盡量答覆妳。」

此話剛剛講完，又有人進來找他。他馬上笑臉大步迎上去，於是又去辦公桌前談了很久，簽字、打電話、討論再討論，總算送走了那個廠商。

送完客他回來對我笑笑，說：

「妳看看，這就是我的日子，星期六也沒得休息。」

這時電話鈴又響了。過了十分鐘，謝天謝地，他總算可以靜靜的坐下來了。

「開始吧！」他說。

「薩林納先生，你幾歲？」

他有點驚訝，有禮的反問我：「妳說話真直截了當，這是妳採訪的方式嗎？我今年三十歲。」

「是的，對不起，我是這種方式的，請原諒。」

「你們的公司Mundus International成立有多久了？」

「兩年，我們是剛起步的公司，但是業務還算順利。」

「那麼你是二十八歲開始做生意的，經商一直是你的希望嗎？」

「不是，我小時候一直想做醫生，後來又想做飛機師。不知怎的，走上了貿易這條路。」

漂泊的歲月

「你生長在馬德里嗎？」

「不，我生長在西班牙北部，那是靠近法國邊界的美麗夏都——San Sebastian。我的童年記憶，跟爬山、滑雪、打獵是分不開的。我的家境很好，母親是西班牙皇族的後裔。一直到我十八歲以前，我可以說是十分幸福的。」

「你今年三十歲，所以你的意思是，這十二年來你並不很幸福？」我反問他。

「我並不是在比較。十八歲那年我高中畢業，被父親由故鄉，一送送到英國去念書。從那時離家開始，我除了年節回去之外，可以說就此離開故鄉和父母了。一直在外漂泊著。」他站起來靠在窗口看著樓下的街景。

「你所說的漂泊，可以做一個更確切的解說嗎？」

「我十八歲初次離家去英國念書時，心情是十分惶惑的，後來習慣了浪子似的生活，也就不想回西班牙了。我所謂的漂泊是指前幾年的日子。

「我二十歲時離開英國到法國去，此後我又住在荷蘭一年，但是不知怎的心裏不想安定下來，於是又去瑞士看看，在那兒住了好幾個月。當時我在瑞士不很快樂，所以有一天我對自己說，走吧，反正還年輕，再去找個國家。於是，我上了一條去芬蘭的船，到北歐去了。在那兒我住了一年，芬蘭的景色，在我個人看來，是世界上最美的了。」他坐下來，又開始一支煙。

「當時你一直沒有回過西班牙，生活如何維持呢？」

「有時父母寄給我，有時錢沒了，我就去打工。酒保、茶房、廚子什麼都幹過，一個一個國家的流浪著，也因此學會了很多種語言。那段時光，現在回想起來仍然是那樣的鮮明而動人，有時真有點悵然——」他停了一下，靜靜的坐著，好像不知旁邊還有人似的。

有妻萬事能

「人的路是一段一段走的，我不常懷念過去。因為，我現在有更實在的事要做。」他的眼神又冷淡起來了，朦朧回想的光芒不見了。他是一個有時候喜歡掩飾自己的人。

「你什麼時候回西班牙來的？」

「我回國來服兵役，運氣好，將我派到北非西班牙屬地撒哈拉去，因此我也認識了一點點非洲。」

「你的故事很動人，老的時候該寫本書。服役之後你回故鄉了嗎？」

「沒有，San Sebastian是一個避暑的勝地，但是沒有什麼發展。我在一個旅行社，當了一陣子的副經理，又在航空公司做了好久的事。但是，總覺得，那些都不是我真正久留的地方。我在一九六七年結婚，娶了我在英國念書時認識的女友，她是芬蘭人，名字叫寶琳。」

「有了家，你安定下來了？」

「是的，我要給寶琳一個安定幸福的生活，婚後不能叫她也跟著我跑來跑去。我總努力使自己盡到一個好丈夫所該盡的義務，給她幸福。我不再是一個浪子了。」

我在旁一面記錄，一面輕輕吹了一聲口哨。我是女人，我不是強烈的婦女運動者。所以，我喜歡聽一個丈夫說出這麼勇敢的話。

「你的婚姻使你想到改行做生意嗎？」

薩林納先生聽了大笑起來，我的問話常常是很唐突的。

「不是，帶著妻子，什麼職業都能安定，倒不是為了這件事。那是幾年前一次去台灣的旅行，促成我這個想法的。」

台灣是大好財源

「你怎麼會去台灣的？台灣那麼遠，很多西班牙人，根本不知道台灣在哪裏。」

「台灣對我的一生，是一個很大的轉捩點。我當時在航空公司服務，有一趟免費的旅行，恰好我最要好的朋友——他是中國人——在台灣。我就飛去了，那是第一次，後來我和寶琳又同去了一次，從那時開始我對台灣有了很深的感情，現在為了公務，總有機會去台灣。」

「為什麼台灣對你那麼重要？」

「因為我去了幾次都在觀察。台灣的經濟起飛，已到了奇蹟的地步。台灣的產品可說應有盡有，而且價格合理，品質也不差，是一個大好的採購市場。同時我也想到，可以將歐洲的機器，賣到台灣去。我與朋友們商量了一下，就決心組織公司了。」

「你們公司是幾個人合資的？」

「一共三個，另外兩位先生，妳還不認識。」

「你們的業務偏向哪一方面？」

「很難說，我們現在，是西班牙三家大百貨公司（連鎖商店）Sepu與Simago還有Juinsa的台灣產品代理商。每年我們要在此舉辦兩次中國商展，產品包羅萬象，都來自台灣，當然我們的業務不只是進口，我們也做出口，如Albo，Tricomalla，Mates的機器，還有Tejeto的針織機我們都在做。」他順手給我一本卷宗，裏面全是台灣廠商來的訂單。

沒有一件同樣的衣服

「我在Sepu公司門市部看見直接印圖案在衣服上的小機器，也是你們公司提供的嗎？」

「妳是說在各色棉織的套頭衫上，印上圖案和名字的那個攤位？」

「是，我看很多人買，總是擠滿了顧客。」

「那是我們的一種新構想，現在的青年人，無論男女，都喜歡穿舒適的套頭棉衫，但市面上賣的花色有限，不一定合顧客的胃口。所以我們乾脆在賣棉衫時，同時放幾十種圖案和英文字母，讓他們自己挑、自己設計，放在衣服的什麼地方。我們請個女孩，當場用機器替顧客印上去，這樣沒有一件是完全相同的衣服了。這個夏天我們賣了很多，可惜推出晚了一點，早兩三個月還能多賣些。」

「這是一個很新奇的想法，這種印花機哪裏來的？」

「恕我不能告訴妳，西班牙只有我們賣，現在試銷墨西哥。」原來是不能告訴人的，我也不再追問了。

「你們的業務很廣，也很雜，沒有專線嗎？」

「目前談不上專線，我們要的東西太多太廣。」

「你對目前公司的業務還算滿意嗎？」

「做生意像釣魚，急不得的，你不能期望睡一覺醒來已是大富翁了。我公司主要的事還是委託總經理馬丁尼滋先生管理，我在行政上、人事上都做不好，馬丁尼滋先生比我有經驗，我十分的信託他，我對這兩年來的成績，如不要求太高的話，尚可說滿意。」

像一條驢子

「你個人對目前生活型態與過去做比較，覺得哪一種生活有價值？」

「很難說，人的生活像潮水一樣，兩岸的景色在變，而水還是水，價值的問題很難說。我並不想做金錢的奴隸，但是自從我做生意以來，好似已忘了還有自己的興趣，多少次我想下班了回家看看我喜歡的書，聽聽音樂，但總是太累了，或者在外面應酬——」他做了一個無可奈何的表情。

「你現在的理想是什麼？」

「當然是希望公司能逐漸擴大業務，這是一個直接的理想——眼前的期望。有一天如果公司能夠達到我們所期待的成績，我另有一個將來的理想，當然那是很多年之後的事了。」

「你對金錢的看法如何？」

「錢是一樣好東西，有了它許多事情就容易多了。並不是要藉著金錢，使自己有一個豪華的生活。我常常對自己說，你想要有益於社會，最好的法子，莫如把你自己這塊料子鑄造成器。如果我有更多的錢，我就更有能力去幫助世界上的人——當然，金錢不是萬能，世界上用金錢不能買到的東西太多了，譬如說幸福、愛情、健康、知識、經驗、時間……要從兩個不同的面去看這件事。」

「你剛才說賺錢之後另有一個理想，那是你所指的許多年之後的事，你能說說嗎？」

「妳知道這個世界上有一種人，他們是永遠沒有假期，沒有太多的家庭生活，沒有悠閒的時間，永遠也不許疲倦。像一條驢子一樣竟日工作，出賣心力、勞力的，這種人就是生意人。有時候，我為自己目前的成績感到安慰，但是我常常自問，我為了什麼這樣勞碌？我的一生就要如此度過嗎？我什麼時候有一點時間去做些旁的事情？我什麼時候能好好陪伴我妻子幾天？我常常覺得對她不公平，因為我太忙了。」

人生的願望

「談談你將來的理想吧。」

「我不是厭倦生意，我衷心的喜歡看我的公司慢慢成長壯大，一如看見自己的孩子長大時的欣慰。但是有一天，公司擴大到差不多了，我要放下這一切去旅行，是真的了無負擔的放下一切，世俗名利我不再追求。」

「你倒是有一點中國道家的思想，你放下一切去哪裏呢？」

「去南美玻利維亞的山上，我喜歡大自然的生活，我熱愛登山攝影，我也喜歡南美的印地安人。我希望有一天住在一個沒有汽車，沒有空氣污染，沒有電話，安靜而還沒有受到文明侵害的地方去。」

「你是一個理想主義者。」我輕輕的對他說。

「妳認為生意人不能有一點理想麼？」他靜靜的反問我。

「能的，問題是你的理想看上去很簡單，但不容易達到，因為它的境界過分淡泊了。」

「我常常回想小的時候，在北部故鄉的山上露宿的情形。冬天的夜晚，我和朋友們點著火，靜靜的坐在星空之下。風吹過來時，帶來了遠處陣陣羊鳴的聲音，那種蒼涼寧靜的感動，一直是我多年內心真正追求的境界——」

「薩林納先生，我真懷疑我是在做商業採訪，我很喜歡聽你講這些事情。」

他點了支煙，笑了笑說：「好了，不講了，我們被迫生活在如此一個繁忙、複雜的社會裏，要找一個淡泊簡單的生活已是癡人說夢了。我們回到話題吧，妳還要知道公司的什麼事？」

我需要台灣的產品

「我想知道，在不久的將來，你大概會需要自由中國的什麼產品？」

「太多了，我們需要假髮、電晶體收音機、木器——但是西班牙氣候乾燥，怕大件木器來了要裂。還有手工藝品、成衣——」

「你歡迎廠商給你來信嗎？」

「歡迎之至，多些資料總是有用的。」

「什麼時候再去台灣採購？」

「很難講，我上個月才從台灣回來。」

「你不介意我拍幾張照片吧！我改天來拍，今天來不及了。」

「我們再約時間，總是忙著。謝謝妳費神替我做這次訪問。」

「哪裏，這是我的榮幸，我該謝謝你。有什麼事我可以替你效勞的嗎？」

「目前沒有事，我倒是想學些中文。」他很和氣的答著。

「你公司的侯先生，不是在教你嗎？你們真是國際公司。西班牙人、芬蘭人、英國人，還有中國人。」

「我們這個公司是大家一條心，相處得融洽極了。當然，目前一切以公司的前途為大家的前途，我們不分國籍，都是一家人。」他一面說話，一面送我到門口。

「謝謝你，我預祝你們公司，慢慢擴大為最強的貿易公司。」

能的，只是太淡泊了

下了樓我走在路上，已是一片黃昏景象了。美麗的馬德里，這兒住著多少可以大書特書的人物呵！可惜每天時間都不夠。

我們如何將自己，對社會做一個交代，常常是我自問的話。而今天薩林納先生所說的——最好的法子，莫如把你自己這塊材料鑄造成器——起碼給了我一些啟示。我沿著一棵棵白樺樹，走向車站，一個生意人，對將來退休後所做的憧憬，也令我同樣的嚮往不已。

有風吹過來，好似有羊鳴的聲音來自遠方，寧靜荒涼朦朧的夜籠罩下來了，我幾乎不相信，這個心裏的境界，是由剛剛一篇商務採訪而來的。我的耳中仍有這些對話的迴響：「你是一個理想主義者……」「一個生意人難道不能有一點理想麼？」「能的，只是你的境界太淡泊了——」

•原載於民國六十三年一月《實業世界》九十四期

翻船人看黃鶴樓。

話說有一日下午兩點多鐘，我正從銀行出來。當天風和日麗，滿街紅男綠女，三毛身懷鉅款，更是神采飛揚，難得有錢又有時間，找家豪華咖啡館去坐坐吧。對於我這種意志薄弱而又常常受不住物質引誘的小女子而言，進咖啡館比進百貨公司更對得起自己的荷包。

推門進咖啡館，一看我的朋友梅先生正坐在吧檯上，兩眼直視，狀若木雞。我愣了一下，拉一把椅子坐在他旁邊，他仍然對我視若無睹。

我拿出一盒火柴來，劃了一根，在他的鼻子面前晃了幾晃，他才如夢初醒——「啊，啊，妳怎麼在我旁邊，什麼時候來的？」

我笑笑：「坐在你旁邊有一會了。你……今天不太正常。」

「豈止不正常，是走投無路。」

「失戀了？」我問他。

「不要亂扯。」他白了我一眼。

「隨便你！我問你也是關心。」我不再理他。這時他將手一拍拍在檯子上，嚇了我一跳。

「退貨，退貨，我完了。混蛋！」大概在罵他自己，不是罵我。

「為什麼，品質不合格？」

「不是，信用狀時間過了，我們出不了貨，現在工廠趕出來了，對方不肯再開L／C，工廠要找我拚命。」

「是你們公司的疏忽，活該！」我雖口裏說得輕鬆，但是心裏倒是十分替他惋惜。

「改天再說，今天沒心情，再見了。」他走掉了，我望著他的背影發呆，忽然想起來，咦，這位老兄沒付帳啊！叫來茶房一問，才發覺我的朋友喝了五杯威士忌，加上我的一杯咖啡，雖說不太貴，但幸虧是月初，否則我可真付不出來。

手心有奇兵

當天晚上睡覺，大概是毯子踢掉了，半夜裏凍醒，再也睡不著。東想西想，突然想到梅先生那批賣不掉的皮貨成衣，再聯想到台北開貿易行的幾個好友，心血來潮，靈機一動，高興得跳起來。「好傢伙！」趕快披頭散髮起床寫信。

「××老兄，台北一別已是半年過去，我在此很好，嫂夫人來信，上星期收到了。現在廢話少說。有批退貨在此，全部最新款式的各色鹿皮成衣，亞洲尺寸，對方正水深火熱急於脫手，我們想法子買下來，也是救人一命。我知道你們公司的資本不大，吃不下這批貨，趕快利用日本方面的關係，轉賣日本，趕春末之前或還有可能做成，不知你是否感興趣？」

上面那封鬼畫符的信飛去台北不久，回信來了，我被幾位好友大大誇獎一番，說是感興趣的，要趕快努力去爭取這批貨，台北馬上找日本客戶。我收信當天下午就去梅先生的公司，有生意可做，學校也不去了。

梅不在公司裏，他的女秘書正在打字。我對她說：「救兵來了，我們可以來想辦法。」她很高興，將卷宗拿出來在桌上一攤，就去洗手間了，我一想還等什麼，輕輕對自己說：「傻瓜，快偷廠名。」眼睛一飄看到電話號碼、地址和工廠的名字，背下來，藉口就走。電梯裏將強背下來的電話號碼寫在手心裏，回到家裏馬上打電話給工廠。

不識抬舉的經理

第二天早晨三毛已在工廠辦公室裏坐著了。

「陳小姐，我們不在乎一定要跟梅先生公司做，這批貨如果他賣不了，我們也急於脫手。」

「好，現在我們來看看貨吧！」我還要去教書，沒太多時間跟他磨。

東一件西一件各色各樣的款式，倒是十分好的皮，只是太凌亂了。

「我要這批貨的資料。」

工廠經理年紀不很大，做事卻是又慢又不乾脆，找文件找了半天。「這兒，妳瞧瞧！」我順手一翻，裏面全弄得不清楚。我對他說：「這個不行，太亂了，我要更詳盡的說明，款式、尺寸、顏色、包裝方法、重量，ＦＯＢ價馬上報來，另外ＣＩＦ報大阪及基隆價，另外要代表性的樣品，要彩色照片，各種款式都要拍，因為款式太多。」

「要照片啊，妳不是看到了？」問得真偷懶，這樣怎麼做生意。

「我只是替你介紹，買主又不是我，奇怪，你當初做這批貨時怎麼做的，沒有樣子的嗎？」

經理抓抓頭。

「好，我走了，三天之後我再跟你連絡，謝謝，再見！」

三天之後再去，經理在工廠旁的咖啡館裏。廠方什麼也沒弄齊，又是那份亂七八糟的資料要給我。

「你們到底急不急，我幫你賣你怎麼慢吞吞的，我要快，快，快，不能拖。」

想到我們中國人做生意的精神，再看看這些西班牙人，真會給急死。

「陳小姐，妳急我比妳更急，妳想這麼多貨堆在這裏我怎麼不急。」他臉上根本沒有表情。

「你急就快點把資料預備好。」

「妳要照片，照片三天拍不成。」

「三天早過了，你沒拍嘛！現在拿件樣品來，我自己寄台北。」

「妳要這件嗎？是妳的尺寸。」

我張大眼睛看他看呆了。

「經理先生，又不是我要穿，我要寄出的。」

他又將手中皮大衣一抖，我抓過來一看是寬腰身的：「腰太寬，流行過了，我是要件窄腰的，縫線要好。」

「那我們再做給妳，十天後。」他回答我的口氣真是輕輕鬆鬆的。

「你說的十天就是一個月。我三天以後要，樣品什麼價？」

「這是特別定貨，又得趕工，算妳×××西幣。」

三毛一聽他開出來的價錢，氣得幾乎說不出話，用中文對他講「不識抬舉」，就邁著大步走出去了。想當年，這批貨的第一個買主來西班牙採購時，大概也被這些西班牙人氣死過。

醜媳婦總要見公婆

當天晚上十點多了，我正預備洗頭，梅先生打電話來。「美人，我要見見妳，現在下樓來。」

咦，口氣不好啊！還是不見他比較安全。「不行。頭髮是溼的，不能出來。」

「我說妳下樓來。」他重重的重複了一句就將電話掛掉了。

三毛心裏七上八下，沒心換衣服，穿了破牛仔褲匆匆披了一件皮大衣跑下樓去。梅先生一言不發，將我綁架一樣拉進車內，開了五分鐘又將我拉下車，拉進一家咖啡館。

我對他笑笑：「不要老捉住我，又不跑。」

他對我皮笑肉不笑，輕輕從牙縫裏擠出幾個字來：「小混蛋，坐下來再跟妳算帳！」

我硬著頭皮坐在他對面，他瞪著我，我一把抓起皮包就想逃：「去洗手間，馬上回來。」

臉上苦笑一下。

「不許去，坐下來。」他桌子底下用腳擋住我的去路。好吧！我嘆了口氣，醜媳婦總要見公婆。

「你說吧！」三毛將頭一仰。

「妳記不記得有一次妳生病？」

「我常常生病，你指哪一次？」

「不要裝蒜，我問妳，那次妳生病，同住的全回家了，是誰冒了雪雨替妳去買藥？妳病不好，是誰帶了醫生去看妳？妳沒有法子去菜場，是誰在千忙萬忙裏替妳送吃的？沒錢用了，是誰在交通那麼擁擠的時候丟了車子闖進銀行替妳去換美金？等妳病好了，是誰帶妳去吃海鮮？是誰……」

我聽得笑起來。「好啦！好啦！全是你，梅先生。」

「我問妳，妳怎麼可以做出這種出賣朋友的事情，妳自己去談生意，丟掉我們貿易行，如果那天不碰到我，妳會知道有這一批貨嗎？妳還要我這個朋友嗎？」

「梅先生，台北也要賺一點，這麼少的錢那麼多人分，你讓一步，我們也賺不了太多。」

「妳要進口台灣？」

「不是，朋友轉賣日本。」

「如果談成了這筆交易，妳放心工廠直接出口給日本？妳放心廠方和日本自己連絡？能不經過我公司？」

「我不知道。」我真的沒有把握。

「妳賺什麼？」

「我賺這邊西班牙廠佣金。」

「工廠賴妳呢？」

「希望不要發生。」他越說我越沒把握。

吃回頭草的好馬

那天回家又想了一夜，不行，還要跟台北朋友們商量一下。

一星期後回信來了——

「三毛：妳實在本得出人想像之外，當然不能給日方直接知道廠商。現在妳快找一家信得過的西班牙貿易商，工廠佣金給他們賺，我們此地叫日方直接開L／C給西班牙，說我們是沒什麼好賺的，事實上那張L／C裏包括我們台北賺的中間錢，妳怎麼拿到這筆錢再匯來給我們，要看妳三毛的本事了。要做得穩。不要給人吃掉。我們急著等妳的資料來，怎麼那麼慢。」

隔一日，三毛再去找梅先生。

「梅先生，這筆生意原來就是你的，我們再來合作吧！」

「浪子回頭，好，知道妳一個做不來的。我們去吃晚飯再談。」

這頓飯吃得全沒味道，胃隱隱作痛。三毛原是介紹生意，現在涎著臉扮吃回頭草的好馬狀，丟臉透了。

「梅先生，口頭講是不能算數的，何況你現在喝了酒。我要日本開出L／C，你們收L／C出貨就開支票給我。我告訴你台北該得的利潤，我們私底下再去律師那裏公證一下這張支票和另簽一張合約書，支票日期填出貨第二日的，再怎麼信不過你，我也沒法想了，同意嗎？」

「好，一言為定。」

吃完飯帳單送上來了，我們兩人對看一眼，都不肯去碰它。「梅，你是男士，不要忘了風度。」他瞪了我一眼，慢吞吞的掏口袋付帳。

出了餐館我說：「好，再談吧！我回去了。」梅先生不肯。他說：「談得很好，我們去慶祝。」

「不慶祝，台北沒賣，日本也沒說妥，廠方資料不全，根本只是開始，你慶祝什麼？」

眞想打他一個耳光

他將車一開開到夜總會去。好吧，捨命陪君子，只此一次。梅先生在夜總會裏並不跳舞，他一杯又一杯的喝著酒。

「梅，你喝酒為什麼來這裏喝？這裏多貴你不是不知道。」

「好，不喝了，我們來跳舞。」

我看他已站不穩了，將他袖子一拉，他就跌在沙發上不動了，開始打起盹兒來。我推推他，再也推不醒了。「梅，醒醒，我要回去了。」他張開一隻眼睛看了我一秒鐘，又睡了。我叫來茶房，站起來整整長裙。

「我先走了，這位先生醒的時候會付帳，如果打烊了他還不醒，你們隨便處理他好了。」茶房滿臉窘態，急得不知怎麼辦才好。

「小姐，對不起，請妳付帳，妳看，我不能跟經理交代，對不起！」

三毛雖是窮人，面子可要得很。「好吧！不要緊，帳單拿給我。」一看帳單，一張千元大鈔不夠，再付一張，找下來的錢只夠給小費。回頭看了一眼梅先生，裝醉裝得像真的一樣，恨不得打他一個耳光！

出了夜總會，一面散步一面找計程車，心裏想，沒關係，沒關係，生意做成就賺了。再一想，咦，不對吧，台北賺，工廠賺，現在佣金給梅先生公司賺，三毛呢？沒有人告訴我三毛賺什麼，咦，不對勁啊。

這批生意拖了很久，日方感興趣趕在春天之前賣，要看貨，此地西班牙人睡睡午覺，喝喝咖啡，慢吞吞，沒有賺錢的精神，找梅公司去催，仍然沒有什麼下文。三毛頭髮急白了快十分之一，被迫染了兩次。台北一天一封信，我是看信就頭痛，這種不負責任的事也會出在三毛身上，實在是慚愧極了。平日教書、念書、看電影、洗衣、做飯之外少得可憐的時間就是搞這批貨。樣品做好了，扣子十天不釘上，氣極真想不做了。

滿天都是皮貨

「陳小姐，千萬不要生氣，明天妳去梅先生公司，什麼都弄好了，這一次包裝重量都可以弄好了，明天一定。」工廠的秘書小姐說。

明天去公司，一看律師、會計師、梅的合夥人全在，我倒是嚇了一跳。悄悄的問秘書小姐：「幹嘛啊！都來齊了。」秘書小姐回答我：「他們拆夥了，是上次那批生意做壞的，他們怪來怪去，梅退股今天簽字。」

我一聽簡直青天霹靂。「我的貨呢——」這時梅先生出來了，他將公事包一提，大衣一穿，跟我握握手：「我們的生意，妳跟艾先生再談，我從現在起不再是本公司負責人了。」

我進艾先生辦公室，握握手，又開始了。

「艾先生，這筆生意認公司不認人，我們照過去談妥的辦——」

「當然，當然，您肯幫忙，多謝多謝！」

以後快十天找不到艾先生，人呢？去南美跑生意了，誰負責公司？沒有人，對不起！真是怪事到處有，不及此地多。每天睡覺之前，看看未覆的台北來信，嘆口氣，將信推得遠一點，服粒安眠藥睡覺。夢中漫天的皮貨在飛，而我正坐在一件美麗的鹿皮披風上，向日本慢慢的駛去——

明天才看得懂中文

又過了十天左右，每天早晨、中午、下午總在打電話找工廠，找艾先生，資料總是東缺西缺。世上有三毛這樣的笨人嗎？世上有西班牙人那麼偷懶的人嗎？兩者都不多見。

有這麼一日，艾先生的秘書小姐打電話來給三毛，這種事從來沒有發生過。

「卡門，是妳啊，請等一下。」

我趕快跑到窗口去張望一下，那天太陽果然是西邊出來的。

「好了，看過太陽了。什麼事？卡門，妳樣品寄了沒有？那張東西要再打一次。」

「沒有，明天一定寄出。陳小姐，我們這裏有封中文信，看不懂，請妳幫忙來唸一下好嗎？」

「可以啦！今天腦筋不靈，明天才看得懂中文，明天一定，再見！再見！」

過了五分鐘艾先生又打電話來了。「陳小姐，請妳千萬幫忙，我們不懂中文。」

我聽了他的電話心中倒是感觸萬分，平日去催事情，他總是三拖四拖，給他生意做還看他那個臉色。他太太有一日看見我手上的台灣玉手鐲，把玩了半天，三毛做人一向海派，脫下來往她手腕上一套，送了。一批皮貨被拖得那麼久沒對我說一句好話，今天居然也懂得求人了。

「這樣吧！我正在忙著煮飯，你送來怎麼樣？」

「我也走不開，還是妳來吧！」

「不來，為了皮貨，車費都跑掉銀行的一半存款了。」

「陳小姐，我們平日難道不是朋友嗎？」

「不太清楚，你比我更明白這個問題。」

「好吧，告訴妳，是跟皮貨有關的信——」

三毛電話一丟，抓起大衣就跑，一想廚房裏還在煮飯，又跑回去關火。

跑進艾先生的辦公室一面打招呼一面抓起桌上的信就看。

黃鶴樓上看翻船

「妳唸出來啊！」他催我。

「好，我唸——敬啟者——」

「唸西班牙文啊，唉，真要命！」我從來沒有看艾先生那麼著急過。

「敬啟者：本公司透過西班牙經濟文化中心介紹，向西班牙××公司採購商品之事……」三毛一面大聲口譯西班牙文，一面暗叫有趣，唸到個中曲曲折折的經過，三毛偷看了艾先生的窘態一眼，接著插了一句：「哈，原來你們欠對方這些錢，全不是你們告訴我的那麼回事嘛！跟你們做生意也真辛苦，自己貨不交，又要對方的錢——」

我的心情簡直是「黃鶴樓上看翻船」，幸災樂禍。艾先生不理，做個手勢叫我譯下去。

「——有關皮貨部分，本公司已初步同意，如貴公司歸還過去向本公司所支取的××元美金的款項，本公司願再開信用狀……」

三毛譯到此地聲音越來越小，而艾先生興奮得站起來，一拍桌子，大叫：「真的？真的？沒有譯錯嗎？他們還肯跟我們做生意嗎？太好了，太好了——」

我有氣無力的攤在椅子上：「但願是譯錯了。」他完全忘記我了，大聲叫秘書：「卡門，卡門，趕快打電話告訴工廠——」

好吧！大江東去浪淘盡……手中抓著的信被我在掌中捏得稀爛。從另外一間傳過來卡門打電話的聲音。

「是，是，真是好消息，我們也很高興。陳小姐要的貨？沒關係，馬上再做一批給她，不會，她不會生氣，中文信就是她給譯的……」

精神虐待，我還會再「從」頭來過嗎？

一刀一刀刺死他

我慢慢的站起來，將捏成一團的信塞在艾先生的西裝口袋裏，再用手輕輕的替他拍拍平。「你，好好保管這張寶貝——」我用平平常常的語氣對他講這幾句話，眼睛卻飛出小刀子，一刀一刀刺死他。

「陳小姐，妳總得同情我，對方不要了，妳自己說要，我當然想早些脫手，現在他們又要了，我們欠人的錢，總得跟他們做，唉，妳看，妳生氣了——」

「我不在乎你跟誰做，照這封中文來信的內容看來，你們自己人將生意搞得一塌糊塗，現在對方肯跟你再合作，是東方人的氣量大，實在太抬舉你了。」

「陳小姐，妳馬上再訂貨，價錢好商量，二十天給妳，二十四小時空運大阪，好吧？」

我拿起大衣、皮包，向他搖搖手：「艾先生，狼來了的遊戲不好玩。」

他呆掉了，氣氣的看著我。我慢慢的走出去，經過打字機，我在紙上敲了一個M。（西班牙人懂我這M是指什麼，我從來不講粗話，但我會寫。）

雄心又起

經過這次生意之後，三毛心灰意懶。「人生在世不稱意，明朝散髮弄扁舟。」又過起半嬉皮的日子了。上課，教書，看看電影，借鄰居的狗散步，跟朋友去學生區唱歌喝葡萄酒，再不然一本惠特曼的西班牙文譯本《草葉集》，在床上看到深夜。沒有生意沒有煩惱，但心中不知怎的有些悵然。生活裏缺了些什麼？

前一陣郵局送來包裹通知單，領回來一看，是讀者寄來的精美手工藝，要這個三毛服務站試試運氣。我把玩著美麗的樣品，做生意的雄心萬丈又復活了，打電話給另外一個朋友。

「馬丁先生，我是三毛，您好，謝謝，我也很好。想見見你，是，有樣品請您看看，一起吃中飯嗎，好，我現在就去您辦公室——」

我一面插熨斗，一面去衣櫃裏找衣服，心情又開朗起來。出門時抱著樣品的盒子，自言自語——「來吧！小東西，我們再去試試運氣。啊！天涼好個秋啊——」

・原載於民國六十三年四月《實業世界》九十七期

去年的冬天

我決定去塞哥維亞城，看望老友夏米葉・葛羅，是一時的決定。當時因為我有十五天的耶誕假，留在馬德里沒什麼事做，所以收拾了一個小背包，就搭晚上九點多的火車去塞哥維亞了。

夏米葉是個藝術家，我七年前便認識的朋友，在塞城跟其他幾個朋友，合租了一幢古老的樓房，並且在城內開了一家藝廊。過去他數次在馬德里開雕塑展覽，因為當時不在西班牙，很可惜錯過了，所以，我很希望此去，能看看他的作品，並且在他處做客幾日。

車到塞哥維亞時，已是夜間十一點多了。這個在雪山附近的小城，是西班牙所有美的小城中，以羅馬式建築及古蹟著稱於世的。我去時滿地是積雪，想必剛剛下過大雪不久。我要找夏米葉並沒有事先通知他，因為，我沒有他的地址，平日也不來往，同時他的個性我有點瞭解，通不通知他都不算失禮。下車後我先走到大教堂前的廣場站了一下，枯樹成排列在寒冷的冬夜，顯得哀傷而有詩意，雪地上沒有一個足印。廣場邊的小咖啡館仍沒打烊，我因凍得厲害，所以進去喝杯咖啡。推門進去時咖啡館高談闊論的聲浪都停下來了，顯然毫不客氣的望著我這個陌生女子。我坐到吧檯的高椅子上，要一杯咖啡，一面喝，一面請問茶房：「我想打聽一個人，你住在這個城內，你也許認識他，他叫夏米葉・葛羅，是個藝術家。」茶房想了一下，他說：「這兒住的人，我大半都認識，但是叫不出姓名來，妳要找的人什麼樣子？」我形容給他聽：「跟你差不多高，二十七八歲，大鬍子，長頭髮披肩——」「啊，我知道了，一定就是這個葛羅，他開了一家藝廊？」「對，對了，就是他，住在哪裏？」我很高興，真沒想到一下就問到了。「他住在聖米揚街，但不知道幾號。」茶房帶我走到店外，用手指著廣場——「很容易找，妳由廣場左邊石階下去，走完石階再左轉走十步左右，又有長石階，下去便是聖米揚街。」我謝了他便大步走了。

那天有月光，這個小城在月光下顯得古意盎然，我一直走到聖米揚街，那是一條窄街，羅馬式建築的房子，很美麗的一長排坐落在那兒。我向四周望了一下，路上空無人跡，不知夏米葉住在幾號，沒有幾家有燈光，好似都睡了。我站在街心，用手做成喇叭狀，就開始大叫——「哦——喔夏米葉，你在哪裏，夏——米——葉——葛——羅——」才只叫了一次，就有兩個窗打開來，裏面露出不友善的臉孔瞪著我。深夜大叫的確令人討厭，又沒有別的好方法。我又輕輕的叫了一聲——「夏米葉！」這時頭上中了一塊小紙團，硬硬的，回身去看，一個不認識的笑臉在三樓窗口輕輕叫我：「噓！快來，我們住三樓，輕輕推大門。」我一看，樓下果然有一道約有一輛馬車可以出入的大木門，上面還釘了成排的大鋼釘子做裝飾，好一派堂皇的氣勢。同時因為門舊了，房子舊了，這一切更顯得神秘而有情調。我推門進去，經過天井，經過長長的有拱門的迴廊，找到了樓梯到三樓去，三樓上有一個大門，門上畫著許多天真的圖畫，並且用西文寫著——「人人之家」。門外掛著一段繩子，我用力拉繩子，裏面的銅鈴就響起來，的確有趣極了。門很快的開了，夏米葉站在門前大叫——「哈，深夜的訪客，歡迎，歡迎。」室內要比外面暖多了，我覺得十分的舒適，放下背包和外套，我跟著夏米葉穿過長長的走廊到客廳去。

這個客廳很大，有一大排窗，當時黃色的窗簾都拉上了，窗下平放著兩個長長的單人床墊，上面鋪了彩色條紋的毛毯，又堆了一大堆舒服的小靠墊，算做一個沙發椅。椅前放了一張快低到地板的小圓桌，桌上亂七八糟的堆了許多茶杯，房間靠牆的一面放著一個到天花板的大書架，架上有唱機、錄音機，有很多書，有美麗的乾花，小盆的綠色仙人掌，有各色瓶子、石頭、貝殼……形形色色像個收買破爛的攤子。另外兩面牆上掛著大大小小的油畫、素描、小件雕塑品，還有許多畫報上撕下來的怪異照片。房內除了沙發椅之外，又鋪了一塊髒兮兮的羊皮在地板上給人坐，另外還丟了許多小方彩色的坐墊，火爐放在左邊，大狗「巴秋里」躺著在烤火，房內沒有點燈，桌上、書架上點了三支蠟燭，加上爐內的火光，使得這間客廳顯得美麗多彩而又溫暖。

進客廳時，許多人在地上坐著。法蘭西斯哥，穿了一件黑底小粉紅花的夏天長褲、汗衫，留小山羊鬍，有點齙牙齒，他是南美烏拉圭人，他對我不懷好意頑皮的笑了笑，算是招呼。約翰，美國人，頭髮留得不長，很清潔，他正在看一本書，他跟我握握手，他的西班牙文美國b音很重。拉蒙是金髮藍眼的法國人，穿著破洞洞的卡其布褲子，身上一件破了的格子襯衫，看上去不到二十歲，他正在編一個彩色的鳥籠，他跟我握握手，笑了笑，他的牙齒很白。另外尚有埃度阿陀，他盤腳坐在地上，兩腳彎內放著一個可愛的小嬰兒，他將孩子舉起來給我看：

「妳看，我的女兒，才出生十八天。」這個小嬰兒哭起來，這時坐在角落裏的一個長髮女孩跑上來接過了小孩，她上來親吻我的面頰，一面說：「我是烏蘇拉，瑞士人，聽夏米葉說妳會講德文是嗎？」她很年輕而又美麗，穿了一件長長的非洲人的衣服，別具風格。最令人喜歡的是坐在火邊的恩里格，他是西班牙北部庇利牛斯山區來的，他頭髮最長，不但長還是鬈的，面色紅潤，表情天真，他目不轉睛的望著我，然後輕輕的喘口氣，說：「哇，妳真像印地安女人。」我想那是因為那天我穿了一件皮毛背心，又梳了兩條粗辮子的緣故，我非常高興他說我長得像印地安人，我認為這是一種讚美。

夏米葉介紹完了又加上一句：「我們這兒還有兩個同住的，勞拉去敘利亞旅行了，阿黛拉在馬德里。」所以他們一共是七、八個，加上嬰兒尚蒂和大狼狗「巴秋里」，也算是一個很和樂的大家庭了。

我坐在這個小聯合國內，覺得很有趣，他們又回到自己專心的事上去，沒有人交談。有人看書，有人在畫畫，有人在做手工，有些什麼都不做躺著在聽音樂。法蘭西斯哥蹲在角落裏，用個大鍋放在小電爐上，居然在煮龍井茶。夏米葉在繡一個新的椅墊。我因腳凍得很痛，所以將靴子脫下來，放在火爐前烤烤腳，這時不知誰丟來一條薄毛毯，我就將自己捲在毯子內坐著。

正如我所預料，他們沒有一個人問我——「妳是誰啊？」「妳做什麼事情的啊？」「妳從哪裏來的啊？」「妳幾歲啊？」等等無聊的問題。我一向最討厭西班牙人就是他們好問，亂七八糟涉及私人的問題總是打破沙鍋問到底，雖然親切，卻也十分煩人。但是夏米葉他們這群人沒有，他們不問，好似我生下來便住在這兒似的自然。甚至也沒有人問我：「妳要住幾天？」真是奇怪。

我看著這群朋友，他們沒有一個在表情、容貌、衣著上是相近的，每一個人都有自己獨特的風格。只有一樣是很相同的，這批人在舉止之間，有一種非常安詳寧靜的態度，那是非常明朗而又絕不頹廢的。

當夜，夏米葉將他的大房間讓給我睡，他去睡客廳。這房間沒有窗簾，有月光直直的照進來，窗台上有厚厚的積雪，加上松枝打在玻璃上的聲音使得房內更冷，當然沒有床，也沒有暖氣，我穿著衣服縮進夏米葉放在地上的床墊內去睡，居然有一床鴨絨被，令人意外極了。

第二日醒來已是中午十二點了，我爬起來，去每個房間內看看，居然都空了。客廳的大窗全部打開來，新鮮寒冷的空氣令人覺得十分愉快清朗。這個樓一共有十大間房間，另外有兩個洗澡間和一個大廚房，因為很舊了，它有一種無法形容的美。我去廚房看看，烏蘇拉在刷鍋子，她對我說：「人都在另外一邊，都在做工，妳去看看。」我跑出三樓大門，向右轉，又是一個門，推門進去，有好多個空房間，一無佈置，另外走廊盡頭有五、六間工作室。這群藝術家都在安靜的工作。加起來他們約有二十多間房間，真是太舒服了。夏米葉正在用火燒一塊大鐵板，他的工作室內堆滿了作品和破銅爛鐵的材料。恩里格在幫忙他。「咦，你們那麼早。」夏米葉對我笑笑：「不得不早，店裏還差很多東西，要趕出來好賺錢。」「我昨晚還以為你們是不工作的嬉皮呢！」我脫口而出。「媽的，我們是嬉皮，妳就是大便。」恩里格半開玩笑頂了我一句。夏米葉說：「我們是一群照自己方式過生活的人，妳愛怎麼叫都可以。」我很為自己的膚淺覺得羞愧，他們顯然不欣賞嬉皮這個字。

這時重重的腳步聲，從走廊上傳來——「哈，原來全躲在這兒。」荷西探頭進來大叫，他是夏米葉的弟弟，住在馬德里，是個潛水專家，他也留著大鬍子，頭髮因為剛剛服完兵役，所以剪得很短很短。大概是早車來的。「來得正好，請將這雕塑送到店裏。」夏米葉吩咐我們。那是一個半人高的雕塑，底下一副假牙咬住了一支變形的叉子，叉子上長一個銅地球，球上開了一片口，開口的銅球裏，走出一個鉛做的小人，十分富有超現實的風格。我十分喜歡，一看定價卻開口不得了，乖乖的送去藝廊內。另外我們又送了一些法蘭西斯哥的手工，粗銀的嵌寶石的戒指和胸飾，還有埃度阿陀的皮刻手工藝，烏蘇拉的蝕刻版畫到藝廊去。

吃中飯時人又會齊了，一人一個盤子，一副筷子，圍著客廳的小圓桌吃將起來。菜是水煮馬鈴薯，鹹炒白菜和糙米飯，我因餓得很，吃了很多。奇怪的是每一個人都用筷子吃飯，而且都用得非常自然而熟練。雖然沒有什麼山珍海味，但是約翰一面吃一面唱歌，表情非常愉快。

這時銅鈴響了，我因為坐在客廳外面，就拿了盤子去開門。門外是一男一女，長得極漂亮的一對，他們對我點點頭就大步往客廳走，裏面叫起來：「萬歲，又來人了，快點來吃飯，真是來得好。」我呆了一下，天啊，那麼多人來做客，真是「人人之家」。明天我得去買菜才好，想來他們只是靠藝術品過日子，不會有太多錢給那麼多人吃飯。

當天下午我替尚蒂去買紙尿布，又去家對面積雪的山坡上跟恩里格和「巴秋里」做了長長的散步，恩里格的長髮被我也編成了辮子，顯得不倫不類。這個小鎮的景色優美極了，古堡就在不遠處，坐落在懸崖上面，像極了童話中的城堡。

過了一日，我被派去看店，荷西也跟著去，這個藝廊開在一條斜街上，是遊客去古堡參觀時必經的路上。店設在一個羅馬式的大理石建築內，裏面經過改裝，使得氣氛非常高級，一件一件藝術品都被獨立的放在檯子上，一派博物館的作風，卻很少有商業品的味道。最難得的是，店內從天花板、電燈，到一排排白色石砌陳列品，都是「人人之家」裏那批人，自己苦心裝修出來的。守了半天，外面又下雪了，顧客自然是半個也沒有，於是我們鎖上店門，又跑回家去了。「怎麼又回來？」夏米葉問。「沒有生意。」我叫。「好，我們再去。這些燈罩要裝上。」一共是七個很大的粗麻燈罩，我們七個人要去，因為燈罩很大，拿在手裏不好走路，所以大家將它套在頭上，麻布上有洞洞，看出去很清楚。於是我們這群「大頭鬼」就這樣安靜的穿過大街小巷，後面跟了一大群叫嚷的孩子們。

阿黛拉回來時，我在這個家裏已經住了三天了。其他來做客的有荷西、馬力安諾和卡門——就是那漂亮的一對年輕學生。那天我正在煮飯，一個短髮黑眼睛、頭戴法國小帽、圍大圍巾的女子大步走進廚房來，我想她必然是畫家阿黛拉，她是智利人。她的面孔不能說十分美麗，但是，她有一種極吸引人的風韻，那是一種寫在臉上的智慧。「歡迎，歡迎，夏米葉說，妳這兩日都在煮飯，我要吃吃妳煮的好菜。」她一面說著，一面上前來親吻我的臉。這兒的人如此無私自然的接納所有的來客，我非常感動他們這種精神，更加上他們不是有錢人，這種作風更是十分難得的。

那天阿黛拉出去了，我去她房內看看，她有許多畫放在一個大夾子裏，畫是用筆點上去的，很細，畫的東西十分怪異恐怖，但是它自有一種魅力緊緊的抓住你的心。她開過好幾次畫展了。另外牆上她釘了一些舊照片，照片中的阿黛拉是長頭髮，更年輕，懷中抱著一個嬰兒，許多嬰兒的照片。「這是她的女兒。」拉蒙不知什麼時候進來的。「現在在哪裏？她為什麼一個人？」我輕輕的問拉蒙。「不知道，她也從來不講過去。」我靜靜的看了一下照片。這時法蘭西斯哥在叫我——「來，我給妳看我兒子和太太的照片。」跟去他房內，他拿了一張全家福給我看，都是在海邊拍的。「好漂亮的太太和孩子，你為什麼一個人？」法蘭西斯哥將我肩膀扳著向窗外，他問我：「妳看見了什麼？」我說：「看見光。」他說：「每個人都一定要有光在心裏，我的光是我的藝術和我的生活方式，我太太卻偏要我放棄這些，結果我們分開了，這不是愛不愛她的問題，也許妳會懂的。」我說：「我懂。」這時夏米葉進來，看見我們在講話，他說：「妳懂什麼？」我說：「我們在談價值的問題。」他對法蘭西斯哥擠擠眼睛，對我說：「妳願意搬來這裏住嗎？我們空房間多得是，大家都歡迎妳。」我一聽呆了下，咬咬嘴唇。「妳看，這個小城安靜美麗，風氣淳樸，妳過去畫畫，為什麼現在不試著再畫，我們可以去藝廊試賣妳的作品，這兒才是妳的家。」我聽得十分動心，但是我沒法放下過去的生活秩序，這是要下大決心才能做到的。「我放不下馬德里，我夏天再來吧！」我回答。「隨便妳，隨時歡迎，妳自己再想一想。」當天晚上我想了一夜無法入睡。

過了快七天在塞哥維亞的日子。我除了夜間跟大夥一起聽音樂之外，其他的時間都是在做長長的散步。烏蘇拉跟我，成了很好的朋友，其他的人也是一樣。在這個沒有國籍沒有年紀分別的家裏，我第一次覺得安定，第一次沒有浪子的心情了。

以後來來去去，這個家裏又住了好多人。我已計畫星期日坐夜車回馬德里去。荷西也得回去，於是我們先去買好了車票。那天下午，要走的客人都已走了，卡門和馬力安諾騎摩托車先走。我們雖然平時在這大房子內各做各的，但是，要離去仍然使人難捨。「妳為什麼一定要走？」拉蒙問我。「因為荷西今天要走，我正好一同回去，也有個人做伴。」「這根本不通。」恩里格叫。烏蘇拉用手替我量腰圍，她要做一件小牛皮的印地安女人的皮衣裙送給我，另外埃度阿陀背一個美麗的大皮包來，「這個借妳用兩星期，我暫時不賣。」我十分捨不下他們，我對夏米葉說：「夏天來住，那間有半圓形窗的房間給我，好吧？」「隨妳住，反正空屋那麼多，妳真來嗎？」「可惜勞拉不認識妳，她下個月一定從敘利亞回來了。」阿黛拉對我說。這時已經是黃昏了，窗外颳著雪雨，我將背包背了起來，荷西翻起了衣領，我上去擁抱烏蘇拉和阿黛拉，其他人有大半要去淋雨，我們半跑半走。

在聖米揚街上這時不知是誰拿起雪塊向我丟來，我們開始大叫大吼打起雪仗，一面打一面往車站跑去。我不知怎的心情有點激動，好似被重重的鄉愁鞭打著一樣。臨上車時，夏米葉將我抱了起來，我去拉恩里格的辮子，我們五六個人大笑大叫的拍著彼此，雪雨將大家都打得溼透了。我知道我不會再回去，雖然我一再的說夏天我要那間有大窗的房間。七天的日子像夢樣飛逝而過，我卻仍然放不下塵世的重擔，我又要回到那個不肯面對自己，不忠於自己的生活裏去。「再見了，明年夏天我一定會再來的。」我一面站在車內向他們揮手，一面大叫著我無法確定的諾言，就好似這樣保證著他們，也再度保住了自己的幸福一般，而幸福是那麼的遙不可及，就如同永遠等待不到的青鳥一樣。

•原載於民國六十四年一月《女性世界》四期

這樣的人生。

我搬到北非迦納利群島住時，就下定了決心，這一次的安家，可不能像沙漠裏那樣，跟鄰居的關係混得過分密切，以至於失去了個人的安寧。

在這個繁華的島上，我們選了很久，才選了離城快二十多里路的海邊社區住下來。雖說迦納利群島是西班牙在海外的一個省分，但是有一部分在此住家的，都是北歐人和德國人。我們的新家，坐落在一個面向著大海的小山坡上，一百多戶白色連著小花園的平房，錯錯落落的點綴了這個海灣。

荷西從第一天聽我跟瑞典房東講德國話時，就有那麼一點不自在；後來我們去這社區的辦公室登記水電的申請時，我又跟那個丹麥老先生說英文，荷西更是不樂；等到房東送來一個芬蘭老木匠來修車房的門時，我們乾脆連中文也混進去講，反正大家都不懂。

「真是笑話，這些人住在我們西班牙的土地上，居然敢不學西班牙文，驕傲得夠了。」荷西的民族意識跑出來了。

「荷西，他們都是退休的老人了，再學另一國的話是不容易的，你將就一點，做做啞巴算了。」

「真是比沙漠還糟，我好像住在外國一樣。」

「要講西班牙文，你可以跟我在家裏講，我每天嚕囌得還不夠你聽嗎？」

荷西住定下來了，每天都去海裏潛水，我看他沒人說話又被外國人包圍了，心情上十分落寞。

等到我們去離家七里路外的小鎮郵局租信箱時，這才碰見了西班牙同胞。

「原來你們住在那個海邊。唉！真叫人不痛快，那麼多外國人住在那裏，我們郵差信都不肯去送。」

郵局的職員看我們填的地址，就搖著頭嘆了一口氣。

「那個地方，環境是再美不過了，偏偏像是黃頭髮人的殖民地，他們還問我為什麼不講英文，奇怪，我住在自己的國家裏，為什麼要講旁人的話。」荷西又來了。

「你們怎麼處理海灣一百多家人的信？」我笑著問郵局。

「那還不簡單，每天抱一大堆去，丟在社區辦公室，絕對不去一家一家送，他們要信，自己去辦公室找。」

「你們這樣欺負外國人是不對的。」我大聲說。

「妳放心，就算妳不租信箱，有妳的信，我們包送到家。妳先生是同胞，是同胞我們就送。」

我聽了哈哈大笑，世上就有那麼討厭外國人的民族，偏偏他們賺的是遊客生意。

「你們討厭外國人，西班牙就要餓死。」

「遊客來玩玩就走，當然歡迎之至。但是像你們住的地方，他們外國人來了，自成一區，長住著不肯走，這就討厭透了。」

荷西住在這個社區一個月，我們申請的新工作都沒有著落，他又回到對面的沙漠去做原來的事情。那時撒哈拉的局勢已經非常混亂了，我因此一個人住了下來，沒有跟他回去。

「三毛，起初一定是不慣的，等我有假了馬上回來看妳。」

荷西走的時候一再的叮嚀我生活上的事情。

「我有自己的世界要忙，不會太寂寞的。」

「妳不跟鄰居來往？」

「我一向不跟鄰居來往的，在沙漠也是人家來找我，我很少去串門子的。現在跟這些外國人，我更不會去理他們了。」

「真不理？」

「不理，每天一個人也夠忙的了。」

我打定主意跟這些高鄰雞犬相聞，老死不相往來。

我之後來在兩個月之內，認識了那麼多的鄰居，實在不算我的過錯。

荷西不在的日子，我每天早晨總是開了車去小鎮上開信箱、領錢、寄信、買菜、看醫生，做這些零碎的事情。

我的運氣總不很好，每當我的車緩緩的開出那條通公路的小徑時，總有鄰居在步行著下坡也要去鎮上辦事。

我的空車停下來載人是以下幾種情形：遇見年高的人我一定停車，提了東西在走路的人我也停車，小孩子上學我順便帶他們到學校，天雨我停車，出大太陽我也停車。總之，我的車很少有不滿的時候，當然，我載客的對象總是同一個社區裏住著的人。

我一向聽人說，大凡天下老人，都是嚕嚥悲傷自哀自憐，每日動也不動，一開口就是寂寞無聊的一批人。所以，我除了開車時停車載這些高年人去鎮上辦事之外，就硬是不多說太多的話，也決不跟他們講我住在哪一幢房子裏，免得又落下如同沙漠鄰居似的陷阱裏去。

荷西有假回來了，我們就過著平淡親密的家居生活。他走了，我一個人種花理家，見到鄰居了，會說話也不肯多說，只道早午安。

「妳這種隱士生活過得如何？」荷西問我。

「自在極了。」

「不跟人來往？」

「哎啊！想想看，跟這些七老八十的人做朋友有什麼意思。本人是勢利鬼，不受益的朋友絕對不收。」

所以我堅持我的想法，不交朋友。都是老廢物嘛，要他們做什麼，中國人說敬老敬老，我完全明白這個道理，給他們來個敬而遠之。

所以，我常常坐在窗口看著大海上飄過的船。荷西不回來，我只跟小鎮上的人說說話；鄰居，絕對不理。

有那麼一天中午，我坐在窗前的地毯上向著海發呆，身上包了一塊舊毛巾，抽著線算算今天看過的船有幾隻。

窗下面我看見過不知多少次的瑞典清道夫又推著他的小垃圾車來了，這個老人鬍子曬得焦黃，打赤膊，穿一條短褲，光腳，眼光看人時很銳利，身子老是彎著。他最大的嗜好就是掃這個社區的街道。

我問過辦公室的卡司先生，這清道夫可是他們請來的？他們說：「他退休了，受不了北歐的寒冷，搬到這裏來長住。他說免費打掃街道，我們當然不會阻止他。」

這個老瘋子說多瘋就有多瘋，他清早推了車出來，就從第一條街掃起，掃到我這條街，已經是中午了。他怎麼個掃法呢？他用一把小掃子，把地上的灰先收起來，再用一塊抹布把地用力來回擦，他擦過的街道，可以用舌頭舔。

那天他在我窗外掃地，風吹落的白花，這老人一朵一朵拾起來。海風又大吹了一陣，花又落下了，他又拾；風又吹，他又拾。這樣弄了快二十分鐘，我實在忍不住了，光腳跑下石階，乾脆把我那棵樹用力亂搖，落了一地的花，這才也蹲下去一聲不響的幫這瘋子拾花。

等我們撿到頭都快碰到一起了，我才抬起頭來對他嘻嘻的笑起來。

「您滿意了吧？」我用德文問他。

這老頭子這才站直了身子，像一個希臘神祇似的嚴肅的盯著我。

「要不要去喝一杯茶？」我問他。

他點點頭，跟我上來了。我給他弄了茶，坐在他對面。

「妳會說德文？」他好半晌才說話。

「您幹嘛天天掃地？掃得我快瘋了，每天都在看著您哪。」

他嘴角居然露出一絲微笑，他說：「掃地，是掃不瘋的，不掃地才叫人不舒服。」

「幹嘛還用抹布擦？您不怕麻煩？」

「我告訴妳，小孩子，這個社區總得有人掃街道，西班牙政府不派人來掃，我就天天掃。」

他喝了茶，站起來，又回到大太陽下去掃地。

「我覺得您很笨。」我站在窗口對他大叫，他不理。

「您為什麼不收錢？」我又問他，他仍不理。

一個星期之後，這個老瘋子的身旁多了一個小瘋子，只要中午看見他來了，我就高興的跑下去，幫他把我們這半條街都掃過。只是老瘋子有意思，一板一眼認真掃，小瘋子只管搖鄰居的樹，先把葉子給搖下來，老人來了自會細細拾起來收走，這個美麗的社區清潔得不能穿鞋子踩。

我第一次覺得，這個老人可有意思得緊，他跟我心裏的老人有很大的出入。

又有一天，我在小鎮上買菜，買好了菜要開車回來，才發覺我上一條街的德國老夫婦也提了菜出來。

我輕輕按了一下喇叭，請他們上車一同回家，不必去等公共汽車，他們千謝萬謝的上來了。

等到了家門口，他們下車了，我看他們那麼老了，心裏不知怎的發了神經病，不留神，就說了：「我住在下面一條街，十八號，就在你們陽台下面，萬一有什麼事，我有車，可以來叫我。」

說完我又後悔了，趕快又加了一句：「當然，我的意思是說，很緊急的事，可以來叫我。」

「嘻嘻！妳的意思是說，如果我心臟病發了，就去叫妳，是不是？」

我就是這個意思，但給這精明的老傢伙猜對了我的不禮貌的同情，實在令我羞愧了一大陣。

過了一個星期，這一對老夫婦果然在一個黃昏來了，我開門看見是他們，馬上一緊張，說：「我這就去車房開車出來，請等一下。」

「嗯，女孩子，妳開車幹什麼？」老傢伙又盯著問。

「我哪裏知道做什麼。」我也大聲回答他。

「我們是來找妳去散步的。人有腳，不肯走路做什麼。」

「你們要去哪裏散步？」我心裏想，這兩個老傢伙，加起來不怕有一百八十歲了，拖拖拉拉去散步，我可不想一起去。

「沿著海灣走去看落日。」老婆婆親切的說。

「好，我去一次，可是我走得很快的哦！」我說著就關上了門跟他們一起下山坡到海邊去。

三個小時以後，我跛著腳回來，頸子上圍著老太太的手帕，身上穿著老傢伙的毛衣，累得一到家，坐在石階上動都不會動。

「年輕人，要常常走路，不要老坐在車子裏。走這一趟就累得這個樣子，將來老了怎麼是好。」老傢伙大有勝利者的意味，我抓頭瞪了他一眼，一句都不能頂他。世上的老人五花八門，我慢慢的喜歡他們起來了。

當然，我仍是個勢利極了的人，不受益的朋友我不收，但這批老廢物可也很給我受益。

我在後院裏種了一點紅蘿蔔，每星期荷西回來了就去拔，看看長了多少，那一片蘿蔔老也不長，拔出來只是細細的線。

有一日我又一個人蹲在那裏拔一個樣品出來看看長了沒長，因為太專心了，短牆上突然傳來的大笑聲把我嚇得跌坐在地上。

「每天拔是不行的，都快拔光啦！」

我的右鄰手裏拿著一把大油漆刷子，站在扶梯上望著我。

「這些菜不肯長。」我對他說。

「妳看我的花園。」他說這話時我真羞死了。這也是一個老頭子，他的院子裏一片花紅柳綠，美不勝收，我的園子裏連草也不肯長一根。

我馬上回房內去抱出一本園藝的書來，放在牆上，對他說：「我完全照書上說的在做，但什麼都不肯長。」
「啊！看書是不行的，我過來替妳醫。」他爬過梯子，跳下牆來。
兩個月後，起碼老頭子替我種的洋海棠都長得欣欣向榮。
「您沒有退休以前是花匠嗎？」我好奇的問他。
「我一輩子是錢匠，在銀行裏數別人的錢。退休了，我內人身體不好，我們就搬到這個島來住。」
「我從來沒有見過您的太太。」
「她，去年冬天死了。」他轉過頭去看著大海。
「對不起。」我輕輕的蹲著挖泥巴，不去看他。
「您老是在油漆房子，不累嗎？」
「不累，等我哪一年也死了，我跟太太再搬來住，那時候可是我看得見妳，妳看不見我們了。」
「您是說靈魂嗎？」
「妳怕？」
「我不怕，我希望您顯出來給我看一次。」
他哈哈大笑起來，我看他失去了老伴，還能過得這麼的有活力，令我幾乎反感起來。
「您不想您的太太？」我刺他一句。
「孩子，人都是要走這條路的，我當然懷念她，可是上帝不叫我走，我就要盡力歡喜的活下去，不能過分自棄，影響到孩子們的心情。」

「您的孩子不管您？」

「他們各有各的事情，我，一個人住著，反而不覺得自己是廢物，為什麼要他們來照顧。」

說完，他提了油漆桶又去刷他的牆了。

養兒何須防老，這樣豁達的人生觀，在我的眼裏，是大智慧大勇氣的表現。我比較了一下，我覺得，我看過的中國老人和美國老人比較悲觀，歐洲的老人很不相同，起碼我的鄰居們是不一樣的。

我後來認識了艾力克，也是因為他退休了，常常替鄰居做零工，忙得半死也不收一毛錢。有一天我要修車房的門，去找芬蘭木匠，他不在家，別人就告訴我去找艾力克。

艾力克已經七十四歲了，但是他每天拖了工具東家做西家修，怎也老不起來。

等他修完了車房門之後，他對我說：「今天晚上我們有一個音樂會，妳想不想來？」

「在誰家？什麼音樂會？」

「都是民歌，有瑞典的、丹麥的、德國的，妳來聽，我很歡喜妳來。」

那天晚上，在艾力克寬大的天台上，一群老人抱著自己的樂器興高采烈的來了，我坐在欄杆上等他們開場。

他們的樂器有笛子，有小提琴，有手風琴，有口琴，有拍掌的節奏，有悠揚的口哨聲，還有老太太寬宏的歌聲盡情放懷的唱著。

艾力克在拉小提琴，一個老人頑皮的走到我面前來一鞠躬，我跳下欄杆跟他跳起圓舞曲來。我從來沒有跟這麼優雅的上一代跳過舞，想不到他們是這樣的吸引我；他們豐盛的對生命的熱愛，對短促人生的把握，著實令我感動。那個晚上，月亮照在大海上，襯著眼前的情景，令我不由得想到死的問題。生命是這樣的美麗，上帝為什麼要把我們一個一個收回去？我但願永遠活下去，永遠不要離開這個世界。

等我下一次再去找艾力克時，是因為我要鋸一截海邊拾來的飄流木。

開門的是安妮，一個已經七十歲了的寡婦。

「三毛，我們有好消息告訴妳，正想這幾天去找妳。」

「什麼事那麼高興？」我笑吟吟的打量著穿游泳衣的安妮。

「艾力克與我上個月開始同居了。」

我大吃一驚，歡喜得將她抱起來打了半個轉。

「太好了，恭喜恭喜！」

伸頭去窗內看，艾力克正在拉琴。他沒有停，只對我點了點頭，我跑進房內去。

「艾力克，我看你那天晚上就老請安妮跳舞，原來是這樣的結果啊！」

安妮馬上去廚房做咖啡給我們喝。

喝咖啡時，安妮幸福的忙碌著，艾力克倒是有點沉默，好似不敢抬頭一樣。

「三毛，妳在乎不結婚同居的人嗎？」安妮突然問我。

「那完全不是我的事，你們要怎麼做，別人沒有權利說一個字。」

「那麼妳是贊成的？」

「我喜歡看見幸福的人，不管他們結不結婚。」

「我們不結婚，因為結了婚我前夫的養老金我就不能領，艾力克的那一份只夠他一個人活。」

「妳不必對我解釋，安妮，我不是老派的人。」

等到艾力克去找鋸子給我時，我在客廳書架上看放著的相片，現在不但放有艾力克全家的照片，也加進了安妮全家的照片。艾力克前妻的照片仍然放在老地方，沒有取掉。

「我們都有過去，我們一樣懷念著過去的那一半。只是，人要活下去，要再尋幸福，這並不是否定了過去的愛情……」

「妳要說的是，人的每一個過程都不該空白的過掉，我覺得妳的做法是十分自然的。安妮，這不必多解釋，我難道連這一點也不瞭解嗎？」

借了鋸子我去海邊鋸木頭，正是黃昏，天空一片豔麗的紅霞。我在那兒工作到天快黑了，才拖了鋸下的木頭回家。我將鋸子放在艾力克的木柵內時，安妮正在廚房高聲唱著歌，七十歲的人了，歌聲還是聽得出愛情的歡樂。

我慢慢的走回家，算算日期，荷西還要再四天才能回來。我獨自住在這個老年人的社區裏，本以為會感染他們的寂寞和悲涼，沒有想到，人生的盡頭，也可以再有春天，再有希望，再有信心。我想，這是他們對生命執著的熱愛，對生活真切的有智慧的安排，才創造出了奇蹟般燦爛的晚年。

我還是一個沒有肯定自己的人，我的下半生要如何度過，這一群當初被我視為老廢物的傢伙們，真給我上了一課在任何教室也學不到的功課。

士為知己者死。

我的先生荷西有一個情同手足的朋友，名叫做米蓋。這個朋友跟荷西興趣十分投合，做的工作也相同，服兵役時又分派在一個單位，可以說是荷西的另一個兄弟。

三年前荷西與我到撒哈拉去居住時，我們替米蓋也申請到了一個差事，請他一同來沙漠唱情歌。

當時荷西與我有家了，安定了下來，而米蓋住在單身宿舍裏。週末假日，他自然會老遠的回家來，在我們客廳打地舖，睡上兩天，大吃幾頓，才再去上班。

這樣沙漠苦樂兼有的日子過了很久，我們慢慢的添了不少東西，也存了一點點錢。而米蓋沒有家累的單身生活，卻用得比我們舒服。他花錢沒有計畫，借錢給朋友一出手就是一大筆；高興時買下一大堆音響設備，不高興時就去買張機票回西班牙故鄉去看女朋友。日子倒也過得逍遙自在，是一個快樂的單身漢。

我常常對米蓋說，快快成家吧。因為他故鄉青梅竹馬的貝蒂已經等了他十多年了。

當時米蓋堅持不肯結婚的理由只有一個，他不願意他最愛的人來沙漠過苦日子。

他總是說，等有一天，他有了像樣的家，有了相當的積蓄，有了身價，才能再接貝蒂來做他的妻子。

米蓋所講的一個好丈夫的必備條件，固然是出於他對貝蒂的愛護。但是在我看來，娶一個太太，並不是請一個觀音菩薩來家裏日夜供奉的。所以，我認為他的等待都失於過分周全而又不必的。

等到撒哈拉被瓜分掉，我獨自搬到沙漠對面大西洋的小島上來居住時，荷西週末總是坐飛機來看我。米蓋，自然也會一同來，分享我們家庭的溫暖。

米蓋每次來迦納利島，總會趕著上街去買很多貴重的禮物，交給我寄去他千里外故鄉的女友，有時也會託我寄錢去給他守寡的母親。

這是一個個性奔放、不拘小節、花錢如水的朋友。米蓋的薪水，很可以維持一個普通的家庭生活，但是他自由得如閒雲野鶴，結婚的事情就這樣遙遙無期的拖下來。

有一日我收到米蓋女友寫給我的一封長信，在她不很通順的文筆之下，有心人一樣可以明白她與米蓋長年分離的苦痛和無奈。一個這樣純情女子的來信，深深的感動了我，很希望幫助米蓋和她，早早建立他們的家庭。

米蓋下一次跟荷西再回家來時，我就替貝蒂向他苦苦的求婚。我給他看貝蒂的來信，他看了信眼圈都溼了，仰頭躺在沙發上不響。

「我太愛她了，不能給她好日子過，我怎麼對得起她。」

「你以為她這幾年在故鄉苦苦等你，她的日子會好過？」

「我沒有錢結婚。」

「哈！」荷西聽見他這麼說大叫了一聲。

「世界上有些笨女人就是不要錢的。像三毛，我沒花錢她就跑去沙漠嫁我了。」

我笑嘻嘻的望著米蓋，很鼓勵的對他說：「貝蒂也會是個好妻子，你不要怕，結婚不會是一件嚴重的事情。」

那時烤雞的香味充滿了整幢房子，桌上插著野花，錄音機在播放優美的音樂。米蓋面前，坐著兩個幸福的人，真是一幅美滿溫暖的圖畫。

米蓋被我們感動了，他拿出那個月的薪水來交給我去銀行存起來，又請荷西捉刀，寫了一封恭恭敬敬的信給他的準岳父，再打長途電話去叫貝蒂預備婚禮。而同一天，我已經替他在我們這沿海的社區找到了一幢美麗的小房子先租了下來。

米蓋過了二十天左右，終於再從沙漠來我們家，住了一天，荷西替他惡補了一下新婚的常識，才壯志從容的上了飛機回西班牙去娶太太了。

「不要擔心，你們結婚後，打電報來告訴我你們的班機，荷西不在，我可以去接你們。」我對米蓋說。

最高興的人還是荷西，他很喜歡米蓋也有了一個像我們這樣的家。更何況他們的家並不建立在艱苦的沙漠裏。在一開始上，貝蒂就方便多了。

天下的夫婦，雖然每一對都不相同，但是只有兩件事情是婚後必須面臨的：第一件是賺錢，第二件是吃飯。

照理說，男的大部分是被派出去賺錢，而女的留在家裏煮飯。米蓋結婚之後，自然也不例外。他努力去沙漠賺錢，假日一定飛回家來陪著貝蒂，跟我的先生一樣的模範。

我們因為將米蓋一向視為荷西的手足，過去米蓋不知在我們家吃過多少次飯，所以貝蒂與米蓋結婚了快三個月後，我們忍不住去討舊債，一定要貝蒂做飯請我們吃。

米蓋平日有一個綽號，叫做「教父」。因為他講義氣，認朋友，滿腔熱血，是識貨的，他都賣。米蓋的太太請客，雖是我們去吵出來的結果，但是荷西對米蓋有信心，想必米蓋會山珍海味的請我們大吃一場，所以前一日就不肯多吃飯，一心一意要去大鬧天宮。

那個星期日的早晨，荷西當然拒絕吃飯，連牛奶也不肯喝一滴，熬到中午十二點半，拖了我就往米蓋家去叫門。

叫了半天門，貝蒂才慢慢的伸出頭來，滿頭都是髮捲，對我們說：「可不可以先回去，我剛剛起床。」

我們不以為意，又走回家去。一路上荷西嚇得頭都縮了起來，他問我：「捲頭髮時候的女人，怎麼那麼可怕。還好妳不弄這一套，可憐的米蓋，半夜醒來豈不嚇死。」

在家裏看完了電視新聞，我們再去等吃的，這一次芝麻開門了。

米蓋並沒有出來迎接我們。我們伸頭去找，他在鋪床，手裏抱了一條換下來的床單，腳下夾著一支掃把，身上還是一件睡衣。看見了我們，很抱歉的說：「請坐，我這就好了。」

荷西又跑去廚房叫貝蒂：「嫂嫂，妳兄弟餓瘋了，快給吃的啊！」

裏面靜悄悄的沒有聲音。

我跑去廚房裏想幫忙，看見廚房裏空空如也，只有一鍋湯在熬，貝蒂埋頭在切馬鈴薯。

我輕輕的打開冰箱來看，裏面有四片肉，數來數去正好一人一片，我也不敢再問了。

等到三點鐘，我們喝完了細麵似的清湯，貝蒂才捧出了炸馬鈴薯和那四片肉來。

我們很客氣的吃完了那頓飯，還沒有起身，米蓋已經飛快的收拾了盤子，消失在廚房裏。不久，廚房裏傳來了洗碗的水聲。

我回想到米蓋過去幾年來，在我們家吃完了飯，跟荷西兩個把盤子一推就下桌的樣子；再看看他現在的神情，我心裏不知怎的產生了一絲悵然。

「米蓋結婚以後，安定多了，現在我一定要他存錢，我們要為將來著想。」貝蒂很堅決的在訴說她的計畫。她實在是一個忠心的妻子，她說的話都沒有錯，但是在我聽來，總覺得我對米蓋有說不出的憐憫和淡淡的不平。

等我們要走了時，米蓋才出來送我們，口裏很難堪的說了一句：「下次再來吃，貝蒂今天身體不好，弄少了菜。」

我趕快把他的話打斷了，約貝蒂第二日去買東西，不要米蓋再說下去。

在回家的路上，荷西緊緊的拉住我，輕輕的對我說：「謝謝妳，太太！」

「謝我做什麼？」

「因為妳不但餵飽妳的先生，妳也沒有忘記餵飽他的朋友。」

其實，貝蒂餵不飽我的先生荷西是一點關係也沒有的，因為她不是他的太太。我更不在乎我做客有沒有吃飽，只是告別時米蓋欲言又止的難堪表情，在我心裏反覆的淡不下去。

世界上每一個人生下來，自小都養成了一句不可能不用的句子，就是「我的」這兩個字。人，不但有佔有性，更要對外肯定自己擁有的東西。於是，「我的」爸爸，「我的」媽媽，「我的」弟弟，「我的」朋友……都產生了。

這種情形，在一個女人結婚之後，她這個「我的丈夫」是萬萬不會忘記加上去的。所以，丈夫在婚紙上簽上了名，就成了一筆女人的財產。

對於荷西，我非常明白他的個性，他是個有著強烈叛逆性的熱血男兒，用來對待他唯一的方法，就是放他去做一個自由的丈夫。

他出門，我給他口袋裏塞足錢；他帶朋友回家來，我哪怕是在沙漠居住時，也盡力做出好菜來招待客人；他夜遊不歸，回來我隻字不提；他萬一良心發現了，要洗一次碗，我就馬上跪下去替他擦皮鞋。

因為我私心裏也要荷西成為「我的」丈夫，所以我完完全全順著他的心理去做人行事。又因為荷西是一個凡事必然反抗的人，我一放他如野馬似的出去奔狂，他反而中了圈套，老做相反的事情。我越給他自由，他越不肯自由，日子久了，他成了「我的好丈夫」，而他內心還以為「叛妻」之計成功。我們各自暗笑，得其所哉，而幸福家庭的根基，就因此打得十分穩健了。

我很想把這種柔道似的「馴夫術」傳授給米蓋的太太貝蒂，但是吃過她那一頓冰冷的中飯之後，我的熱情也給凍了起來。

米蓋的結婚，是我代貝蒂苦苦求的婚，現在看見他威風已失，滿面惶惑，陪盡小心的樣子，我知道這個「教父」已經大江東去，再也不能回頭了，我的內心，對他有說不出的抱歉。

日子很快的過去，沙漠那邊的戰事如火如荼，米蓋與荷西的公司仍然沒有解散，而職員的去留，公司由個人自己決定。

「妳怎麼說？妳難道要他失業？」貝蒂問我。

「我不說什麼，荷西如果辭了工作回來，別處再去找也一樣的。」

「我們米蓋再危險也得去，我們沒有積蓄，只要不打死，再危險也要去上工的。」

我看了她一眼，不說話。沒有積蓄難道比生命的喪失還要可怕嗎？

等荷西辭了工回來，我們真的成了無業遊民。我們每日沒有事做，總在海邊捉著魚，過著神仙似悠閒的日子。

只有米蓋，在近乎百分之八十的西班牙同事都辭工的情形下，他還是風塵僕僕的奔波在沙漠和工作之間。而那時候，游擊隊已經用迫擊砲在打沙漠的磷礦工地了。

貝蒂每一次看見我們捉了大魚，總要討很多回去。我因為吃魚已經吃怕了，所以樂得送給別人。

過去我們去超級市場買菜，總會在貝蒂的家門口停一停，接了她一起去買菜。等到荷西失業老是在打魚時，貝蒂的冰箱裝滿了魚，而她也藉口沒時間，不再上市場了。

每一次米蓋從烽火亂飛的沙漠休假回家來，他總是坐在一盤魚的前面，而且總是最簡單的烤魚。

「我們米蓋，最愛吃我做的魚。」貝蒂滿意的笑著，用手愛撫的摸著她丈夫的頭髮。米蓋靠在她的身邊，臉上蕩漾著一片模糊而又傷感的幸福。

「我的米蓋」成了貝蒂的口頭語，她是那麼的愛護他，努力存積著他賺回來的每一分錢。她夢想著將來有很多孩子，住在一幢豪華的公寓裏；她甚而對她理想中臥室的壁紙顏色，都一次又一次的提出來跟米蓋談個不休。她的話越來越多，越說越覺得有理，而荷西和米蓋都成了默然不語的啞子，只有我有一聲沒一聲的應付著她。

她，開始發胖了，身上老是一件半舊的洋裝，頭髮總也捨不得放下髮捲，最後看電影去時，她只拿頭巾把髮捲也包在裏面。她已忘了，捲頭髮是為了放下來時好看，而不是把粉紅的捲子像水果似的老長在她頭上。

那個星期日的夜間，米蓋第二日又得回到沙漠去上工。他的神情沮喪極了，他提出來跟貝蒂說了，他不想再去，但是這不是他自己可以左右的事情。所以他再不願，也苦笑著一次一次的回到沙漠去。

「這樣吧！明天我們清早來送你去機場，可以不必叫計程車了。」荷西對米蓋說。

第二日清晨，貝蒂穿了睡袍出來送米蓋，米蓋抱住她親了又親，一再的囑咐著她：「寶貝，我很快就回來了，妳不要擔心我。」

我看貝蒂穿著睡衣，知道她不去機場，於是我也不想跟去了。

米蓋依依不捨的上了車，等到車門關上了，貝蒂才驚叫了一聲往車子跑去，她上去把米蓋拖下車來，手就去掏他的口袋。

「荷西送你去，你的計程車錢可以交出來了。」她把米蓋口袋裏的兩張鈔票拿出來，那恰好是一趟計程車的錢。

「可是貝蒂，我不能沒有一毛錢就這樣上飛機。我要在那邊七天，妳不能一點錢也不給我。」

「你宿舍有吃有住，要用什麼錢？」貝蒂開始兇了。

「可是，寶貝……有時候我可能想喝一瓶汽水。」

「不要說了，沒有就是沒有。」

荷西在一旁聽得要暴跳起來，他把米蓋拉上車，一句話都不說就加足油門開走了。我靠在木柵門邊看著這一幕喜劇，卻一點也笑不出來。

「妳看，一個男人，就是要我們來疼，現在我們存了快二十萬了，如果我不這麼嚴，還有將來的計畫嗎？」

我想貝蒂這樣的愛著米蓋，她的出發點也許是對的，但我打心眼裏不同意她。懶得說話，就走回家去了。

我總是有點重男輕女，我老是在同情米蓋。

島上的杏花開了，這是我們離開沙漠後的第一個春天，荷西與我約了米蓋夫婦一起去踏青。

當我們滿山遍野去奔跑的時候，貝蒂就把兩隻手抱住米蓋，嬌小的身體整個吊在米蓋的身上。

夫妻之間走路的方式各有不同，親密些亦是雙雙儷影，我走不動路時也常常會叫荷西背我。但是在原來就已經崎嶇的山路上，給這甜蜜的包袱貝蒂那麼一來，弄得我們行動困難極了。荷西一氣先跑上山，一轉彎，就此不見了。

動手生火煮飯時，我四處去拾枯樹枝，她還是抱著她的米蓋不放。

「荷西去哪裏了？妳怎麼不管他？」

「他愛去哪裏就去哪裏，肚子餓了會找來的。」

「先生不能像妳放羊似的給放開了，像對米蓋，我就不離開他。」說完她又仰頭去親了一下先生。

等荷西來一起吃完了用樹枝燒出來的飯，我蹲在一旁把泥土撥在柴上弄熄了火，貝蒂收拾了盤子。這一轉身，荷西跟米蓋已經逃之夭夭了。我慢慢的在撿一種野生的草藥，貝蒂等著米蓋回來，已經焦急不快起來。

我採草藥越採越遠，等到天下起大雨來，我才飛快的抱了一大把草往車子裏衝，那時荷西與米蓋也不知從哪裏冒出來了，手裏抱了一大懷的野白花。

荷西看見了我，拿起花就往我臉上壓過來，我拿了草藥跟他對打得哈哈大笑。再一回頭，貝蒂鐵青著臉坐在車裏面，米蓋帶給她的花被她丟在腳下，米蓋急得都快哭了似的趴在她的側面，輕輕的在求饒：「寶貝，我不過是跑開了一下，不是冷落妳了，妳不要生氣。」我們給貝蒂的臉色真的嚇住了，也不敢再吵，乖乖的上了車。一路回來，空氣緊張得要凍住了。我知道，以貝蒂這樣的性格，米蓋離開她一分鐘，她都會想到愛不愛的事情上去，這種不能肯定丈夫情感的太太，其實在她自己亦是乏味的吧！

浮士德將他的影子賣給了別人。當那天米蓋小心翼翼的扶著貝蒂下車時，我細細的看著地上，地上果然只有貝蒂的影子，而米蓋的那一邊，什麼都看不見。

一個做太太的，先拿了丈夫的心，再拿他的薪水，控制他的胃，再將他的腳綁上一條細細的長線放在她視力所及的地方走走；她以愛心做理由，像蜘蛛一樣的織好了一張甜蜜的網，她要丈夫在她的網裏面唯命是從；她的家也就是她的城堡，而城堡對外面的那座吊橋，卻再也不肯放下來了。

現在的米蓋還是幸福的活在貝蒂的懷裏。我們偶爾會看見他，貝蒂已經大腹便便了，他們常常在散步。米蓋看見荷西時，頭一低，一句話都沒有，只聽貝蒂代他說話。

我親眼見到一個飛揚自由年輕的心，在婚後短短的時間裏，變成一個老氣橫秋，凡事怕錯，低聲下氣，而口袋裏羞澀得拿不出一分錢來的好丈夫。

上個月我們開車要回馬德里去看公婆，在出發坐船回西班牙之前，我們繞過米蓋的家門，我們問米蓋：「你們復活節回不回故鄉去？」

米蓋說：「路費太貴了，貝蒂說不必去了。」

「要不要我們路過你家鄉時，去看看你的母親和妹妹？」

「不必去了，我這邊信也很少寫。」

「要不要送點錢去給你母親？」我悄悄的問他，眼睛一直望著房門。

「也不用了，她，大概還好。」米蓋的聲音裏有一種近乎苦澀的冷淡。

車開時，貝蒂也出來了，她靠在米蓋身邊笑咪咪的向我們揮著手。

「那個米蓋，唉！天哦！」荷西長嘆一聲。

「哪個米蓋？」

「三毛，妳怎麼了？」

「米蓋沒有了，在他娶貝蒂的那一天開始，他已經死了。」

「那麼那邊站的男人是誰？」

「他不叫米蓋，他現在叫貝蒂的丈夫。」

警告逃妻。

荷西的太太三毛，有一日在她丈夫去打魚的時候，突然思念著久別了的家人，於是她自作主張的收拾了行李，想回家去拜見父母。同時，預備強迫給她的丈夫一個意想不到的驚喜和假期。

等她開始大逃亡時，她的丈夫才如夢初醒似的開車追了出去。

那時三毛去意已堅，拎著小包袱，不肯回頭。荷西淚灑機場，而三毛摸摸他的鬍子，微微一笑，飄然上了大鐵鳥，飛回千山萬水外的故鄉來。

對付這樣的一個妻子，荷西當然羞於登報警告。以他的個性，亦不必再去追究。放她逃之夭夭，對做丈夫的來說亦未嘗不是一件樂事。

但是反過來一想，家中碗盤堆積如山，被單枕頭無人洗換，平日三毛嘮叨不勝其煩，今日人去樓空，燈火不興，死寂一片，又覺悵然若失。

左思右想，三毛這個人物，有了固然麻煩甚多，缺了卻好似老覺得自己少了一塊肋骨，走路坐臥都不是滋味，說不出有多難過。

在三毛進入父母家中不到兩日，荷西貼著花花綠綠郵票的信已經輕輕的埋伏在她家信箱裏。

「咦，警告逃妻的信那麼快就來了！」三毛在家剛拿到信就想撕開；再一看，信封上寫的是媽媽名字，原來警告書還是發給監護人岳母的哪。

「孩兒寫信來了，請大人過目。」雙手奉上交給媽媽。

媽媽笑咪咪的接過信來，說：「好孩子。」

「他這信我如何看法？是橫是直？」又問。

「是橫，拿來給譯。」三毛接過信來大聲誦讀。

「親愛的岳母大人：

三毛逃回你們身邊去了，我事先實在不知道她會有如此瘋狂的舉動。我十分捨不得她，追去機場時，她抱住機門不肯下來。我知道你們是愛她的，可是這個小女人無論到了哪裏，別人都會被吵得不能安寧，我情願自己守著她，也不肯岳父母因為她的返家而吃苦。請原諒我，三毛的逃亡，是我沒有守好她。今日她在家中，想來正胡鬧得一塌糊塗，請包容她一點，等下星期我再寫信騙她回到我身邊來，也好減輕你們的辛勞。

三毛走時，別的東西都沒有帶走，她劃玻璃用的鑽石丟在抽屜裏，只帶走了她每日服用的藥片和幾盒針藥。媽媽想來知道，三毛這半年來鬧得不像話，不但開車跟別人去撞，還一直喜歡住醫院開刀；從那時候起，醫生就請她天天吃藥，三毛吃得麻煩透了，一直吵著要吃一點飯，我不給她吃，也是為了她的健康！

謝天謝地，她走了我細細一查，總算該吃的藥都包走了。請母親明白，她帶了藥，並不一定會吃，如果她吃了，又會不改她的壞習慣，一口氣將三日份的藥一次服下去，我真怕她這麼亂來，請媽媽看牢她。

近年來三毛得了很重的健忘症，也請媽媽常常告訴她，我叫荷西，是妳的半子，是她的丈夫，請每天她洗完澡要睡時，就提醒她三次，這樣我才好騙她回來。

謝謝媽媽，千言萬句不能表達我對妳的抱歉，希望三毛不要給你們太多麻煩。我原以為我還可以忍受她幾年，不想她自己逃亡了，請多包涵這個管不住的妻子，請接受我的感激。

你們的兒子　荷西上」

三毛一口氣譯完了信，靜靜的將信摺起來，口裏說著：「來騙！來騙！看你騙得回我。」此時她的母親卻慈愛的看了她一眼，對她說：「不要發健忘症，他是荷西，是妳的丈夫，住一陣就回去呢！」

「那得看他如何騙回逃妻了。」一抿嘴笑笑，順手抓了一把藥片到口裏去嚼。

以後荷西警告逃妻的信源源不絕的流入三毛父親家的信箱裏，想將這隻脫線的風箏收回非洲去。

「三毛：

對於妳此次的大逃亡，我難過極了。知道妳要飛三天才能抵達台北，我日日夜夜不能安睡，天天聽著廣播，怕有飛機失事的消息傳來。妳以前曾經對我說，我每次單獨去沙漠上班時，妳等我上了飛機，總要聽一天的廣播，沒有壞消息才能去睡。當時我覺得妳莫名其妙，現在換了妳在飛機上，我才明白了這種疼痛和牽掛。

我很想叫妳回到我身邊來，但是妳下決心回家一次也很久了，我不能太自私，請妳在台灣盡情的說妳自己的語言，盡量享受家庭的溫暖。我們婚後所缺乏的東西，想來妳在台灣可以得到補償，請小住一陣就回到我的身邊來，我從今天起就等待妳。

荷西」

「三毛：

妳的信最快要九天才能寄到非洲（如果妳寫了的話）。今天是妳走了的第二天，我想妳還在瑞士等飛機，我十分想念妳。妳走了以後我還沒有吃過東西，鄰居路德送來一塊蛋糕，是昨天晚上，我到現在還沒有吃，要等妳平安抵達的信來了才能下嚥。

妳回去看到父母兄弟姐姐們，就可以回來了，不要逗留太久，快快回來啊！

荷西」

「三毛：

這是妳每天該服的藥名和時間，我現在做了一張表，請按著表去服用。妳一向健忘，收到這信，請妳再麻煩媽媽，每日要她提醒妳看看這份備忘錄。紅色的符號是妳打針的日子，針藥妳只帶去一個月的，我希望妳第一個月已經回非洲來了。如果不回來，我馬上去找醫生開方再寄上給妳。

今天是妳走的第三日，想來已經到家了。我其實也很喜歡跟妳一起回去，只是妳不跟我商量，自己跑掉了，留下我在此吃苦。請問候父母親大人，不要在家麻煩他們太久，快快回來啊！

荷西」

「三毛：

今天收到父親由台北打來的電報，說妳平安抵達了，我非常欣慰。確定妳的確是在台北，我才放心了。我一直怕妳中途在印度下機，自個兒轉去喀什米爾放羊，謝謝妳沒有做出那樣的事情來。我現在很餓，要去煮飯了。謝謝妳的父母親這樣的明白我，給我發電報，請替我感謝他們。

荷西」

「三毛：

今天終於收到妳的來信了，我喜得在信箱裏給郵差留下了二十五塊錢的小帳。打開信來一看，妳寫得潦草不堪，還夾了很多中文字，這令我十分苦惱，我不知找誰去譯信。

今天卡爾從他花園裏跨到我們家來，他用力拍著我的臂膀對我說：『恭喜你，你自由了，這太太終於解決掉了，女人是一種十分麻煩的動物。』

我聽見卡爾這樣講，真恨不得打碎他的臉。這個人單身漢做慣了，哪裏明白我的福氣。我今天買了兩打雞蛋，學妳用白水煮煮，但是不及妳做出來的好吃。

我十分想念妳，沒有妳的日子，安靜極了，也寂寞不堪，快回來吧！

荷西」

「三毛：

妳實在是一個難弄的人，妳說我寫的信都是騙妳回非洲的手段，這真是冤枉了我。我早知道對待妳這樣的人甜言蜜語是沒有用的，但是我寫的只是我心裏想說的話，沒有不誠實的地方，也不是假話，請不要多心。我想請妳回來也是為了給父母好休息一陣，當然我也極想念妳，請度假滿四十天就回來吧，不要這樣拒絕我。

今天我又捉到一隻金絲雀，我們現在一共有三隻了。家裏來了一隻小老鼠，我天天餵牠乳酪吃。日子漫長得好似永遠沒有妳再回來的信息。我今天打掃了全家的房子，花園裏的草也拔了。

現在每餐改吃荷包蛋了。

來信啊！

荷西」

「三毛：

今天鄰居加里在海邊死了，他跛著去海邊是昨天中午的事情，今天我發現他死在岩石上。現在要去叫警察找瑞士領事館的領事，馬上把他的家封起來。

三毛，世界上的事情多麼不能預料啊！妳上個月還在跟老加里跳舞，他現在卻靜靜的死了。我今天十分的悲傷，整日呆呆的不知做什麼才好，後日加里下葬我們都會去。

快回來吧！我希望把有生之年的時間都靜靜的跟妳分享。短短的人生，我們不要再分開了啊！快快回來啊！我想念妳！

荷西」

「三毛：

妳說人老了是會死的，這是自然的現象，要我接受這個事實，不要悲哀。但是我還是請妳快快回來，因為在妳那方面，每日與父母兄弟在一起，日子當然過得飛快。在非洲只有我一個人，每日想念著妳；拿個比方來說，在妳現在的情形，時光於妳是『天上一日』，於我卻是——『世上千年』啊，我馬上要老了。

妳問我說妳回非洲來對我有什麼好處，我實在說不上來，但是我誠意的請妳回來。我不知道怎麼表達我對妳的感情，相信妳是明白我的，決定了回來的日期嗎？

荷西」

「三毛：

許久沒有妳的來信了，我天天在苦等著。可能妳正在橫貫公路上旅行，但是旅行的地方也應該可以寄張明信片來啊！

沒有妳的消息真令人坐立不安。

我整夜無法入睡。

荷西」

「三毛：

妳八成是玩瘋了，還是又發了健忘症，不然是哪裏郵局在罷工，為什麼那麼久沒有妳的消息？妳要叫我急死嗎？我想念妳！

荷西」

「三毛：

昨天打電話給妳是打直接叫人的長途電話，結果妳不在家，我算算時差，已經是台灣時間十一點半了，妳仍不在，我只有掛掉了。三毛，許多日子沒有妳絲毫音訊，是發生了什麼事嗎？我昨天徹夜不能睡。

快來信啊！

荷西」

「三毛：

妳鬼畫符一樣的短條子是什麼意思？

『台灣很好』是什麼意思？

妳想再住下去嗎？
妳忘了這裏有妳的丈夫嗎？
妳要我怎麼求妳？妳以前種的花都開了，又都謝了，妳還沒有回來的消息。

荷西」

荷西來了數十封警告逃妻快回家的信。三毛置之不理。遊山玩水，不亦樂乎。將非洲放在心裏，卻不怎麼去理會那塊地方，當然更不想很快回去。荷西是百分之百的好丈夫，不會演出叛艦喋血的事件，這一點三毛十分的放心，因此也不去注意他了。

「三毛：
妳走了不知道有多久了，昨天卡爾來勸我出去走走，我跟他一起進城去。卡爾在城裏有很多朋友，都是十分可親的女孩子們，我們喝了一點啤酒，看了一場表演才回來，那時已是夜深了。
單身漢的日子其實也沒有什麼不好，尤其夜間回家無人嚕嗦，真是奇特的經驗。
卡爾說他一輩子不結婚，我現在才明白了一點點道理。
許久沒有妳的來信了，想來在金門。我祝妳假期愉快。

荷西」

「三毛：

想不到這一次妳的信那麼快就來了，跟卡爾去喝酒又不是什麼了不得的事，何況我只喝了一小瓶。北歐女孩們是親切和氣的，妳不是以前也誇她們嗎？

謝謝妳的來信！真是意外極了。

荷西」

「三毛：

我告訴妳一個好消息，鄰居卡洛那天在油漆屋子，我過去幫忙她，現在她自動要教我英文，我已經開始去學，我非常喜歡英文。卡洛有時候也留我吃飯，妳知道，一個人吃飯是十分乏味的。卡洛是妳走後搬來的英國女孩。

妳如果仍想在台灣住一陣，我原則上是同意的，我還可以忍耐幾個月。

昨天去打網球，天熱起來了。

荷西」

「三毛：

妳實在是誤會我了，卡洛肯教我英文是完全善意的，我們不能恩將仇報；妳說卡洛是壞女人，我覺得完全是沒有根據的冤枉。她十分和善，菜也做得可口，不是壞女人。

再說，妳怎麼知道我跟卡洛去打網球？我上次沒有說啊！

我在此很好，妳慢慢回來吧！

「三毛：

加里死了以後，他以前的房子現在要出租，房東答應租給我們，比我們現在的家大，只多付一千塊錢，所以我明天搬家了。

不要擔心我不會做家事，現在卡洛在幫著掛窗簾，妳不必急著回來。

最近妳的來信很多，是怎麼回事？

荷西」

「三毛：

妳實在是個沒有良心的小女人，妳寫給卡洛的信我沒有拆就轉給她了。她說妳在信上將她罵得狗血淋頭，她十二分的委屈。妳說妳的新家不要她來做窗簾，可是她是誠心誠意的在幫助我，一如她佈置自己的家一般熱心，妳怎麼可以如此小家氣？

男女之間當然有友誼存在。妳說卡洛是鄰家的女兒，每一張《花花公子》裏的裸體照片的美女，都像鄰家的女兒，所以我不可再見卡洛，妳的推論十分荒謬。

昨日去山頂餐廳吃晚飯，十分享受。

妳呢？在做什麼？

荷西」

「三毛：

妳一次寫十封信來未免太過分也太浪費妳父親的郵票了，我不知道妳在吵鬧什麼，我這兒十分平靜的在過日子。

新家佈置得差不多了，只是花草還要買來種，卡洛說種一排仙人掌在窗口可以防小偷，我看中了一些爬藤的植物，現在還沒有決定。如果花店買不到，我們可能會去山上挖些花草，同時去露營。

荷西」

「三毛：

妳說要打碎卡洛的頭，令我大吃一驚，她是一個極聰明的女孩子，妳不能打她的頭。再說，妳為什麼不感激一個代妳照顧丈夫的人？

我們上山不過是去找野花草回來種。不要大驚小怪。

妳說加里是妳的朋友，現在我住在他的房子裏，他的鬼魂會幫忙妳看守著我。這真是怪談又一章，我沒有做對不起妳的事，更奇怪的是，何必想出鬼魂來嚇我。

卡洛根本不怕鬼，她叫我告訴妳。

妳好嗎？

荷西」

「三毛：

我並沒有注意到我在上封信裏將卡洛和我講成——『我們』，我想妳是太多心了，所以看得比較清楚，這也不是什麼大不了的死罪，我無需做任何解釋。

妳最近來信很多，令我有點不耐煩。妳在做什麼我全然不知，但我在做什麼都細細向妳報告，這是不公平的。

我很好。妳好嗎？

荷西」

「三毛：

妳如果不想寫信，我是可以諒解的，下星期我出發去島的北端度假一週，妳就是來信，我也不會收到。

天氣熱了，是游泳的好日子。卡洛說台灣有好些個海水浴場，我想她是書上看到的，我們在此過得很好，妳也去游泳了嗎？

荷西」

「三毛：

我旅行回來，就看到妳的電報，妳突然決定飛回來，令我驚喜交織。為什麼以前苦苦的哀求妳，妳都不理不睬，而現在又情願跑回來了？

無論如何我是太高興了，幾乎要狂叫起來。這幾十天來，每天吃雞蛋已經快吃瘋了，妳又沒有什麼同情心，對我的情況置之不理。我當然知道，要一個逃亡的妻子回到家裏來不是件簡單的事；更何況妳逃亡的動機不是生氣出走，而是回家去遊玩，這就更無回頭的希望了，因為台灣聽說很好玩。

我在妳出走時就想用愛心來感動妳，也許妳會流著淚回到我的懷裏來，再做我嘮叨的妻子。但是我用的方法錯誤，妳幾乎把我忘了，更不看重我的信。

那天卡爾來看我，他對我說，你們中國的孔夫子說過，這世界上凡是小人和女人都是難養的，你對他們好，他們會瞧不起你，你疏遠他們，他們又會怨個不停。

我聽見卡爾這樣說，再細想，妳果然就是孔夫子說的那種人，所以我假造出鄰居卡洛的故事來，無非是想用激將法，將妳激回來。現在證明十分有效，我真是喜不自勝。

唯一令我擔心的是妳也許不肯相信我這封信上的解釋，以為我真的被卡洛在照顧著，又跟她一同去度假了。其實哪有什麼叫卡洛的人啊！

我是不得已用這種方法騙妳回來的，這的確不是君子做的事情，但是不用這種法子，妳是不肯理睬我的啊！

妳在電報上說，要回來跟我拚命，歡迎妳來。

新家窗簾未上，花草未種，一切等妳回來經營。

請轉告岳父母大人，我已經完成使命，將妳騙回來了。萬一妳相信了我以上所說的都是真的，可能又不肯回非洲來，因為我點破了自己的謊言，於是妳又放心下來，不來拚命了。

如果真是如此，也沒有什麼不好，因為我和卡洛正要同去潛水哪！

妳是回來還是不回來？

擁抱妳，妳忠實的丈夫　荷西」

這種家庭生活。

去年荷西與我逃難出來第一件事，就是匆匆忙忙的跑去電信局掛越洋電話給公公婆婆，告訴他們，我們已經平安了。

「母親，是我，三毛，我們已經出來了，妳一定受了驚嚇。」我在電話裏高興的對婆婆說著。

「……難道妳沒嚇到？什麼？要問爸爸，妳不看報？是，我們不在沙漠了，現在在它對面……怎麼回事……」荷西一把將話筒接過去，講了好久，然後掛上出來了。

「母親什麼都不知道，現在講給她聽，她開始怕了。」

「摩洛哥人和平進軍天天登頭條，她不知道？」

「真可憐，嚇得那個樣子。」荷西又加了一句。

「可是現在都過去了她才嚇，我們不過損失了一個家，丟了事情，人是好好的，已經不用急了。」

第二天我們找到了一個連家具出租的美麗小洋房，馬上又掛長途電話去馬德里。

「父親，我們的新地址是這個，你們記下來。在海邊，是，暫時住下來，不回西班牙。

是，請母親不要擔心。這裏風景很好，她可以來玩，先通知我們，就可以來。是，大概二千多公里的距離，喬其姐夫知道在哪裏，你們看看地圖，好，知道了，好——」

荷西在講電話，我在一邊用手指畫灰灰的玻璃，靜靜的聽著。等荷西掛上電話推門出來了，我才不畫了，預備跟他走。

「咦，三毛，妳在玻璃上寫了那麼多『錢』字做什麼？」荷西瞪著看我畫的字，好新鮮的樣子。

「中西的不同在此也，嘿嘿！」我感喟的說了一句。

「中國父母，無論打電話，寫信，總是再三的問個不停——你們錢夠不夠，有錢用嗎？不要太省，不要瞞著父母——你的家裏從來不問我們過得怎麼樣？逃難出來也不提一句。」

說完這話，又覺自己十分沒有風度，便閉口不再嚕囌了。

那一陣，所有的積蓄都被荷西與我投入一幢馬德里的公寓房子裏去，分期付款正在逼死我們，而手頭的確是一點錢也沒有，偏偏又逃難失業了。

在新家住下來不到十天，我們突然心電感應，又去打電話給馬德里的公公婆婆。

「有什麼事要講嗎？」荷西拿起聽筒還在猶豫。

「隨便講講嘛，沒事打去，母親也會高興的。」

「那妳先講，我去買報紙。」荷西走出去了我就撥電話，心裏卻在想，如果打去台北也像打去馬德里這麼便宜方便，我有多高興呢！

「喂——」嬌滴滴的聲音。

「妹妹，是我——」

「三毛——啊！」尖叫聲。

「妹妹，我要跟母親講講話，妳去叫她——」

「何必呢！妳們下午就面對面講話了，我真羨慕死了，她偏偏不挑我跟去。」

聽見妹妹突如其來的驚嚇，我的腦中轟的一響，差點失去知覺。

「妹妹，妳說母親要來我們這裏？」

「怎麼？早晨發給你們的電報還沒收到？她現在正在出門，十二點的飛機，到你們那兒正好是三點半，加上時差一小時——」

小妹在電話裏講個不停，我伸頭出去看荷西，他正在一個柱子上靠著看報。

「荷西快來，你媽媽——」我大叫他。

「我媽媽怎麼了？」唰一下就衝到話筒邊來了。

「她來了，她來了，現在——」我匆匆忙忙掛下電話，語無倫次的捉住荷西。

「啊！我媽媽要來啦！」荷西居然像漫畫人物似的啊了一聲，面露天真無邪的笑容。

「這是偷襲，不算！」我沉下臉來。

「怎麼不算？咦！妳這人好奇怪。」

「她事先沒有通知我，這樣太嚇人了，太沒有心理準備，我——」

「她不是早晨打了電報來，現在一定在家裏，妳怎麼不高興？」

「好，不要吵了，荷西，我們一共有多少錢？」我竟然緊張得如臨大敵。

「兩萬多塊，還有半幢房子。」

「那不夠，不要再提房子了，我們去公司借錢。」捉了荷西就上車。

在磷礦公司設在迦納利群島漂亮的辦公室裏，我低聲下氣的在求人。

「這個月薪水我們沒有領就疏散了，請公司先發一下，反正還有許多帳都沒有結，遣散費也會下來，請先撥我們五萬塊西幣。」

在填支借表格的時候，荷西臉都紅了，我咬著下唇迫他簽字。

「三毛，何必呢！兩萬多塊也許夠了。」

「不夠，母親辛苦了一輩子，她來度假，我要給她過得好一點。」

領了錢，看看錢，母親正在向我們飛來，我們卻向超級市場飛去。

「這車裝滿了，荷西，再去推一輛小車來。」

「三毛，妳——這些東西我們平時是不吃的啊！太貴了。」

「平時不吃，這是戰時，要吃。」

明明是誠心誠意在買菜，卻為了形容婆婆來是在打仗，被荷西意味深長的瞄了一眼。

婆婆大人真是一個了不起的人物，她不必出現，只要碰到她的邊緣，夫妻之間自然南北對峙，局勢分明了。

「荷西，去那邊架子拿幾瓶香檳，巧克力糖去換一盒裏面包酒的那種，蝸牛罐頭也要幾罐，草莓你也拿了嗎？我現在去找奶油。」

「三毛！」荷西呆呆的瞪著我，好似我突然發瘋了一樣。

「快，我們時間不多了。」

在回家的路上，我拚命的催荷西開車，急得幾乎要哭出來。

「妳發什麼神經病嘛！媽媽來沒有什麼好緊張的。」荷西對我大吼大叫，更增加了我的壓力。

「我有理由叫你快。」我也大吼回去。

到了家門口，我只對荷西說：「把東西搬下來，肉放冰櫃裏，我先走了。」就飛奔回房內去。

等到荷西抱了兩大箱食物進門時，我已經赤足站在澡缸裏放水洗床單了。

「三毛，妳瘋了？」

「母親最注重床單，我們的床給她睡，我一定要洗清潔。」

「可是一小時之內它是不會乾的啊！」

「晚上要睡時它會乾，現在做假的，上面用床罩擋起來，她不會去檢查。哪！掃把拿去，我們來大掃除。」

「家裏很清潔，三毛，妳坐下來休息好不好？」

「我不能給母親抓到把柄，快去掃。」我一面亂踩床單，一面對荷西狂吼。

等我全神貫注在洗床單時，腦子裏還迴響著妹妹的聲音——她現在正在出門。在出門，在出門——又聽到妹妹說——她偏偏不挑我跟去——她不挑我跟去——她不挑我跟去——

我聽到那裏，呼一下把床單舉成一面牆那麼高，不會動了，任著肥皂水流下手肘——她不挑妹妹跟來，表示她挑了別人跟來。她挑了別人跟來，會是誰？會是誰？

「荷西，你快來啊！不好啦！」我伸頭出去大叫，荷西拖了掃把飛奔而入。

「扭了腰嗎？叫妳不要洗——」

「不是，快猜，是誰跟媽媽來了？會是誰？」我幾乎撲上去搖他。

「我不知道。」慢吞吞的一句。

「我們怎麼辦？幾個人來？」

「三毛，妳何必這種樣子，幾個人來？不過是我家裏的人。」荷西突然成了陌生人，冷冷淡淡的站在我面前。

「可是，他們突擊我，我們逃難出來才十天，房子剛剛安頓，東西全丟了，錢也不多，我精神還沒有恢復，我不是不歡迎他們，我，我——」

「妳的意思是說，母親第一次來兒子家，還得挑妳高興的時候？」

「荷西，你知道我不是這個意思，我不過是想給她一個好印象，你忘了當初她怎麼反對我們結婚？」

「為什麼舊事重提？妳什麼事都健忘，為什麼這件事記得那麼牢？」

我瞪了荷西一眼，把溼淋淋的床單一床一床的拖出去曬，彼此不再交談。

我實在不敢分析婆婆突然來訪，我自己是什麼心情。做賊心虛，臉上表情就很難。本來是一件很高興的事，在往機場去接婆婆時，兩個人卻一句話都不多說，望著公路的白線往眼前飛過來。

走進機場，擴音器已經在報了——馬德里來的伊伯利亞航空公司一一○班機乘客，請到7號輸送帶領取行李。

我快步走到出口的大玻璃門處去張望，正好跟婆婆美麗高貴的臉孔碰個正著，我拍著玻璃大叫：「母親！母親！我們來接妳了。」

婆婆馬上從門裏出來，笑容滿面的抱住我：「我的兒子呢？」

「在停車，馬上來了。」

「母親，妳的箱子呢？我進去提。」我問她。

「啊！不用了，二姐他們會提的。」

我連忙向裏面望，卻看見穿著格子襯衫的二姐夫和一個黃頭髮的小男孩。我閉一下眼睛，再看，又看見穿著皮裘的二姐和一個戴紅帽子的小女孩。我深呼吸了一下，轉過身去對婆婆笑笑，她也回報我一個十分甜蜜的笑容。

這些天兵天將的降臨的確喜壞了荷西，他左擁右抱，一大家子往出口走去。我提著婆婆中型的箱子跟在後面，這才發覺，荷西平日是多麼缺乏家庭的溫暖啊！一個太太所能給他的實在是太少了。

到了家，大家開箱子掛衣服，二姐對我說：「這麼漂亮的家，不請我們來，真是壞心眼，還好我們臉皮厚，自己跑來了。」

「我們也才來了十天，剛剛租下來。」

拿了一個衣架到客廳去，荷西正在叫：「太太，妳怎麼啦！下酒的菜拿出來啊！不要小氣，姐夫喝酒沒菜不行的。」

我連忙去冰箱裏拿食物，正在裝，婆婆在我後面說：「孩子，我的床怎麼沒有床單，給我床單，我要鋪床。」

「母親，等晚上我給妳鋪，現在洗了，還沒有乾。」

「可是，我沒有床單——」

「媽媽，妳別吵了。」二姐手裏挾了金毛外甥，拿了一條褲子，大步走過來。

「三毛，拜託點點熱水爐，大衛瀉肚子，拉了一身，我得替他洗澡，這條褲子妳丟到洗衣機裏去洗一下，謝謝！」

二姐當然不會知道，我們還沒有洗衣機。我趕快拿了髒褲子，到花園的水龍頭下去沖洗。通客廳的門卻聽見姐夫的拍掌聲——「弟妹，我們的小菜呢？」

「啊，我忘了，這就來了。」我趕快擦乾了手進屋去搬菜，卻聽見荷西在說笑話：「三毛什麼都好，就是有健忘症，又不能幹。」

再回到水龍頭下洗小孩子的褲子，旁邊蹲下來一個小紅帽，她用力拉我的頭髮，對我說：「戴克拉夫人，我要吃巧克力糖。」

「好，叫荷西去開，乖，舅媽在忙，嗯！」我對她笑笑，拉回自己的頭髮，拎起褲子去曬，卻看見婆婆站在後院的窗口。

「母親，休息一下啊！妳坐飛機累了。」

「我是累了，可是我要睡床單，不要睡床罩。」

我趕緊跑進屋去，荷西與姐夫正在逍遙。

「荷西，你出去買床單好麼？拜託，拜託。」

他不理。

「荷西，請你。」我近乎哀求了，他才抬起頭。

「為什麼差我出去買床單？」

「不夠，家裏床單不夠。」

「那是女人的事。」他又去跟姐夫講話了，我廢然而去。

「戴克拉，我要吃糖。」小紅帽又來拉我。

「好，乖，我們來開糖，跟我來。」我拉著小女孩去廚房。

「這種我不要吃，我要裏面包杏仁的。」她大失所望的看著我。

「這種也好吃的，妳試試看。」我塞一塊在她口裏就走了。

誰是戴克拉？我不叫戴克拉啊！

「三毛，拿痱子粉來。」二姐在臥室裏喊著，我趕快跑進去。

「沒有痱子粉，二姐，等一下去買好麼？」

「可是大衛現在就得搽。」二姐咬著嘴唇望著我，慢慢的說。

我再去客廳搖荷西：「嗯！拜託你跑一趟，媽媽要床單，大衛要痱子粉。」

「三毛，我剛剛開車回來，妳又差我。」荷西睜大著眼睛，好似煩我糾纏不清似的瞪著人。

「我就是要差你，怎麼樣？」我臉忽一下沉了下來。
「咦！這叫恩愛夫妻嗎？三毛！」姐夫馬上打哈哈了。
我板過臉去望廚房，恰好看見婆婆大呼小叫走出來，手裏拿著那盒糖，只好趕快笑了。
「天啊！她說戴克拉給她吃的，這種帶酒的巧克力糖，怎麼可以給小孩子吃，她吃了半盒。安琪拉，快來啊！妳女兒——」
「天知道，妳這小鬼，什麼東西不好吃，過來——」二姐從房裏衝出來，拉了小女兒就大罵，小孩滿嘴圈的巧克力，用手指指我。
「是她叫我吃的。」
「三毛，妳不知道小孩子不能吃有酒精的糖嗎？她不像妳小時候——」荷西好不耐煩的開始訓我。
我站在房子中間，受到那麼多眼光的責難，不知如何下台。只好說：「她不吃，我們來吃吧！母親，妳要不要嚐一塊？」
突然來的混亂，使我緊張得不知所措。
分離了一年，家庭團聚，除了荷西與姐夫在談潛水之外，我們沒有時間靜下來談談別後的情形。
荷西去買床單時，全家都坐車進城了，留下瀉肚子的三歲大衛和我。
「妳的起動機在哪裏？」他專注的望著我。
「乖大衛，三毛沒有起動機，你去院子裏抓小蝸牛好嗎？」

「我爸爸說，妳有小起動機，我要起動機。」

「三毛替你用筷子做一個起動機。來，你看，用橡皮筋綁起來，這一支筷子可以伸出去，你看，像不像？」

「不像，不像，我不要，嗚，嗚——」筷子一大把往牆上摔。

「不要哭，現在來變魔術。咦！你看，橡皮筋從中指跳到小指去了，你吹一口氣，試試看，它又會跳回來——」

「我不要，我要起動機——」

我嘆一口氣從地上爬起來，晚飯要煮了，四菜一湯。要切、要洗、要炒，甜點做布丁方便些；桌布餐巾得翻出來；椅子不夠，趕快去鄰居家借；刀叉趁著婆婆沒回來，快快用去污粉擦擦亮；盤子夠不夠換？酒夠不夠冰？姐夫喝紅酒還是威士忌？荷西要啤酒，小孩子們喝可樂還是橘子水？婆婆是要礦泉水的，這些大大小小的杯子都不相同，要再翻翻全不全。冰塊還沒有凍好，飯做白飯還是火腿蛋炒飯？湯裏面不放筍乾放什麼？筍乾味道婆婆受得了嗎？晚飯不要太油膩了，大衛瀉肚子；吃吐司麵包是不是要烤？

這麼一想，幾秒鐘過去了，哭著的小孩子怎麼沒聲音了，趕快出去看，大衛好好的坐著動也不動，衝過去拖他起來，大便已經瀉了一身一地。

「小傢伙，你怎麼不叫我？不是跟你講了一千遍上廁所要叫、要喊，快來洗。」

亂洗完了小孩，怎麼也找不到他替換的長褲，只好把他用毯子包起來放在臥室床上。一面趕快去關火，洗褲子，再用肥皂水洗弄髒了的地毯，洗著洗著大批人就回來了。

「肚子餓壞了，三毛，開飯吧！」怎不給人喘口氣的時間？

「好，馬上來了。」丟下地毯去炒菜，荷西輕輕的走過來，體貼的說：「不要弄太多菜，吃不了。」

「不多！」我對他笑笑。

「天啊！誰給你光著屁股站在冰涼的地上，小鬼，你要凍壞啦！你的褲子呢？剛剛給你換上的，說——」二姐又在大喊起來。

「荷西，你去對二姐說，我替他又洗了，他瀉了一身，剛剛包住的，大概自己下床了。」

「我說，她這種沒有做媽媽的人，就不懂管孩子，不怪她，怪妳自己不把大衛帶去。」

「我怎麼帶？他瀉肚子留在家裏總不會錯，三毛太不懂事了。」

姑姑和婆婆又在大聲爭執。她們是無心的，所以才不怕我聽到，我笑了一笑，繼續煮菜。

晚飯是愉快的時光，我的菜沒有人抱怨，因為好壞都是中國菜，沒有內行。吃的人在燭光下一團和氣，只有在這一刻，我覺得家庭的溫暖是這麼的吸引著我。

飯後全家人洗澡，我把荷西和我第二日要穿的衣物都搬了出來。家中有三張床，並沒有爭執和客氣，很方便的分配了。

姐夫和姐姐已把行李打開在我們臥室，媽媽單獨睡另一室，小黛比睡沙發，荷西與我睡地上。

等到躺下地舖上去時，我輕輕的嘆了口氣，我竟然是那麼累了，不過半天的工夫而已。

「荷西，床單都是大砲牌的，一共多少錢？」

「八千塊。」

我在黑暗中靜靜的望著他低低的說：「我不是跟你講過也有本地貨的嗎？只要三百塊一條。」

他不響。再問：「這幾條床單以後我們也沒有什麼用。」

「媽媽說用完她要帶回去，這種床單好。」

「她有一大櫃子的繡花床單，為什麼——」

「三毛，睡吧！不要有小心眼，睡吧！」

我知道自己是個心胸狹小的人，忍住不說話才不會禍從口出，只好不許自己回嘴了。

夜間在睡夢裏有人敲我的頭，我驚醒了坐起來，卻是小大衛哭兮兮的站在我面前。

「要上廁所，嗚——」

「什麼？」我渴睡欲死，半跌半爬的領他去洗手間。

「媽媽呢？」我輕輕問他。

「睡覺。」

「好，你乖，再去睡。」輕輕將他送到房門口，推進去。

「戴克拉，我要喝水。」小紅帽又在沙發上坐了起來。

「妳是小紅帽，不會去找祖母？來，帶妳去喝水，廁所上不上？」

服侍完兩個孩子，睡意全消。窗外的大海上，一輪紅日正跳一樣的出了海面。

輕手輕腳起床，把咖啡加在壺裏，牛油、果醬、乳酪都搬出來，咖啡杯先在桌上放齊，糖、牛奶也裝好。再去地上睡，婆婆已經起床了。

「母親早！天冷，多穿些衣服。」

婆婆去洗手間，趕快進去替她鋪好床，這時小黛比也起來了，再上去替她穿衣。

「去喝牛奶，戴克拉來鋪床。」

「妳們吵什麼，討厭！」地上賴著的荷西翻身再睡。

「我不要牛奶，我要可可。」

「好，先吃麵包，我來沖可可。」

「我不吃麵包，在家裏我吃一碗麥片。」

「我們沒有麥片，明天再吃，現在吃麵包。」

「我不要，嗚，我不要！」小紅帽哭了。

「哎！吵什麼呢！黛比，妳不知道弟弟要睡嗎？」二姐穿了睡衣走出來怒眼相視，再對我點點頭道了早安。

「早！」姐夫也起來了。再一看，荷西也起來了，趕快去收地鋪。

把地鋪、黛比的床都鋪好，婆婆出洗手間，姐姐進去，我是輪不到的了。

「母親，喝咖啡好嗎？麵包已經烤了。」

「孩子，不用忙了，我喝杯茶，白水煮一個蛋就可以。」

「荷西，請你把這塊烤好的麵包吃掉好嗎？」

「嘿嘿，不要偷懶欺負先生，我要的是火腿荷包蛋和橘子水。」

正要煮茶、煮蛋、煮火腿，房內大衛哭了，我轉身叫黛比：「寶貝，去看看妳弟弟，媽媽在廁所。」

婆婆說：「隨他去，這時候醒了，他不會要別人的，隨他去。」

正要隨他去，二姐在廁所裏就大叫了：「三毛，拜託妳去院子裏收褲子，大衛沒得換的不能起床了。」

飛快去收完褲子，這面茶正好滾了，火腿蛋快焦了，婆婆已笑咪咪的坐在桌前。

「姐夫，你喝咖啡好嗎？」

「啊！還是給我一罐啤酒，再煮一塊小魚吧！」

「什麼魚？」我沒有魚啊！

「隨便什麼魚都行！」

「荷西——」我輕輕喊了一聲荷西，婆婆卻說：「三毛，我的白水蛋要煮老了吧！還沒來。」

我在廚房撈蛋，另外開了一罐沙丁魚罐頭丟下鍋，這時二姐披頭散髮進來了：「三毛，熨斗在哪裏？這條褲子沒有乾嘛！」

替二姐插好熨斗，婆婆的蛋，姐夫的魚都上了桌，二姐卻在大叫：「三毛，麻煩妳給大衛煮一點麥片，給我烤一片乳酪麵包，我現在沒空。」

「麥片？我沒有預備麥片。」我輕輕的說。

「這種很方便的東西，家裏一定要常備，巧克力糖倒是不必要的。算了，給大衛吃餅乾好了。」婆婆說。

「沒——沒有餅乾。」

「好吧！吃烤麵包算了。」二姐在房內喊，我趕快去弄。

早餐桌上，荷西、姐夫和婆婆，在商量到哪裏去玩，二姐挾了穿整齊的小孩出來吃飯。

「三毛，妳好了嗎？妳去鋪鋪床，我還沒有吃飯沒有化妝呢！這小孩真纏人。」

鋪好了姐夫姐姐的床，各人都已吃完早餐，我趕快去收碗，拿到廚房去沖洗。

「三毛，妳快點，大家都在等妳。」

「等我？」我吃了一驚。

「快啊！妳們這些女人。」

「車子太擠，你們去玩，我留下來做中飯。」

「三毛，不要耍個性，母親叫妳去妳就去。」

「那中飯在外面吃？」我渴望的問。

「回來吃，晚點吃好嗎？」婆婆又說。

「好，我去刷牙洗臉就來。」

「三毛，妳一個早上在做什麼，弄到現在還沒梳洗。」荷西不耐煩的催著。

「我在忙哪！」忍著氣分辯著。

「忙什麼！我們大家都吃最簡單的，小孩子們連麥片都沒得吃，也不知妳昨天瞎買了兩大箱什麼吃的。」

「荷西，他們是臨時出現的，我買東西時只想到母親，沒想到他們會來。」

「走吧！」他下樓去發動車子，我這邊趕快把中午要吃的肉拿出來解凍，外面喇叭已按個不停了。

擠進車子後座，大家興高采烈，只有我，呆呆的望著窗外往後倒的樹木。我一直在想，為什麼沒有一個人問我沙漠逃難的情形，沒有一句話問我們那個被迫丟掉了的家。婆婆沒有問一聲兒子未來的職業，更沒有叫我們回馬德里去，婆婆知道馬德里付了一半錢的房子，而今荷西沒有了收入，分期付款要怎麼付，她不聞不問。她、姐姐、姐夫，來了一天了，所談的不過是他們的生活和需求，以及來度假的計畫。我們的愁煩，在他們眼裏，可能因為太明顯了，使得他們親如母子，也不過問，這是極聰明而有教養的舉動。比較之下，中國的父母是多麼的愚昧啊！中國父母只會愁孩子凍餓，恨不能把自己賣了給孩子好處。

開車兜風，在山頂吃冰淇淋，再開下山回家來已是下午一點了。我切菜洗菜忙得滿頭大汗，那邊卻在喝飯前酒和下酒的小菜。

將桌子開好飯，婆婆開始說了：「今天的菜比昨天鹹，湯也沒有煮出味道來。」

「可能的，太匆忙了。」

「怕匆忙下次不跟去就得了。」

「我可沒有要去，是荷西你自己叫我不許耍個性——」

「好啦！母親面前吵架嗎？」姐夫喝了一聲，我不再響了。

吃完飯，收下盤碗，再拚命的把廚房上下洗得雪亮，已是下午四點半了。走出客廳來，正要坐下椅子，婆婆說：「好啦，我就是在等妳空出手來，來，去烤一個蛋糕，母親來教妳。」

「我不想烤，沒有發粉。」

「方便得很的，三毛，走，我們開車去買發粉。」二姐興匆匆的給我打氣。

我的目光乞憐的轉向荷西，他一聲不響好似完全置身事外。我低著頭去拿車子鑰匙，為了一包發粉，開十四公里的路，如果不是在孝順的前提之下，未免是十分不合算的事。

蛋糕在我婆婆的監督下發好了，接著馬上煮咖啡，再放杯子，全家人再度喝下午咖啡吃點心，吃完點心，進城去逛，買東西，看商店，給馬德里的家族買禮物，夜間十點半再回來。我已烤好羊腿等著飢餓的一群，吃完晚飯，各自梳洗就寢，我們照例是睡地上，我照例是一夜起床兩次管小孩。

五天的日子過去了，我清早六時起床，鋪床，做每一份花色不同的早飯，再清洗所有的碗盤，然後開始打掃全家，將小孩大人的衣服收齊，泡進肥皂粉裏，拿出中午要吃的菜來解凍，開始洗衣服，晾衣服。這時婆婆他們全家都已出門觀光，溼衣服晾上，開始燙乾衣服，衣服燙好，分別掛上，做中飯，四菜一湯，加上小孩子們特別要吃的東西，樓下車子喇叭響了，趕快下去接玩累了的婆婆。冷飲先送上，給各人休息；午飯開出來，吃完了，再洗碗，洗完碗，上咖啡，上完咖啡，再洗盤子杯子，弄些點心，再一同回去城裏逛逛；逛了回來，晚飯，洗澡，鋪婆婆的床，小黛比的沙發，自己的地鋪，已是整整站了十六小時。

「荷西。」夜間我輕輕的叫先生。

「嗯？」

「他們要住幾天？」

「妳不會問？」

「你問比較好，拜託你。」我埋在枕頭裏幾乎嗚咽出來。

「不要急，妳煩了他們自然會走。」

我翻個身不再說話。

我自己媽媽在中國的日子跟我現在一色一樣，她做一個四代同堂的主婦，整天滿面笑容；為什麼我才做了五天，就覺得人生沒有意義？

我是一個沒有愛心的人，對荷西的家人尚且如此，對外人又會怎麼樣？我自責得很，我不快樂極了。

我為什麼要念書？我念了書，還是想不開；我沒有念通書本，我看不出這樣繁重的家務對我有什麼好處。我跟荷西整日沒有時間說話，我跟誰也沒有好好談過，我是一部家務機器，一部別人不丟銅板就會活動的機器人，簡單得連小孩子都知道怎麼操縱我。

又一個早晨，全家人都去海邊了，沙漠荷西的老友來看我們。

「噢！聖地亞哥，怎麼來了？不先通知。」

「昨天碰到荷西的啊！他帶了母親在逛街。」

「啊！他忘了對我說。」

「我——我送錢來給你們，三毛。」

「錢，不用啊！我們向公司拿了。」

「用完了，荷西昨天叫我送來的。」

「用完了？他沒對我說啊！」怎麼可能？怎麼可能？我們一共有七萬多塊。

「反正我留兩萬塊。」

「也好！我們公司還有二十多萬可以領，馬上可以還你，對不起。」

送走了聖地亞哥，我心裏起伏不定，忍到晚上，才輕輕的問荷西：「錢用完了？吃吃冰淇淋不會那麼多。」

「還有汽車錢。」

「荷西，你不要開玩笑。」

「妳不要小氣，三毛，我不過是買了三只手錶，一只給爸爸，一只給媽媽，一只是留著給黛比第一次領聖餐時的禮物。」

「可是，你在失業，馬德里分期付款沒有著落，我們前途茫茫——」

荷西不響，我也不再說話，聖地亞哥送來的錢在黑暗中數清給他，叫他收著。

十五天過去了，我陪婆婆去教堂望彌撒，我不是天主教，坐在外面等。

「孩子，我替妳禱告。」

「謝謝母親！」

「禱告聖母馬利亞快快給你們一個小孩，可愛的小孩，嗯！」

母親啊！我多麼願意告訴妳，這樣下去，我永遠不會有孩子，一個白天站十六七小時的媳婦，不會有心情去懷孕。

二十天過去了，客廳裏堆滿了玩具，大衛的起動機、電影放映機、溜冰板，黛比的洋娃娃、水桶、小熊，佔據了全部的空間。

「舅舅是全世界最好的人。」黛比坐在荷西的脖子上拍打他的頭。

「舅媽是壞人，砰！砰！打死她！」大衛衝進廚房來拿手槍行兇。

「妳看！他早把馬德里忘得一乾二淨了。」二姐笑著說，我也笑笑，再低頭去洗菜。

舅媽當然是壞人，她只會在廚房，只會埋頭搓衣服，只會說：「吃飯啦！」只會燙衣服。她不會玩，不會瘋，也不會買玩具，她是一個土裏土氣的家庭主婦。

「荷西，母親說她要再多住幾天？」夜半私語，只有這個話題。

「一個月都沒到，妳急什麼。」

「不急，我已經習慣了。」說完閉上眼睛，黑暗中，卻有絲絲的淚緩緩的流進耳朵裏去。

「我不是誰，我什麼人都不是了。」

荷西沒有回答，我也知道，這種話他是沒有什麼可回答的。

「我神色憔悴，我身心都疲倦得快瘋了。」

「媽媽沒有打妳，沒有罵妳，妳還不滿意？」

「我不是不滿意她，我只是覺得生活沒有意義，荷西，你懂不懂，這不是什麼苦難，可是我——我失去了自己，只要在你家人面前，我就不是我了，不是我，我覺得很苦。」

「偉大的女性，都是沒有自己的。」

「我偏不偉大，我要做自己，你聽見沒有。」我的聲音突然高了起來。

「妳要吵醒全家人？妳今天怎麼了？」

我埋頭在被單裏不回答，這樣的任性沒有什麼理由，可是荷西如此的不瞭解我，著實令我傷心。

上一代的女性每一個都像我這樣的度過了一生，為什麼這一代的我就做不到呢！

「你家裏人很自私。」

「三毛，妳不反省一下是哪一個自私，是妳還是她們。」

「為什麼每次衣服都是我洗，全家的床都是我鋪，每一頓的碗都是我收，為什麼——」

「是妳要嘛！沒有人叫妳做，而且妳在自己家，她們是客。」

「為什麼我去馬德里作客，也是輪到我，這不公平。」

再說下去，荷西一定暴跳如雷，我塞住了自己的嘴，不再給自己無理取鬧下去。

《聖經》上說，愛是恒久忍耐又有恩慈。這一切都要有愛才有力量去做出來，我在婆婆面前做的，都不夠愛的條件，只是符合了禮教的傳統，所以內心才如此不耐吧！

「我甚至連你也不愛。」我生硬的對他說，語氣陌生得自己都不認識了。

「其實，是她們不夠愛我。」喃喃自語，沒有人答話，去搖搖荷西，他已經睡著了。

我嘆了口氣翻身去睡，不能再想，明天還有明天的日子要擔當。

一個月過去了，公公來信請婆婆回家，姐夫要上班。他們決定回去的時候，我突然好似再也做不動了似的要癱了下來。人的意志真是件奇怪的東西，如果婆婆跟我住一輩子，我大概也是撐得下去的啊！

最後的一夜，我們喝著香檳閒話著家常，談了很多西班牙內戰的事情，然後替婆婆理行李，再找出一些台灣玉來給二姐。只有荷西的失業和房子，是誰也不敢涉及的話題，好似誰問了，這包袱就要誰接了去似的沉重。

在機場，我將一朵蘭花別在婆婆胸前，她抱住了荷西，像要永別了似的親個不住，樣子好似眼淚快要流下來，我只等她講一句：「兒啊！你們沒有職業，跟我回家去吧！馬德里家裏容得下你們啊！」

但是，她沒有說，她甚而連一句職業前途的話都沒有提，只是抱著孩子。

我上去擁別她，婆婆說：「孩子，這次來，沒有時間跟妳相處，妳太忙了，下次再來希望不要這麼忙了。」

「我知道，謝謝母親來看我們。」我替她理理衣襟上的花。

「好，孩子們，說再見，我們走了。」二姐彎身叫著孩子們。

「舅舅再見！舅媽再見！」

「再見！」大人們再擁抱一次，提著大包小包進入機坪。

荷西與我對看了一眼，沒有說一句話，彼此拉著手走向停車場。

「三毛，妳好久沒有寫信回台灣了吧？」

「這就回去寫，你替我大掃除怎麼樣？」我的笑聲突然清脆高昂起來。

這種家庭生活，它的基石建築在哪裏？

我不願去想它，明天醒來會在自己軟軟的床上，可以吃生力麵，可以不做蛋糕，可以不再微笑，也可以盡情大笑，我沒有什麼要來深究的理由了。

塑膠兒童。

荷西與我自從結婚以來，便不再談情說愛了，許多人講——結婚是戀愛的墳墓——我們十分同意這句話。

一旦進入了這個墳墓，不但不必在冬夜裏淋著雪雨無處可去，也不必如小說上所形容的刻骨銘心的為著愛情痛苦萬分。當然，也更不用過分注意自己的外觀是否可人，談吐是否優雅，約會太早到或太遲到，也不再計較對方哪一天說了幾次——我愛妳。

總之，戀愛期間種種無法形容的麻煩，經過了結婚的葬禮之後，都十分自然的消失了。

當然，我實在有些言過其實，以我的個性，如果戀愛真有上面所說的那麼辛苦，想來走不到墳場就來個大轉彎了。

婚後的荷西，經常對我說的，都是比世界上任何一本「對話錄」都還要簡單百倍的。我們甚而不常說話，只做做「是非」「選擇」題目，日子就圓滿的過下來了。

「今天去了銀行嗎？」

「是。」

「保險費付了嗎？」

「還沒。」
「那件藍襯衫是不是再穿一天？」
「是。」
「明天你約了人回來吃飯？」
「沒有。」
「汽車的機油換了嗎？」
「換了。」

乍一聽上去，這對夫婦一定是發生婚姻的危機了，沒有情趣的對話怎不令一個個渴望著愛情的心就此枯死掉？事實上，我們跟這世界上任何一對夫婦的生活沒有兩樣，日子亦是平凡的在過下去，沒有什麼不幸福的事，也談不上什麼特別幸福的事。

其實上面說的完全是不必要的廢話。

在這個家裏，要使我的先生荷西說話或不說話，開關完全悄悄的握在我的手裏。他有兩個不能觸到的秘密，亦是使他激動喜樂的泉源，這事說穿了還是十分普通的。

「荷西，你們服兵役時，也是一天吃三頓嗎？」

只要用這麼奇怪的一句問話，那人就上鉤了。姜太公笑咪咪的坐在床邊，看這條上當的魚，突然眉飛色舞，口若懸河，立正，稍息，敬禮，吹號，神情恍惚，眼睛發綠；軍營中的回憶使一個普通的丈夫突然在太太面前吹成了英雄好漢，這光輝的時刻永遠不會退去，除非做太太的聽得太辛苦了，大喝一聲——「好啦！」這才悠然而止。

如果下次又想逗他忘形的說話，只要平平常常的再問一次——「荷西，你們服兵役時，是不是吃三頓飯？」——這人又會不知不覺的跌進這個陷阱裏去，一說說到天亮。

說說軍中的生活並不算長得不能忍受，畢竟荷西只服了兩年的兵役。

我手裏對荷西的另外一個開關是碰也不敢去碰，情願天天做做是非題式的對話，也不去做姜太公，那條魚一開口，可是三天三夜不給人安寧了。

「荷西，窗外一大群麻雀飛過。」我這話一說出口，手中鍋鏟一軟，便知自己無意間觸動了那個人的話匣子，要關已經來不及了。

「麻雀，有什麼稀奇！我小的時候，上學的麥田裏，成群的……我哥哥拿了彈弓去打……妳不知道，其實野兔才是……那種草，發炎的傷口只要……」

「荷西，我不要再聽你小時候的事情了，拜託啊！」我捂住耳朵，那人張大了嘴，笑哈哈的望著遠方，根本聽不見我在說話。

「後來，我爸爸說，再晚回家就要打了，妳知道我怎麼辦……哈！哈！我哥哥跟我……」

荷西只要跌入童年的回憶裏去，就很難爬得出來。只見他忽而仰天大笑，忽而手舞足蹈，忽而作勢，忽而長嘯。這樣的兒童劇要上演得比兵役還長幾年，這才啪一下把自己丟在床上，雙手枕頭，滿意的嘆了口氣，沉醉在那份甜蜜而又帶著幾分悵然的情緒裏去。

「恭喜你！葛先生，看來你有一個圓滿的童年！」我客氣的說著。

「啊！」他仍在笑著，回憶實在是一樣嚇人的東西，悲愁的事，摸觸不著了，而歡樂的事，卻一次比一次鮮明。

「妳小時候呢？」他看了我一眼。

「我的童年跟你差不多，捉螢火蟲，天天爬樹，跟男生打架，挑水蛇，騎腳踏車，有一次上學路上還給個水牛追得半死，夏天好似從來不知道熱，冬天總是為了不肯穿毛衣跟媽媽生氣，那時候要忙的事情可真多——」我笑著說。

「後來進入少年時代了，天天要惡補升初中，我的日子忽然黯淡下來了，以後就沒好過——」我又嘆了口氣，一路拉著床罩上脫線的地方。

「可是，我們的童年總是不錯，妳說是不是？」

「十分滿意。」我拍拍他的頭，站起來走出房去。

「喂，妳是台北長大的嗎？」

「跟你一樣，都算城裏人，可是那個時候的台北跟馬德里一樣，還是有野外可去的哪！而且就在放學的一路上回家，就有得好玩了。」

「荷西，你們的老師跟不跟你們講這些，什麼兒童是國家的棟樑、未來的主人翁之類的話啊？」

「怎麼不講，一天到晚說我們是國家的花朵。」荷西好笑的說。

我倒覺得這沒有什麼好笑，老師的話是對的，可惜的是，我不學無術，連自己家的主人翁都只做了一半，又常常要背脊痛，站不直，不是棟樑之材；加上長得並不嬌豔，也不是什麼花朵。浮面的解釋，我已完完全全辜負了上一代的老師對我殷殷的期望。

多年來，因為自己不再是兒童，所以很難得與兒童有真正相聚的時候，加上自己大半時候住在別人的土地上，所以更不去關心那些外國人的孩子怎麼過日子了。

這一次回國小住，忽見姐姐和弟弟的孩子都已是一朵朵高矮不齊可愛得迎風招展的花朵了，真是乍驚乍喜。看看他們，當然聯想到這些未來的棟樑和主人翁不知和自己生長時的環境有了多大的不同，我很喜歡跟他們接近。

我家的小孩子，都分別住在一幢幢公寓裏面，每天早晨大的孩子們坐交通車去上小學，小的也坐小型巴士去上幼稚園。

我因為在回國時住在父母的家中，所以大弟弟的一對雙生女兒與我是住同一個屋頂下的。

「請問小朋友，妳們的學校有花嗎？」

說這話時，做姑姑的正在跟姪女們玩「上課」的遊戲。

「報告老師，我們的學校是跟家裏這樣的房子一樣的，它在樓下，沒有花。」

「老師在牆上畫了草地，還有花，有花嘛，怎麼說沒有。」另外一個頂了她姐姐一句。

「現在拿書來給老師唸。」姑姑命令著，小姪女們馬上找出圖畫書來送上。

「這是什麼？」

「月亮。」

「這個呢？」

「蝴蝶。」

「這是山嗎？」

「不是，是海，海裏好多水。」小朋友答。

「妳們看過海嗎？」

「我們才三歲，姑姑，不是，老師，長大就去看，爸爸說的。」

「妳們看過真的月亮、蝴蝶和山嗎？」被問的拚命搖頭。

「好，今天晚上去看月亮。」姑姑看看緊靠著窗口鄰家的廚房，嘆了一口氣。

看月亮本是一件有趣的事情，因為月亮有許許多多的故事和傳說，但是手裏拉著兩個就站在文具店的街外看月亮的孩子，月光無論如何不能吸引她們。

我們「賞月」的結果，是兩個娃娃跑進文具店，一人挑了一塊彩色塑膠墊板回家，興高采烈。

父親提議我們去旅行的時候，我堅持全家的孩子都帶去，姐姐念小學的三個，和弟弟的兩個都一同去。

「妳知道妳在說什麼嗎？三個大人，帶五個小孩子去旅行？」姐姐不同意的說。

「孩子們的童年很快就會過去，我要他們有一點點美麗的回憶，我不怕麻煩。」

被孩子們盼望得雙眼發直的旅行，在我們抵達花蓮亞士都飯店時方才被他們認可了，興奮的在我們租下的每一個房間裏亂跑。

點心被拆了一桌，姐姐的孩子們馬上拿出自己私藏的口香糖、牛肉乾、話梅這一類的寶貝交換起來。

「小朋友，出來看海，妹妹，來看書上寫的大海。」我站在涼台上高叫著，只有一個小男生的頭敷衍的從窗簾裏伸出來看了一秒鐘，然後縮回去了。

「不要再吃東西了，出來欣賞大自然。」我衝進房內去捉最大的蕙蕙，口中命令似的喊著。

「我們正忙呢！妳還是過一下再來吧！」老二芸芸頭也不抬的說，專心的在數她跟弟弟的話梅是不是分少了一粒。

「小妹來，妳乖，姑姑帶妳去看海。」我去叫那一雙三歲的女娃娃們。

「好怕，陽台高，我不要看海。」她縮在牆角，可憐兮兮的望著我。

我這一生豈沒有看過海嗎？我跟荷西的家，窗外就是大海。但是回國來了，眼巴巴的坐了飛機帶了大群未來的主人翁來花蓮，只想請他們也欣賞一下大自然的美景，而他們卻是漠不關心的。海，在他們上學放學住公寓的生活裏，畢竟是那麼遙遠的事啊！

大自然對他們已經不存在了啊！

黃昏的時候，父親母親和我帶著孩子們在旅館附近散步，草叢裏數不清的狗尾巴草在微風裏搖晃著，偶爾還有一兩隻白色的蝴蝶飄然而過。我奔入草堆裏去，本以為會有小娃娃們在身後跟來，哪知回頭一看，所有的兒童——這一代的——都站在路邊喊著——姑姑給我採一根，我也要一根狗尾巴——阿姨，我也要，拜託，我也要——狗尾巴，請妳多採一點——

「你們自己為什麼不進來採？」我奇怪的回頭去問。

「好深的草，我們怕蛇，不敢進去。」

「我小時候怕的是柏油路，因為路上偶爾會有車子；現在你們怕草，因為你們只在電視上看看它，偶爾去一趟榮星花園，就是全部了。」我分狗尾巴草時在想，不過二十多年的距離，卻已是一個全新的時代了。這一代還能接受狗尾巴草，只是自己去採已無興趣了，那麼下一代是否連牆上畫的花草都不再看了呢？

看「山地小姐」穿紅著綠帶著假睫毛跳山地舞之後，我們請孩子們上床，因為第二天還要去天祥招待所住兩日。

城裏長大的孩子，最大的悲哀在我看來，是已經失去了大自然天賦給人的靈性。一整個早晨在天祥附近帶著孩子們奔跑，換來的只是近乎為了討好我，而做出的對大自然禮貌上的歡呼，直到他們突然發現了可以玩水的游泳池，這才真心誠意的狂叫了起來，連忙往水池裏奔去。

看見他們在水裏打著水仗，這樣的興奮，我不禁想著，塑膠的時代早已來臨了，為什麼我不覺得呢？

「阿姨，妳為什麼說我們是塑膠做的？我們不是。」他們抗辯著。

我笑而不答，順手偷了孩子一粒話梅塞入口裏。

天祥的夜那日來得意外的早，我帶了外甥女芸芸在廣場上散步，一片大大的雲層飄過去，月亮就懸掛在對面小山的那座塔頂上，月光下的塔，突然好似神話故事裏的一部分，是這麼的中國，這麼的美。

「芸芸，妳看。」我輕輕的指著塔、山和月亮叫她看。

「阿姨，我看我還是進去吧！我不要在外面。」她的臉因為恐懼而不自在起來。

「很美的，妳定下心來看看。」

「我怕鬼，好黑啊！我要回去了。」她用力掙脫了我的手，往外祖父母的房內飛奔而去，好似背後有一百個鬼在追她似的。

勉強孩子們欣賞大人認定的美景，還不如給他們看看電視吧！大自然事實上亦不能長期欣賞的，你不生活在它裏面，只是隔著河岸望著它，它仍是無聊的。

這一代的孩子，有他們喜好的東西，旅行回來，方才發覺，孩子們馬上往電視機奔去，錯過了好幾天的節目，真是遺憾啊！

我家十二歲的兩個外甥女，已經都戴上了眼鏡，她們做完了繁重的功課之後，唯一的消遣就是看電視，除了這些之外，生活可以說一片空白。將來要回憶這一段日子，想來不過是輕描淡寫的一句就帶過了吧。

再回到迦納利群島來，荷西與我自然而然的談起台北家中的下一代。

「他們不知道什麼是螢火蟲，分不清樹的種類，認不得蟲，沒碰過草地，也沒有看過銀河星系。」

「那他們的童年在忙什麼？」荷西問。

「忙做功課，忙擠校車，忙補習，僅有的一點空閒，看看電視和漫畫書也就不夠用了。」

「我們西班牙的孩子可能還沒那麼緊張。」

「你的外甥女們也是一樣，全世界都差不多了。」

沒有多久，荷西姐姐的幾個孩子們被送上飛機來我們住的島上度假。

「孩子們，明天去山上玩一天，今天早早睡。」

我一面預備烤肉，一面把小孩們趕去睡覺，想想這些外國小孩也許是不相同的。

第二天早晨進入車房時，孩子們發現了一大堆以前的鄰居丟掉的漫畫書，歡呼一聲，一擁而上，雜誌馬上瓜分掉了。

在藍灰色的山巒上，只有荷西與我看著美麗的景色，車內的五個孩子鴉雀無聲，他們埋頭在漫畫裏。

烤肉，生火，拾枯樹枝，在我做來都是極有樂趣的事，但是這幾個孩子悄悄耳語，抱著分到的漫畫書毫不帶勁的坐在石塊上。四周清新的空氣，野地荒原，藍天白雲，在他們，都好似打了免疫針似的完全無所感動，甚而連活動的心情都沒有了。

最後，五個顯然是有心事的孩子，推了老大代表，咳了一聲，很有禮的問荷西：「舅舅，還要弄多久可以好？」

「怎麼算好？」

「我是說，嗯，嗯，可以吃完了回去？」他摸了一下鼻子，很不好意思的說。

「為什麼急著回去？」我奇怪的問。

「是這樣的，今天下午三點有電視長片，我們——我們不想錯過。」

荷西與我奇怪的對看了一眼，哈哈大笑起來。

「又是一群塑膠兒童！」

這幾個孩子厭惡的瞪著我們，顯然的不歡迎這種戲稱。

車子老遠的開回家，還沒停好，孩子們已經尖叫著跳下車，衝進房內，按一按電鈕，接著熱烈的歡呼起來。

「還沒有演，還來得及。」

這批快樂的兒童，完完全全沉醉在電視機前，忘記了四周一切的一切。

我輕輕的跨過地下坐著躺著的小身體，把採來的野花插入瓶裏去。這時候，電視裏正大聲的播放廣告歌——喝可口可樂，萬事如意，請喝可——口——可——樂。

什麼時候，我的時代已經悄悄的過去了，我竟然到現在方才察覺。

賣花女。

我們的家居生活雖然不像古時陶淵明那麼的悠然，可是我們結廬人境，而不聞車馬喧，在二十世紀的今天，能夠堅持做鄉下人的傻瓜如我們，大概已不多見了。

我住在這兒並不是存心要學陶先生的樣，亦沒有在看南山時採菊花，我只是在這兒住著，做一隻鄉下老鼠。

荷西更不知道陶先生是誰，他很熱中於為五斗米折腰，問題是，這兒雖是外國，要吃米的人倒也很多，這五斗米、那五斗米一分配，我們哈彎了腰，能吃到的都很少。

人說：「窮在路邊無人問，富在深山有遠親。」

我們是窮人，居然還敢去住在荒僻的海邊，所以被人遺忘是相當自然的事。

在鄉間住下來之後，自然沒有貴人登門拜訪，我們也樂得躲在這桃花源裏享享清福，遂了我多年的心願。

其實在這兒住久了，才會發覺，這個桃花源事實上並沒有與世隔絕，一般人自是忘了我們，但是每天探進「源」內來的人還是很多，起碼賣東西的小販們，從來就扮著武陵人的角色，不放過對我們的進攻。

在我們這兒上門來兜售貨物的人，稱他們推銷員是太文明了些，這群迦納利島上來的西班牙人並不是為某個廠商來賣清潔劑，亦不是來銷百科全書，更不是向你示範吸塵器。他們三天五天的登門拜訪，所求售的，可能是一袋番茄，幾條魚，幾斤水果，再不然幾盆花，一打雞蛋，一串玉米……

我起初十分樂意向這些淳樸的鄉民買東西，他們有的忠厚，有的狡猾；有的富，有的窮，可是生意一樣的做，對我也方便了不少，不必開車去鎮上買菜。

說起後來我們如何不肯再開門購物，拒人千里之外，實在是那個賣花老女人自己的過錯

——

寫到這兒，我聽見前院木柵被人推開的聲音，轉頭瞄了外面一眼，馬上衝過去，將正在看書的荷西用力推了一把，口裏輕喊了一聲——「警報」，然後飛奔去將客廳通花園的門鎖上，熄了廚房熬著的湯，再跟在荷西的後面飛奔到洗澡間去，跳得太快，幾乎把荷西擠到浴缸裏去，正在這時，大門已經被人碰碰的亂拍了。

「開門啊！太太，先生！開門啊！」

我們把浴室的門輕輕關上，這個聲音又繞到後面臥室的窗口去叫，打著玻璃窗，熱情有勁的說：「開門啊！開門啊！」

這個人把所有可以張望的玻璃窗都看完了，又回到客廳大門來，她對著門縫不屈不撓的叫著：「太太，開門吧！我知道妳在裏面，妳音樂在放著嘛！開門啦，我有話對妳講。」

「收音機忘記關了！」我對荷西說。

「那麼討厭，叫個不停，我出去叫她走。」荷西拉開門預備出去。
「不能去，你弄不過她的，每次只要一講話我們就輸了！」
「妳說是哪一個？」
「賣花的嘛！你聽不出？」
「噓！我不出去了。」荷西一聽是這個女人，縮了脖子，坐在抽水馬桶上低頭看起書來，我笑著拿了指甲刀手指，兩人躲著大氣都不喘一下，任憑外面震天價響的打著門。
過了幾分鐘，門外不再響了，我輕手輕腳跑出去張望，回頭叫了一聲——警報解除——荷西才慢慢的踱出來。
這兩個天不怕地不怕的人，為什麼被個賣花的老太婆嚇得這種樣子，實在也是那人的好本事；看著房間內大大小小完全枯乾或半枯的盆景，我內心不得不佩服這個了不起的賣花女，跟她交手，我們從來沒有贏過。
賣花女第一次出現時，我天真的將她當作一個可憐的鄉下老婆婆，加上喜歡花草的緣故，我熱烈的歡迎了她，家中的大門，毫不設防的在她面前打開了。
「這盆葉子多少錢？」我指著這老婆婆放在地上紙盒裏的幾棵植物之一問著她。
「這盆嗎？五百塊。」說著她自說自話的將我指的那棵葉子搬出來放在我的桌上。
「那麼貴？鎮上才一百五哪！」我被她的價錢嚇了一跳，不由得叫了起來。
「這兒不是鎮上，太太。」她瞪了我一眼。

「可是我可以去鎮上買啊！」我輕輕的說。

「妳現在不是有一盆了嗎？為什麼還要去麻煩，咦——」她討好的對我笑著。

「我沒有說買啊！請妳拿回去。」我把她的花放回到她的大紙盒裏去。

「好了！好了！不要再說了。」她敏捷自動的把花盆又搬到剛剛的桌上去，看也不看我。

「我不要。」我硬愣愣的再把她的花搬到盒子裏去還她。

「妳不要誰要？明明是妳自己挑的。」她對我大吼一聲，我退了一步，她的花又從盒子裏飛上了桌。

「妳這價錢是不可能的，太貴了嘛！」

「我貴？我貴？」她好似被冤枉似的叫了起來，這時我才知道碰到厲害的傢伙了。

「太太！妳年輕，妳坐在房子裏享福，妳有水有電，妳不熱，妳不渴，妳頭上不頂著這個大盒子走路，妳在聽音樂，煮飯，妳在做神仙。現在我這個窮老太婆，什麼都沒有，我上門來請妳買一盆花，妳居然說我貴，我付了那麼大的代價，只請妳買一盆，妳說我貴在哪裏？在哪裏？」她一句一句逼問著我。

「咦！妳這人真奇怪，妳出來賣花又不是我出的主意，這個帳怎麼算在我身上？」我也氣了起來，完全不肯同情她。

「妳不想，當然不會跟妳有關係，妳想想看，想想看妳的生活，再想我的生活，妳是買是不買我的花？」

這個女人的老臉湊近了我，可怕的皺紋都扭動起來，眼露兇光，咬牙切齒。我一個人在家，被她弄得怕得要命。

「妳要賣，也得賣一個合理的價錢，那麼貴，我是沒有能力買的。」

「太太，我走路走了一早晨，飯也沒有吃，水也沒有喝，頭曬暈了，腳走得青筋都起來了，妳不用離開屋子一步，就可以有我送上門來的花草，妳說這是貴嗎？妳忍心看我這樣的年紀還在為生活掙扎嗎？妳這麼年輕，住那麼好的房子，妳想過我們窮人嗎？」

這個女人一句一句的控訴著我，總而言之，她所受的苦，都是我的錯。我嚇得不得了，不知自己居然是如此的罪人，我呆呆的望著她。

她穿著一件黑衣服，綁了一條黑頭巾，背著一個塑膠的皮包，臉上紋路印得很深，鬈髮在頭巾下像一把乾草似的噴出來。

「我不能買，我們不是有錢人。」我仍然堅持自己的立場，再度把她的花搬回到盒子裏去。

沒想到，歸還了她一盆，她雙手像變魔術似的在大紙盒裏一掏，又拿出了兩盆來放在我桌上。

「跟妳說，這個價錢我是買不起的，妳出去吧，不要再搞了。」我板下臉來把門拉著叫她走。

「我馬上就出去，太太，妳買下這兩盆，我算妳九百塊，自動減價，妳買了我就走。」說著說著，她自說自話的坐了下來，她這是賴定了。

「妳不要坐下，出去吧！我不買。」我扠著手望著她。

這時她突然又換了一種表情，突然哭訴起來：「太太，我有五個小孩，先生又生病，妳一個孩子也沒有，怎麼知道有孩子窮人的苦——嗚——」

我被這個人突然的鬧劇弄得莫名其妙，她的苦難，在我開門看花的時候，已經預備好要丟給我分擔了。

「我沒有辦法，妳走吧！」我一點笑容都沒有的望著她。

「那麼給我兩百塊錢，給我兩百塊我就走。」

「不給妳。」

「給我一點水。」她又要求著，總之她是不肯走。

她要水我無法拒絕她，開了冰箱拿出一瓶水和一只杯子給她。

她喝了一口，就把瓶裏的水，全部去灑她的花盆了，灑完了又嘆著氣，硬跟我對著。

「給我一條毯子也好，做做好事，一條毯子吧！」

「我沒有毯子。」我已經憤怒起來了。

「沒有毯子就買花吧！妳總得做一樣啊！」

我嘆了口氣，看看鐘，荷西要回來吃飯了，沒有時間再跟這人磨下去，進房開了抽屜拿出一張票子來。

「拿去，我拿妳一盆。」我交給她五百塊，她居然不收，嘻皮笑臉的望著我。

「太太，九百塊兩盆，五百塊一盆，妳說哪一個划得來？」

「我已經買下了一盆，現在請妳出去！」

「買兩盆好啦！我一個早上還沒做過生意，做做好事，買兩盆好啦！求求妳，太太！」

這真是得寸進尺，我氣得臉都脹紅了。

「妳出去，我沒有時間跟妳扯。」

「咦！沒有時間的人該算我才對，我急著做下面的生意，是太太妳在耽擱時間，如果一開始妳就買下了花，我們不會扯那麼久的。」

我聽她那麼不講道理，氣得上去拉她。

「走！」我大叫著。

她這才慢吞吞的站起來，把裝花的紙盒頂在頭上，向我落落大方的一笑，說著：「謝啦！太太，聖母保佑妳，再見啦！」

我碰的關上了門，真是好似一世紀以後了，這個女人跟我天長地久的糾纏了半天，到頭來我還是買了，這不正是她所說的——如果一開始妳就買了，我們也不會扯那麼久——

總之都是我的錯，她是有道理的。

拿起那盆強迫中獎的葉子，往水龍頭下走去。

泥土一沖水，這花盆裏唯一的花梗就往下倒，我越看越不對勁，這麼小的盆子，怎麼會長出幾片如此不相稱的大葉子來呢？

輕輕的把梗子拉一拉，它就從泥巴裏冒出來了，這原來是一枝沒有根的樹枝，剪口猶新，明明是有人從樹上剪下來再插在花盆裏騙人的嘛！

我丟下了樹枝，馬上跑出去找這個混帳，沿著馬路沒走多遠，就看見這個女人坐在小公園的草地上吃東西，旁邊還有一個三十歲左右的男人，大概是她的兒子，路邊停了一輛中型的汽車，車裏還有好幾個大紙盒和幾盆花。

「咦！妳不是說走路來的嗎？」我故意問她，她居然像聽不懂似的泰然。

「妳的盆景沒有根，是怎麼回事？」我看著她吃的夾肉麵包問著她。

「根？當然沒有根嘛！多灑灑水根會長出來的，嘻！嘻！」

「妳這個不要臉的女人！」我慢慢的瞪著她，對她說出我口中最重的話來，再怎麼罵人我也不會了。

我這樣罵著她，她好似聾了似的仍然笑嘻嘻的，那個像她兒子的人倒把頭低了下去。

「要有根的價就不同了，妳看這一盆多好看，一千二，怎麼不早說嘛！」

我氣得轉身就走，這輩子被人捉弄得團團轉還是生平第一次。我走了幾步，這個女人又叫了起來：「太太！我下午再去妳家，給妳慢慢挑，都是有根的……」

「妳不要再來了！」我向她大吼了一聲，再也罵不出什麼字來，對著這麼一個老女人，我覺得像小孩子似的笨拙。

那個下午，我去寄了一封信，回來的路上碰到一個鄰居太太，她問起我「糖醋排骨」的做法，我們就站在路上聊了一會兒，說完了話回來，才進門，就看見家中桌上突然又放了一盆跟早上一模一樣的葉子。

我大吃一驚，預感到情勢不好了，馬上四處找荷西，屋子裏沒有人，繞到後院，看見他正拿了我早晨買下的那根樹枝往泥巴地裏種。

「荷西，我不是才跟你講過白天那個女人，你怎麼又會去上她的當，受她騙。她又來過了？」

「其實，她沒有來騙我。」荷西嘆了口氣。

「她是騙子，她講的都是假的，你……」

「她下午來沒騙，我才又買下了一棵。」

「多少錢？我們在失業，你一定是瘋了。」

「這個女人在妳一出去就來了，她根本沒有強迫我買，她只說，妳對她好，給她水喝，後來她弄錯了，賣了一盆沒有根的葉子給妳，現在她很後悔，恰好只剩下最後一盆了，所以回來半價算給我們，也算賠個禮，不要計較她。」

「多少錢？快說嘛！」

「一千二，半價六百塊，以後會長好大的樹，她說的。」

「你確定這棵有根？」我問荷西，他點點頭。

我一手把那盆葉子扯過來，猛的一拉，這一天中第二根樹枝落在我的手裏，我一點都不奇怪，我奇怪的是荷西那個傻瓜把眼睛瞪得好大，嘴巴合不上了。

「你怎麼弄得過她，她老了，好厲害的。」我們合力再把這第二根樹枝插在後院土裏，希望多灑灑水它會長出根來。

我們與這賣花女接觸的第一回合和第二回合，她贏得很簡單。

沒過了幾日，我在鄰居家借縫衣機做些針線，這個賣花女闖了進來。

「啊！太太，我正要去找妳，沒想到妳在這兒。」

她親熱的與我招呼著，我只好似笑非笑的點了點頭。

「魯絲，不要買她的，她的盆景沒有根。」我對鄰居太太說。

「真的？」魯絲奇怪的轉身去問這賣花女。

「有根，怎麼會沒有根，那位太太弄錯了，我不怪她，請妳信任我，哪，妳看這一盆怎麼樣？」賣花女馬上舉起一盆特美的葉子給魯絲看。

「魯絲，不要上她的當，妳拔拔看嘛！」我又說。

「給我拔拔看，如果有根，就買。」

「哎呀！太太，這會拔死的啊！買花怎麼能拔的嘛！」

魯絲笑著看著我。「不要買，叫她走。」我說著。

「沒有根的，我們不買。」魯絲說。

「好，妳不信任我，我也不能拔我的花給妳看。這樣好了，我收妳們兩位太太每人兩百塊訂金，我留下兩盆花，如果照妳們說的沒有根，那麼下星期我再來時它們一定已經枯了，如果枯了，我就不收錢，怎麼樣？」

這個賣花女居然不耍賴，不嚕囌，那日十分乾脆了當。

魯絲與我聽她講得十分合理，各人出了兩百訂金，留下了一盆花。

過了四五日，魯絲來找我，她對我說：「我的盆景葉子枯了，灑了好多水也不活呢！」

我說：「我的也枯了，這一回那個女人不會來了。」

沒想到她卻準時來了，賣花女一來就打聽她的花。

「枯了，對不起，兩百塊錢訂金還來。」我向她伸出手來。

「咦！太太，我這棵花值五百塊，萬一枯了，我不向妳要另外的三百塊，是我們講好的，妳怎麼不守信用？」

「可是我有兩百訂金給妳啊？妳忘了？」

「對啊！可是我當時也有碧綠的盆景給妳，那是值五百的啊！妳只付了兩百，便宜了妳。」

我被她翻來覆去一搞，又糊塗了，呆呆的望著她。

「可是，現在謝了，枯了。妳怎麼說？」我問她。

「我有什麼好說，我只有搬回去，不拿妳一毛錢，我只有守信用。」說著這個老太婆把枯了的盆景抱走了，留下我繞著手指頭自言自語，纏不清楚。

這第三回合，我付了兩百塊，連個花盆都沒得到。

比較起所有來登門求售的，這個老太婆的實力是最兇悍的，一般男人完完全全不是她的樣子。

「太太！日安！請問要雞蛋嗎？」

「蛋還有哪！過幾天再來吧！」

「好！謝謝，再見！」

我注視著這些男人，覺得他們實在很忠厚，這樣不糾不纏，一天的收入就差得多了。

有一次一個從來沒有見過的中年男人來敲門。

「太太，要不要買鍋？」他憔悴的臉好似大病的人一樣。

「鍋？不要，再見！」我把他回掉了。

這個人居然癡得一句話都不再說，對我點了一下頭，就扛著他一大堆凸凸凹凹的鍋開步走了。

我望著他潦倒的背影，突然後悔起來，開了窗再叫他，他居然沒聽見，我鎖了門，拿了錢追出去，他已經在下一條街了。

「喂！你的鍋，拿下來看看。」

他要的價錢出乎意外的低，我買了他五個大小一套的鍋，也不過是兩盆花的錢，給他錢時我對他說：「那麼老遠的走路來，可以賣得跟市場一樣價嘛！」

「本錢夠了，日安！」這人小心的把錢裝好，沉默的走了。

這是兩種全然不同的類型，我自然是喜歡後者，可是看了這些賣東西的男人，我心裏總會悵悵的好一會，不像對待賣花女那麼的乾脆。

賣花女常常來我們住的一帶做生意，她每次來總會在我們家纏上半天。

有一天早晨她又來了，站在廚房窗外叫：「太太，買花嗎？」

「不要。」我對她大叫。

「今天的很好。」她探進頭來。

「好壞都不能信妳，算了吧！」我仍低頭洗菜，不肯開門。

「哪！送妳一盆小花。」她突然從窗口遞進來極小一盆指甲花，我呆住了。

「我不要妳送我，請拿回去吧！」我伸出頭去看她，她已經走遠了，還愉快的向我揮揮手呢！

這盆指甲花雖是她不收錢的東西，卻意外的開得好，一個星期後，花還不斷的冒出來，我十分喜歡，小心的照顧它，等下次賣花女來時，我的態度自然好多了。

「花開得真好，這一次妳沒有騙我。」

「我從來沒有騙過妳，以前不過是妳不會照顧花，所以它們枯死了，不是我的錯。」她得意的說著。

「這盆花多少錢？」我問她。

「我送妳的，太太，請以後替我介紹生意。」

「那不好，妳做小生意怎麼賠得起，我算錢給妳。」我去拿了三百塊錢出來，她已經逃掉了，我心裏不知怎的對她突然產生了好感和歉意。

過了幾日，荷西回家來，一抬頭發覺家裏多了一大棵爬藤的植物，嚇了一大跳。

「三毛！」

「不要生氣，這次千真萬確有根的，我自動買下的。」我急忙解釋著。

「多少錢？」

「她說分期付，一次五百，分四次付清。」

「小魚釣大魚，嗯！送一盆小的，賣一盆特大的。」荷西抓住小盆指甲花，作勢把它丟到牆上去。

我張大了嘴，呆看著荷西，對啊！對啊！這個人還是賺走了我的錢，只是換了一種手腕而已，我為什麼早沒想到呢！對啊！

「荷西，我們約法三章，這個女人太厲害，她來，一不開門，二不開窗，三不回話；這幾點一定要做到，不然我們是弄不過她的，消極抵抗，注意，消極抵抗，不要正面接觸。」我一再的叮嚀荷西和自己。

「話都不能講嗎？」

「不行。」我堅決的說。

「我就不信這個邪。」荷西喃喃的說。

星期六下午，我在午睡，荷西要去鄰家替一位太太修洗衣機，他去了好久，回來時手上又拿了一盆小指甲花。

「啊！英格送你的花？」我馬上接過來。

荷西苦笑的望著我，搖搖頭。

「你——」我驚望著他。

「是，是，賣花女在英格家，唉——」

「荷西，你是白癡不成？」我怒喝著。

「我跟英格不熟，那個可憐的老女人，當著她的面，一再的哭窮，然後突然向我走來，說要再送我一小盆花，就跟她『一向』送我們的一樣。」

「她說——一向——」我問荷西。

「妳想，我怎麼好意思給英格誤會，我們在佔這個可憐老女人的便宜，我不得已就把錢掏出口袋了。」

「荷西，我不是一再告訴你不要跟她正面接觸？」

「她今天沒有跟我接觸，她在找英格，我在修洗衣機，結果我突然輸得連自己都莫名其妙。」

「你還敢再見這個世界上最偉大的推銷員嗎？荷西？」我輕輕的問他。

荷西狼狽的搖搖頭，恐怖的反身把大門鎖起來，悄悄的往窗外看了一眼，也輕輕的問著我：「我們敢不敢再見這個天才？」

我大喊著：「不敢啦！不敢啦！」一面把頭抱起來不去看窗外。

從那天起，這個偉大的賣花女就沒有再看到過我們，倒是我們，常常在窗簾後面發著抖景仰著她的風采呢！

守望的天使。

耶誕節前幾日，鄰居的孩子拿了一個硬紙做成的天使來送我。

「這是假的，世界上沒有天使，只好用紙做。」湯米把手臂扳住我的短木門，在花園外跟我談話。

「其實，天使這種東西是有的，我就有兩個。」我對孩子眨眨眼睛認真的說。

「在哪裏？」湯米疑惑好奇的仰起頭來問我。

「現在是看不見了，如果你早認識我幾年，我還跟他們住在一起呢！」我拉拉孩子的頭髮。

「在哪裏？他們現在在哪裏？」湯米熱烈的追問著。

「在那邊，那顆星的下面住著他們。」

「真的，妳沒騙我？」

「真的。」

「如果是天使，妳怎麼會離開他們呢？我看還是騙人的。」

「那時候我不知道，不明白，不覺得這兩個天使在守護著我，連夜間也不闔眼的守護著呢！」

「哪有跟天使在一起過日子還不知不覺的人？」

「太多了，大部分都像我一樣的不曉得哪！」

「都是小孩子嗎？天使為什麼要守著小孩呢？」

「因為上帝分小孩子給天使們之前，先悄悄的把天使的心裝到孩子身上去了，孩子還沒分到，天使們一聽到他們孩子心跳的聲音，都感動得哭了起來。」

「天使是悲傷的嗎？妳說他們哭著？」

「他們常常流淚的，因為太愛他們守護著的孩子，所以往往流了一生的眼淚。流著淚還不能擦啊，因為翅膀要護著孩子，即使是一秒鐘也捨不得放下來找手帕，怕孩子吹了風淋了雨要生病。」

「妳胡說的，哪有那麼笨的天使。」湯米聽得笑了起來，很開心的把自己掛在木柵上晃來晃去。

「有一天，被守護著的孩子總算長大了，孩子對天使說——要走了。又對天使們說——請你們不要跟著來，這是很討人嫌的。」

「天使怎麼說？」湯米問著。

「天使嗎？彼此對望了一眼，什麼都不說，他們把身邊最好最珍貴的東西都給了要走的孩子，這孩子把包袱一背，頭也不回的走了。」

「天使關上門哭著是吧？」

「天使們哪裏來得及哭，他們連忙飛到高一點的地方去看孩子，孩子越走越快，越走越遠，天使們都老了，還是掙扎著拚命向上飛，想再看孩子最後一眼。孩子變成了一個小黑點，漸漸的，小黑點也看不到了，這時候，兩個天使才慢慢的飛回家去，關上門，熄了燈，在黑暗中靜靜的流下淚來。」

「小孩到哪裏去了？」湯米問。

「去哪裏都不要緊，可憐的是兩個老天使，他們失去了孩子，也失去了心，翅膀下沒有了要他們庇護的東西，終於可以休息休息了。可是撐了那麼久的翅膀，已經僵了，硬了，再也放不下來了。」

「走掉的孩子呢？難道真不想念守護他的天使嗎？」

「啊！颳風、下雨的時候，他自然會想到有翅膀的好處，也會想念得哭一陣呢！」

「妳是說，那個孩子只想念翅膀的好處，並不真想念那兩個天使本身啊？」

為著湯米的這句問話，我呆住了好久好久，捏著他做的紙天使，望著黃昏的海面說不出話來。

「後來也會真想天使的。」我慢慢的說。

「什麼時候？」

「當孩子知道，他永遠回不去了的那一天開始，他會日日夜夜的想念著老天使們了啊！」

「為什麼回不去了？」

「因為離家的孩子，突然在一個早晨醒來，發現自己也長了翅膀，自己也正在變成天使了。」

「有了翅膀還不好，可以飛回去了！」

「這種守望的天使是不會飛的，他們的翅膀是用來遮風蔽雨的，不會飛了。」

「翅膀下面是什麼？新天使的工作是不是不一樣啊？」

「一樣的，翅膀下面是一個小房子，是家，是新來的小孩。是愛，也是眼淚。」

「做這種天使很苦！」湯米嚴肅的下了結論。

「是很苦，可是他們以為這是最最幸福的工作。」

湯米動也不動的盯住我，又問：「妳說，妳真的有兩個這樣的天使？」

「真的。」我對他肯定的點點頭。

「妳為什麼不去跟他們在一起？」

「我以前說過，這種天使們，要回不去了，一個人的眼睛才亮了，發覺原來他們是天使，以前是不知道的啊！」

「不懂妳在說什麼！」湯米聳聳肩。

「你有一天大了就會懂，現在不可能讓你知道的。有一天，你爸爸，媽媽——」

湯米突然打斷了我的話，他大聲的說：「我爸爸白天在銀行上班，晚上在學校教書，從來不在家，不跟我們玩；我媽媽一天到晚在洗衣煮飯掃地，又總是在罵我們這些小孩，我的爸爸媽媽一點意思也沒有。」

說到這兒，湯米的母親站在遠遠的家門，高呼著：「湯米，回來吃晚飯，你在哪裏？」

「你看，嚕不嚕囌，一天到晚找我吃飯，吃飯，討厭透了。」

湯米從木柵門上跳下來，對我點點頭，往家的方向跑去，嘴裏說著：「如果我也有妳所說的那兩個天使就好了，我是不會有這種好運氣的。」

湯米，你現在不知道，你將來知道的時候，已經太晚了。

相思農場。

電視機裏單調的報數聲已經結束了，我的心跳也回復了正常，站起來，輕輕的關上電視，房間內突然的寂靜使得這特別的夜晚更沒有了其他的陪襯。

「去睡了。」我說了一聲，便進臥室去躺下來，被子密密的將自己蓋嚴，雙眼瞪著天花板發呆。

窗外的哭柳被風拍打著，夜顯得更加的無奈而空洞，廊外的燈光黯淡的透過窗簾，照著冰冷的淺色的牆，又是一般的無奈，我趴在枕上，嘆了口氣，正把眼睛闔上，就聽見前院的木柵被人推開的聲音。

「荷西！三毛！」是鄰居英格在喊我們。

「噓，輕一點，三毛睡下了。」又聽見荷西趕快開了客廳的門，輕輕的說。

「怎麼那麼早就上床了？平日不是總到天亮才睡下的？」英格輕輕的問。

「不舒服。」荷西低低的說。

「又生病了？」驚呼的聲音壓得低低的。

「沒事，明天就會好的。」

「什麼病?怎麼明天一定會好呢?」

「進來吧!」荷西拉門的聲音。

「我是來還盤子的,三毛昨天送了些吃的來給孩子們。」

「怎麼病的?我昨天看她滿好的嘛!」英格又問。

「她這病顛顛倒倒已經七八天了,今天最後一天,算準了明天一定好。」

「怎麼了?」

「心病,一年一度要發的,準得很。」

「心臟病?那還了得!看了醫生沒有?」

「不用,嘿!嘿!」荷西輕輕笑了起來。

「心臟沒病,是這裏——相思病。」荷西又笑。

「三毛想家?」

「不是。」

「難道是戀愛了?」英格好奇的聲音又低低的傳來。

「是在愛著,愛得一塌糊塗,不吃,不睡,哭哭笑笑,嘆氣搖頭,手舞足蹈,喜怒交織,瘋瘋癲癲弄了這好幾日,怎麼不病下來。」

「荷西,她這種樣子,不像是在愛你吧?」英格又追問著。

「愛我?笑話,愛我——哈——哈——哈!」

「荷西,你真奇怪,太太移情別戀你還會笑。」

「沒關係，今天曉得失戀了，已經靜靜去睡了，明天會醒的。」

「這樣每年都發一次？你受得了嗎？」

「她愛別的。」荷西簡單的說。

「看你們平日感情很好，想不到——」

「英格，請不要誤會，三毛一向不是個專情的女人，不像妳，有了丈夫孩子就是生命的全部。她那個人，腦子裏總是在跑野馬，我不過是她生命裏的一小部分而已。」

「也許我不該問，三毛發狂的對象是每年一換還是年年相同的呢？」

「啊！她愛的那個是不換的，冬天一到，她就慢慢癡了，天越冷越癡，到了最後幾天，眼看美夢或能成真，就先喜得雙淚交流，接著一定是失戀，然後她自己去睡一下，一夜過去，創傷平復，就好啦！再等明年。」

「哪有那麼奇怪的人，我倒要——」

「坐下來喝一杯再走吧！要不要點櫻桃酒？」

「不會吵到三毛嗎？」英格低聲說。

「不會，這時候一定沉沉睡去了，她這七八天根本沒睡過覺，硬撐著的。」

「其實，三毛的確是愛得神魂顛倒，對象可不是人，英格，妳大概誤會了。」荷西又說。

「可是——你說得那麼活龍活現——我自然——」

「唉！那個東西弄得她迷住了心，比愛一個人還可怕呢！」

「是什麼東西？」

「七千五百萬西幣。」（註：五千萬台幣。）

「在哪裏？」英格控制不住，尖叫起來。

「你看我——」英格又不好意思的在抱歉著。

「事情很簡單，三毛每年一到耶誕節前，她就會把辛苦存了一年的銅板都從撲滿裏倒出來，用乾淨毛巾先擦亮，數清楚，再用白紙一包一包像銀行一樣紮起來，只差沒有去親吻膜拜它——」

「要買禮物送你？」

「不是，妳聽我講下去——她什麼也不捨得買的，吃的，穿的從來不講究，放著那一堆銅板，連個四百塊錢的奶油蛋糕也不肯買給我。一年存了快一萬塊，三個撲滿脹得飽飽的，這下幻想全都生出來了，拿個小計算機，手指不停的在上面亂點——」

「做什麼？不是數出來近一萬塊了嗎？」

「買獎券，那堆錢，是三毛的魚餌，只肯用來釣特獎的，看得死緊。」

「那個小計算機是她算中獎或然率的，一算可以算出成千上萬的排列來。開獎前一天，湊足了一萬，拖了我直奔獎券行。這時候她病開始顯明的發出來了，臉色蒼白，雙腿打抖，她閉上眼睛，把我用力推進人群，一句話也不說，等在外面禱告，等我好不容易搶到十張再擠出來，她啊——」

「她昏倒了？」

「不是——她馬上把那一大捲寫在乾淨衛生紙上的數目字拿出來對，看看有沒有她算中的號碼在內，反正寫了滿天星斗那麼多的數字，總會有幾個相似的。她也真有臉皮，當著眾人就拿起獎券來親，親完了小心放進皮包裏。」

「不得了，認真的啦！」

「認真極了。我對她說——三毛，如果妳渴慕真理也像渴慕錢財這樣迫切，早已成了半個聖人了，妳知道她怎麼說？」

「她說——獎券也是上帝允許存在的一種東西，金錢是上帝教給世人的一種貿易工具，不是犯法的，而且，錢是世界上最性感、最迷人、最不俗氣的東西。只是別人不敢講，她敢講出來而已。」

屋外傳來英格擤鼻涕的聲音，想來她被荷西這一番嚼舌，感動得流淚了吧！

「你說到她買了獎券——」英格好似真哭了呢，鼻音忽然重了。

「哪裏是獎券，她皮包裏放的那十張花紙頭，神志不清，以為是一大片農場放在她手裏啦！」

「農場？」

「我跟三毛說，就算妳中了特獎七千五百萬，這點錢，在西班牙要開個大農場還是不夠的。」

「原來要錢是為了這個。」

「三毛馬上反過來說啦——誰說開在西班牙的，我問過費洛尼加的先生了，他們在南美巴拉圭做地產生意，我向他們訂了兩百公頃的地，耶誕節一過就正式給回音——」

「這是三毛說的？」

「不止哪——從那時候起，每天看見隔壁那個老園丁就發呆，又自言自語——不行，太老了，不會肯跟去——隨便什麼時候進屋子，三毛那些書又一年一度的搬出來了——畜牧學，獸醫入門，牧草種植法——都攤在巴拉圭那張大地圖上面，她人呢，就像個臥佛似的，也躺在地圖上。」

「拉她出去散散步也許會好，給風吹吹會醒過來的。」英格在建議著。

「別說散步了，海邊她都不肯去了。相反的，繞著大圈子往番茄田跑，四五里路健步如飛；每天蹲在番茄田迦納利人那幢小房子門口，跟人家談天說地，手裏幫忙搗著乾羊糞做肥料，一蹲蹲到天黑不會回來。」

「跟鄉下人說什麼？」

「妳說能在說什麼——談下種、收成、蟲害、澆肥、氣候、土壤——沒完沒了。」

「她以為馬上要中獎了？」

「不是『以為』，她心智已經狂亂了，在她心裏，買地的錢，根本重沉沉的壓在那裏，問題是怎麼拿出來用在農場上而已——還說啊——荷西，那家種番茄的人我們帶了一起去巴拉圭，許他們十公頃的地，一起耕一起收，這家人忠厚，看不錯人的——我聽她那麼說，冷笑一聲，說——妳可別告訴我，船票也買好了吧？這一問，她馬上下床跑到書房去，在抽屜裏窸窸窣窣一摸。再進來，手裏拿了好幾張船公司的航線表格，我的老天爺——」

「都全了？」

「怎麼不全，她說——義大利船公司一個月一班船，德國船公司，兩個月也有一次，二等艙一個人四百美金管伙食。到阿根廷靠岸，我們再帶兩輛中型吉普車，進口稅只百分之十二；如果是轎車，稅要百分之一百二十；乳牛經過阿根廷去買，可以在巴拉圭去交牛——這都是她清清楚楚講的。」荷西說。

「病得不輕，你有沒有想過送她去看心理醫生？」

「哪裏來得及去請什麼醫生。前兩天，我一不看好她，再進房子來，妳知道她跟誰坐在我們客廳裏？」

「誰？醫生？」

「醫生倒好囉！會請醫生的就不是病人啦！上條街那個賣大機器給非洲各國的那個德國商人，被她請來了家裏，就坐在這把沙發上。」

「三毛去請的？」

「當然啦！急診似的去叫人家，兩個人嘰嘰喳喳講德文，我上去一看，滿桌堆了劏土機的照片和圖樣，三毛正細心在挑一架哪！一千七百萬的機器，三毛輕輕拿在手裏玩。『三毛，我們不要劏土機，家裏這三四坪地，用手挖挖算啦！』我急著說。『奇怪，荷西先生，您太太說，兩百公頃的原始林要劏清楚，我們正在研究交貨地點呢，怎麼會不需要？』那個德國商人狠狠的瞪著我，好似我要毀了他到手的生意似的。」荷西的聲音越說越響。

「耶誕節一過，就給您回音，如果交易不成，明年還有希望——三毛就有那個臉對陌生人說大話。我在一旁急得出汗，不要真當她神經病才好。」荷西嘆著氣對英格傾訴著。

「她熱戀著她的特獎獎券，自己不肯睡，夜間也不給旁人睡，剛剛閉上眼，她啪一下打人的臉——荷西，小發電機是這裏帶去，還是那邊再買——睡了幾秒鐘，她又過來拔鬍子——種四十公頃無子西瓜如何？南美有沒有無子西瓜——我被她鬧不過，搬去書房；她又敲牆壁——二十頭乳牛，要吃多少公頃的牧草？牛喝不喝啤酒？聽不聽音樂？豬養不養？黑毛的好還是白毛的好？

「這個人日日夜夜談她的農場，獎券密封在一個瓶子裏，瓶子外面再包上塑膠袋，再把澡缸浸滿了水，瓶子放在水裏。不開獎不許洗澡，理由是——這樣失火了也不會燒掉七千五百萬——」

「瘋得太厲害了，我怎麼不知道？」英格驚嚇得好似要逃走一般。

「前幾天，米藍太太要生產，半夜把我叫起來，開車進城，醫院回來都快天亮了，我才把自己丟進夢鄉，三毛又拚命拿手指掐著我，大叫大嚷——母牛難產了，快找獸醫——

「還得養鴿子。有一日她花樣又出，夜間又來跟我講——那種荒山野地裏，分一些鴿子去給獸醫養，養馴了我們裝回來，萬一動物有了病痛，我們一放鴿子，飛鴿傳書，獸醫一收到信，馬上飛車來救牛救羊，這不要忘了，先寫下來——」

「嘖！嘖！嘖！瘋子可見也有腦筋！」英格嘆息著。

「咦！請妳不要叫她瘋子，三毛是我太太，這麼叫我是不高興的哦！」荷西突然護短起來。

「明明是——怎麼只許你說，不許別人叫？」

「妳聽我講嘛！」

「是在聽著啊！說啊！」

「再說什麼？嗳！她這幾天說太多了，我也記不全，還說中文哪，什麼——紅玉堂，赤花鷹，霹靂驤，雪點鵰——」

「這是什麼東西？」

「我也問她啊——這是什麼東西？她看也不看我，臉上喜得要流淚似的說——馬啊！連馬也沒聽說過嗎？都是我的馬兒啊！

「人是發癡了，心是不呆，台灣家人，馬德里我的兄弟們都還記得。她說——弟弟們不要做事了，去學學空手道，這兩家人全部移民巴拉圭，農場要人幫忙，要人保護。十枝火槍，兩個中國功夫巡夜；姐姐餵雞，媽媽們做飯，爸爸們管帳兼管我們；又叫——荷西，荒地上清樹時，留下一棵大的來，做個長飯桌，人多吃飯要大桌子，媽媽的中國大鍋不要忘了叫她帶來——」

「不得了，胡言亂語，彌留狀態了嘛！」

「人之將死，其言也善——三毛，是個可愛的女人。」

「荷西，這相思病會死嗎？」

「怕的是死不了，這明年再一開獎，她棺材裏也蹦出來搶獎券哦！」

「如果要心理醫生，我倒認識一個，收費也合理——」

「醫生來了也真方便，她的病，自己清清楚楚畫出來了，在這兒，妳看。」

「啊!這原來是農場藍圖啊?我以為是哪家的小孩子畫在你們白牆上的。」

「房子在小坡上,一排都是木造的,好幾十間。牛房豬舍在下風的地方,雞隔開來養,怕雞瘟。進農場的路只有一條。這個她放四把火槍,叫我大哥守。倉庫四周不種東西,光光的一片,怕失火燒了麥子。這幾十公頃是種玉米,那邊是大豆,牧草種在近牛欄的地方,水道四通八達,小水壩攔在河的上游,果樹在房子後面,地道通到農場外面森林裏,狗夜間放出來跟她弟弟們巡夜,菜蔬是不賣的,只種自己要吃的,馬廄夜間也要人去睡,羊群倒是不必守,有牧羊犬——」

「天啊!中了特獎不去享受,怎麼反而弄出那麼多工作來,要做農場的奴隸嗎?」

「咦!農場也有休閒的時候。黃昏吃過飯了,大家坐在迴廊上,三毛說,讓姐姐去彈琴,她呢,坐在一把搖椅上,換一件白色露肩的長裙子,把頭髮披下來,在暮色裏搖啊搖啊的聽音樂,喝檸檬汁;樓上她媽媽正伸出半個身子在窗口叫她——妹妹,快進來,不要著涼了啊——」

「好一幅——亂世佳人的圖畫——」

「就是,就是——」荷西沉醉的聲音甜蜜緩慢的傳來。

「你們什麼時候去?三毛怎麼也不叫我?我們朋友一場,有這樣的去處,總得帶著我們一起——」

聽到這兒,我知道我的相思病已經傳染到英格了。匆匆披衣出來一看,荷西與英格各坐一把大沙發,身體卻像在坐搖椅似的晃著晃著,雙目投向遙遠的夢境,竟是癡了過去。

我不說話，去浴室拿了兩塊溼毛巾出來，一人額上一塊替他們放好；打開收音機，電台也居然還在報中獎的號碼。

回頭看荷西，他正將一個五十塊錢的銅板輕輕的丟進撲滿裏去。

這時收音機裏改放了音樂，老歌慢慢的飄散出來——三個噴泉裏的鎳幣，每一個都在尋找希望——

癡人說夢，在我們的家裏，可不是只有我這一個。

巨人。

第一次看見達尼埃是在一個月圓的晚上，我獨自在家附近散步，已經是夜間十點多鐘了。當我從海邊的石階小步跑上大路預備回去時，在黑暗中，忽然一隻大狼狗不聲不響的往我唬一下撲了上來，兩隻爪子刷一下搭在我的肩膀上，熱呼呼的嘴對著我還咻咻的嗅著，我被這突然的驚嚇弄得失去控制的尖叫了起來，立在原地動也不敢動。人狗僵持了幾秒鐘，才見一個人匆匆的從後面趕上來，低低的喝叱了一聲狗的名字，狗將我一鬆，跟著主人走了，留下我在黑暗中不停的發抖。

「喂！好沒禮貌的傢伙，你的狗嚇了人，也不道個歉嗎？」我對著這個人叫罵著，他卻一聲不響的走了。再一看，是個孩子的背影，一頭鬈髮像顆胡蘿蔔似的在月光下發著棕紅的顏色。

「沒教養的小鬼！」我又罵了他一句，這才邁步跑回去。「是誰家的紅髮男孩子，養著那麼一隻大狼狗。」在跟鄰居聊天時無意間談起，沒有人認識他。

有一陣我的一個女友來問我：「三毛，上條街上住著的那家瑞士人家想請一個幫忙的，只要每天早晨去掃掃地，洗衣服，中午的飯做一做，一點鐘就可以回來了，說是付一百五十美金一個月，妳沒孩子，不如去賺這個錢。」

我當時自己也生著慢性的婦人病，所以對這份差事並不熱心，再一問荷西，他無論如何不給我去做，我便回掉了那個女友。瑞士人是誰我並不知道。

再過了不久，我入院去開刀，主治醫生跟我談天，無意中說起：「真巧，我還有一個病人住在你們附近，也真是奇蹟，去年我看她的肝癌已經活不過三四個月，他們一家三口拚死了命也要出院回家去聚在一起死，現在八九個月過去了，這個病人居然還活著。苦的倒是那個才十二歲的孩子，雙腿殘廢的父親，病危的母親，一家重擔，都叫他一個人擔下來了。」

「你說的是哪一家人啊！我怎麼不認識呢？」

「姓胡特，瑞士人，男孩子長了一頭紅髮，野火似的。」

「啊——」荷西與我恍然大悟的喊了起來，怎麼會沒想到呢，自然是那個老是一個人在海邊的孩子嘛。

知道了胡特一家人，奇怪的是就常常看見那個孩子，無論是在市場、在郵局、在藥房，都可以碰見他。

「喂！你姓胡特不是？」有一天我停住了車，在他家門口招呼著他。

他點點頭，不說話。

「你的狗怪嚇人的啊！」他仍不說話，我便預備開車走了。

這時候院子裏傳來一個女人的聲音：「達尼埃，是誰在跟你說話啊？」

這孩子一轉身進去了，我已發動了車子，門偏偏又開了。

「等一等，我母親請妳進去。」

「下次再來吧！我們就住在下面，再見！」

第二天下午，窗子被輕輕的敲了一下，紅髮孩子低頭站著。

「啊！你叫達尼埃是不？進來！進來！」

「我父親、母親在等妳去喝茶，請妳去。」他是有板有眼的認真，不再多說一句閒話。

「好，你先回去，我馬上就來。」

推門走進了這家人的大門，一股不知為什麼的沉鬱的氣氛馬上圍上來了，空氣亦是不新鮮，混合著病人的味道。

我輕輕的往客廳走去，兩個長沙發上分別躺著中年的一男一女，奇怪的是，極熱的天氣，屋內還生著爐火。

「啊！快過來吧！對不起，我們都不能站起來迎接妳。」

「我們姓葛羅，你們是胡特不是？」我笑著上去跟兩個並排躺著的中年男女握握手。

「請坐，我們早就知道妳了，那一陣想請妳來幫忙，後來又說不來了，真是遺憾！」主婦和藹的說著不太流暢的西班牙文，她說得很慢，臉孔浮腫，一雙手也腫得通紅的，看了令人震驚。

「我自己也有點小毛病，所以沒有來——而且，當時不知道您病著。」我笑了笑。

「現在認識了，請常常來玩，我們可以說沒有什麼朋友。」

男主人用毛毯蓋著自己，一把輪椅放在沙發旁邊，對我粗聲粗氣的說著。

「來，喝點茶，彼此是鄰居，不要客氣。」主婦吃力的坐了起來，她腫脹得有若懷胎十月的腹部在毯子下露了出來。

這時達尼埃從廚房裏推著小車子，上面放滿了茶杯、茶壺、糖缸、牛奶、點心和紙餐巾，他將這些東西像一個女孩子似的細心的放在小茶几上。

「太麻煩達尼埃了。」我客氣的說。

「哪裏，妳不來，我們也一樣要喝下午茶的。」男主人不喝茶，在我逗留的短短的四十分鐘裏，他喝完了大半瓶威士忌，他的醉態並不顯著，只是他呼喝著兒子的聲音一次比一次粗暴起來。

「對不起，尼哥拉斯嗓門很大，妳第一次來一定不習慣。」女主人魯絲有點窘迫的說，又無限憐愛的看了一眼正在忙來忙去的兒子。

「我先生有時候也會大叫的，魯絲，請妳不要介意。」我只好這麼說，自己也有些窘迫，因為我突然看到尼哥拉斯用力拿叉子往達尼埃丟過去，那時我便站起來告辭了。

認識了胡特一家之後，達尼埃常常來叫我，總說去喝茶，我因為看過好幾次尼哥拉斯酒後對達尼埃動粗，心中對這個殘廢的人便不再同情，很不喜歡去。

「他總是打達尼埃，看了好不舒服。」我對荷西說著。

「妳想想看，十二年坐輪椅，靠著點救濟金過日子，太太又生了肝癌，他心情怎麼會好。」

「就是因為十二年了，我才不同情他。殘而不廢，他有手、有腦，十二年的時間不能振作起來，老是喝酒打孩子，難道這樣叫面對現實嗎？」

「達尼埃那個孩子也是奇怪，不聲不響似的，好似啞巴一樣，實在不討人喜歡，只有魯絲真了不起，每天都那麼和藹，總是微笑著。」我又說著。

有一天不巧我們又在市場碰見了達尼埃，雙手提滿了重沉沉的食物要去搭公共汽車，荷西按按喇叭將他叫過來。

「一起回去，上來啊！」

達尼埃將大包小包丟進車內來，一罐奶油掉了出來。

「啊，買了奶油，誰做蛋糕？媽媽起不來嘛！」我順口問著。

「媽媽愛吃，我做。」總是簡單得再不能短的回答。

「你會做蛋糕？」

他驕傲的點點頭，突然笑了一下，大概是看見了我臉上不敢相信的表情吧。

「你哪來的時間？功課多不多？」

「功課在學校休息吃飯時間做。」他輕輕的說。

「真是不怕麻煩，做奶油蛋糕好討厭的。」我嘖嘖的搖著頭。

「媽媽愛吃，要做。」他近乎固執的又說了一次。

「你告訴媽媽，以後她愛吃什麼，我去做，你有時間跟荷西去玩玩吧，我不能天天來，可是有事可以幫忙。」

「謝謝！」達尼埃又笑了笑。我呆望著他一頭亂髮，心裏想著，如果我早早結婚，大概也可能有這麼大的孩子了吧！

那天晚上達尼埃送來了四分之一的蛋糕。

「很好。不得了，達尼埃，你真能幹。」我嚐了一小塊，從心裏稱讚起他來。
「我還會做水果派，下次再做給你們吃。」他喜得臉都紅了，話也多了起來。
過了一陣，達尼埃又送了一小籃雞蛋來。
「我們自己養的雞生的，母親叫我拿來。」
「你還養雞？」我們叫了起來。
「在地下室，媽媽喜歡養，我就養。」
「達尼埃，工作不是太多了嗎？一隻狗，十三隻貓，一群雞，一個花園，都是你在管。」
「媽媽喜歡。」他的口頭語又出來了。
「媽媽要看花。」他又加了一句。
「太忙了。」荷西說。
「不忙！再見。」說完他半跑的回去了。
達尼埃清早六點起床，餵雞、掃雞房、拾蛋、把要洗的衣服泡在洗衣機裏、餵貓狗、預備父母的早飯、給自己做中午的三明治、打掃房屋，這才走路去搭校車上學。下午五點回來，放下書包，跟了我們一同去菜場買菜，再回家，馬上把乾的衣服收下來，溼的晾上去，預備母親的午茶，再去燙衣服，洗中午父母吃髒的碗筷，做晚飯，給酒醉的父親睡上床，給重病的母親擦身，再預備第二日父母要吃的中飯，這才帶狗去散步。能上床，已是十二點多了，他的時間是密得再也不夠用的，睡眠更是不夠。一個孩子的娛樂，在他，已經是不存在的了。
有時候晚上有好的電影，我總是接下了達尼埃的工作，叫荷西帶他去鎮上看場電影，吃些東西，逛一逛再回來。

「真搞不過他，下次不帶他去了。」荷西有一日跟達尼埃夜遊回來後感嘆的說著。

「怎麼？頑皮嗎？」

「頑皮倒好了，他這個小孩啊，人在外面，心在家裏，一分一秒的記掛著父親母親，叫他出去玩，等於是叫他去受罪，不如留著他守著大人吧！」

「人說母子連心，母親病得這個樣子，做兒子的當然無心了，下次不叫他也罷，真是個苦孩子。」

前一陣魯絲的病況極不好，送去醫院抽腹水，住了兩夜。尼哥拉斯在家裏哭了整整兩天，大醉大哭，達尼埃白天在學校，晚上陪母親，在家的父親他千託萬託我們，見了真令人鼻酸。魯絲抽完了腹水，又拖著氣喘喘的回來了。

魯絲出院第二日，達尼埃來了，他手裏拿了兩千塊錢交給我。

「三毛，請替我買一瓶香奈爾五號香水，明天是媽媽生日，我要送她。」

「啊！媽媽生日，我們怎麼慶祝？」

「香水，還有，做個大蛋糕。」

「媽媽能吃嗎？」我問他，他搖搖頭，眼睛忽一下紅了。

「蛋糕我來做，你去上學，要聽話。」我說。

「我做。」他不再多說，返身走了。

第二日早晨，我輕輕推開魯絲家的客廳，達尼埃的蛋糕已經靜靜的放在桌上，還插了蠟燭，他早已去上學了。

我把一個台灣玉的手鐲輕輕的替魯絲戴在手腕上，她笑著說：「謝謝！」

那天她已不能再說話了，腫脹得要炸開來的腿，居然大滴大滴的在滲出水來，嚇人極了。

「魯絲，回醫院去好不好？」我輕輕的問她。

她閉著眼睛搖搖頭：「沒有用的，就這幾天了。」

坐在一旁看著的尼哥拉斯又唏唏的哭了起來，我將他推到花園裏去坐著，免得吵到已經氣如遊絲的魯絲。

當天我一直陪著魯絲，拉著她的手直到達尼埃放學回家。那一整夜我幾乎沒有睡過，只怕達尼埃半夜會來拍門，魯絲鉛灰色的臉已經露出死亡的容貌來。

早晨八點半左右，我正朦朧的睡去，聽見荷西在院裏跟人說話的聲音，像是達尼埃。

我跳了起來，趴在窗口叫著：「達尼埃，怎麼沒上學？是媽媽不好了？」

達尼埃污髒的臉上有兩行乾了的淚痕，他坐在樹下，臉上一片茫然。

「魯絲昨天晚上死了。」荷西說。

「什麼？死啦！」我叫了起來，趕緊穿衣服，眼淚蹦了出來，快步跑出去。

「人呢？」我跺著腳問著達尼埃。

「還在沙發上。」

「爸爸呢？」

「喝醉了，沒有叫醒他，現在還在睡。」

「什麼時候死的？」

「昨晚十一點一刻。」

「怎麼不來叫我們？」我責問他，想到這個孩子一個人守了母親一夜，我的心絞痛起來。

「達尼埃，你這個晚上怎麼過的？」我擦著淚水用手摸了一下他的亂髮，他呆呆的像一個木偶。

「荷西，你去打電話叫領事館派人來，我跟達尼埃回去告訴尼哥拉斯。」

「荷西，先去給爸爸買藥，叫醫生，他心臟不好，叫了醫生來，再來搖醒他。」

達尼埃鎮靜得可怕，他什麼都想周全了，比我們成年人還要懂得處理事情。

「現在要顧的是父親。」他低聲說著。

魯絲在第二天就下葬了，棺木依習俗是親人要抬，達尼埃和荷西兩個人從教堂抬到不遠的墓地。

達尼埃始終沒有放聲的哭過，只有黃土一鏟一鏟丟上他母親的棺木時，他靜靜的流下了眼淚。

死的人死了，生的人一樣繼續要活下去，不必達尼埃說，我們多多少少總特別的在陪伴不能行動的尼哥拉斯，好在他總是酒醉著，酒醒時不斷的哭泣，我倒情願他醉了去睡。

尼哥拉斯總是夜間九點多就上床了，魯絲死了，達尼埃反倒有了多餘的時間到我們家來，夜間一同看電視到十一點多。

「達尼埃，你長大了要做什麼？」我們聊天時談著。

「做獸醫。」

「啊！喜歡動物，跟媽媽一樣。」

「這附近沒有獸醫，將來我在這一帶開業。」

「你不回瑞士去？」我吃驚的問。

「這裏氣候對爸爸的腿好，瑞士太冷了。」

「你難道陪爸爸一輩子？」

他認真而奇怪的看了我一眼，倒令我覺得有點羞愧。

「我是說，達尼埃，一個人有一天是必須離開父母的，當然，你的情形不同。」

他沉默了好一陣，突然說：「其實，他們不是我親生的父母。」

「你說什麼？」我以為我聽錯了。

「我是領來的。」

「你什麼時候知道這個秘密的？不可能，一定是弄錯了。」我駭了一跳。

「不是秘密，我八歲才從孤兒院被領出來的，已經懂事了。」

「那——你——你那麼愛他們，我是說，你那麼愛他們。」

我驚訝的望著這個只有十二歲的小孩子，震撼得說不出別的話來。

「是不是自己父母，不都是一樣？」達尼埃笑了一笑。

「是一樣的，是一樣的，達尼埃。」

我喃喃的望著面前這個紅髮的巨人，覺得自己突然渺小得好似一粒芥草。

逍遙七島遊

在出發去迦納利群島（Las Islas Canarias）旅行之前，無論是遇到了什麼人，我總會有意無意的請問一聲：「有沒有這個群島的書籍可以借我看看？」幾天下來，郵局的老先生借給了我一本，醫生的太太又交給我三本，鄰居孩子學校裏的老師，也送了一些圖書館的來，泥水匠在機場做事的兒子，又給了我兩本小的，加上我們自己家裏現有的四本，竟然成了一個小書攤。

荷西一再的催促我啟程，而我，卻埋頭在這些書籍裏捨不得放下。

這是我過去造成的習慣，每去一個新的地方之前，一定將它的有關書籍細心的念過，先充分瞭解了它的情況，再使自己去身歷其境，看看個人的感受是不是跟書上寫的相同。

我們去找金蘋果

「荷西，聽聽這一段——遠在古希臘行吟詩人一個城、一個鎮去唱吟他們的詩歌時，迦納利群島已經被他們編在故事裏傳誦了。荷馬在他的史詩裏，也一再提到過這個終年吹拂著和風，以它神秘的美麗，引誘著航海的水手們投入它的懷抱裏去的海上仙島——更有古人說，希臘神話中的金蘋果，被守著它的六個女侍藏在這些島嶼的一個山洞裏——」

當我念著手中的最後一本書時，荷西與我正坐在一條大船的甲板上，從大迦納利島向丹納麗芙島航去。

「原來荷馬時代已經知道這些群島了，想來是《奧德賽》裏面的一段，你說呢？」我望著遠方在雲霧圍繞中的海上仙島，嘆息的沉醉在那美麗的傳說裏。

「荷西，你把奧德賽航海的路線講一講好不？」我又問著荷西。

「妳還是問我特洛伊之戰吧，我比較喜歡那個木馬屠城的故事。」荷西窘迫的說著，顯然他不完全清楚荷馬的史詩。

「書上說，島上藏了女神的金蘋果，起碼有三四本書都那麼說。」

「三毛，妳醒醒吧！沒看見島上的摩天樓和大煙囪嗎？」

「還是有希望，我們去找金蘋果！」我在船上滿懷欣喜的說著，而荷西只當我是個神經病人似的笑望著不說一句話。

大海中的七顆鑽石

這一座座泊在西北非對面，大西洋海中的七個島嶼，一共有七千二百七十三平方公里的面積，一般人都以為，迦納利群島是西班牙在非洲的屬地，其實它只是西國在海外的兩個行省而已。

在聖十字的丹納麗芙省（Santa Cruz De Tenerife）裏面，包括了拉歌美拉（La

Gomera），拉芭瑪（La Palma），伊埃蘿（Hierro）和丹納麗芙（Tenerife）這四個島嶼。而拉斯巴爾馬省（Las Palmas）又劃分為三個島，它們是富得文都拉（Fueteventura），蘭沙略得（Lanzarote）和最最繁華的大迦納利島，也就是目前荷西與我定居的地方。

這兩個行省合起來，便叫做迦納利群島，國內亦有人譯成——金絲雀群島——因為迦納利和金絲雀是同音同字，這兒也是金絲雀的原產地，但是因鳥而得島名，或因島而得鳥名，現在已經不能考查了。

雖然在地理位置上說來，迦納利群島實是非洲大陸的女兒，它離西班牙最近的港口加底斯（Cadiz）也有近一千公里的海程，可是島上的居民始終不承認他們是非洲的一部分，甚而書上也說，迦納利群島，是早已消失了的大西洋洲土地的幾個露在海上的山尖。我的迦納利群島的朋友們，一再驕傲的認為，他們是大西洋洲僅存的人類。這並不是十分正確的說法，腓尼基人、加大黑那人、馬約加人在許多年以前已經來過這裏，十一世紀的時候，阿拉伯人也踏上過這一塊土地，以後的四個世紀，它成了海盜和征服者的天堂，無論是荷蘭人、法國人、葡萄牙人、西班牙人和英國人，都前前後後的征服過這個群島。

當時迦納利群島早已居住了一群身材高大、白皮膚、金頭髮、藍眼睛的土著，這一群仍然生活在石器時代模式中的居民，叫做「灣契」。十四世紀以後，幾次登陸的大戰，「灣契」人被殺，被捉去淪為奴隸的結果，已經沒有多少人存留下來。當最後一個「灣契」的酋長戰敗投崖而死之後，歐洲的移民從每一個國家陸續遷來，他們彼此通婚的結果，目前已不知自己真正的「根」了。

自從迦納利群島成為西班牙的領土以來，幾百年的時間，雖然在風俗和食物上仍跟西國本土有些差異，而它的語言已經完全被同化了。

也因為迦納利群島坐落在歐洲、非洲和美洲航海路線的要道上，它優良的港口已給它帶來了不盡的繁榮，我國遠洋漁船在大迦納利島和丹納麗芙島都有停泊，想來對於這個地方不會陌生吧！

不知何時開始，它，已經成了大西洋裏七顆閃亮的鑽石，航海的人，北歐的避冬遊客，將這群島點綴得更加誘人了。

要分別旅行這麼多的島嶼，我們的計畫便完全刪除了飛機這一項，當然，坐飛機、住大旅館有它便利的地方，可是荷西和我更樂意帶了帳篷，開了小車，飄洋過海的去探一探這神話中的仙境。

丹納麗芙的嘉年華會

在未來這個美麗的綠島之前，我一直幻想著它是一個美麗的海島，四周環繞著碧藍無波的海水，中間一座著名的雪山「荻伊笛」（Teide）高入雲霄，莊嚴的俯視著它腳下零零落落的村落和田野，島上的天空是深藍色的，襯著它終年積雪的山峰……雖然早已知道這是個面積兩千零五十八平方公里的大島，可是我因受了書本的影響，仍然固執的想像它應該是書上形容的樣子。

當我們開著小車從大船的肚子裏跑上岸來時，突然只見碼頭邊的街道上人潮洶湧，音響鼓笛齊鳴，吵得震天價響，路被堵住了，方向不清，前後都是高樓，高樓的窗口滿滿的懸掛著人群，真是一片混亂得有如大災難來臨前的景象。荷西開著車，東走被堵，西退被擋，要停下來，警察又揮手狂吹警笛，我們被這突然的驚嚇弄得一時不知置身何處。

我正要伸出頭去向路人問路，不料一隻毛茸茸的爪子已經伸了進來，接著一個怪物在窗外向我嗚嗚怪叫，一面扭動著牠黑色毛皮的身軀向我呼呼吹氣。

正嚇得來不及叫，這個東西竟然嘻嘻輕笑兩聲，搖搖擺擺的走了，我癱在位子上不能動彈，看見遠去的怪物身形，居然是一隻「大金剛」。

奇怪的是，書上早說過，迦納利群島沒有害人的野獸，包括蛇在內，這兒一向都沒有的，怎麼會有「金剛」公然在街道上出現呢！

「嘖！我們趕上了這兒的嘉年華會，自己還糊裏糊塗的不知道。」荷西一拍方向盤，恍然大悟的叫了起來。

「啊！我們下去看。」我興奮得叫了起來，推開車門就要往街上跑。

「不要急，今天是星期五，一直到下星期二他們都要慶祝的。」荷西說。

丹納麗芙雖然是一個小地方，可是它是西班牙唯一盛大慶祝嘉年華會的一個省分。滿城的居民幾乎傾巢而出，有的公司行號和學校更是團體化裝，在那幾日的時間裏，滿街的人到了黃昏就披掛打扮好了他們選定的化裝樣式上陣，大街小巷的走著，更有數不清的樂隊開道，令人眼花撩亂，目不暇給。

也許丹納麗芙的居民，本身就帶著狂歡的血液和熱情，滿街但見奇裝異服的人潮，有十八世紀宮廷打扮的，有穿各國不同服裝的，有士兵，有小丑，有怪物，有海盜，有工人，有自由女神、林肯、黑奴，有印地安人，有西部牛仔，有著中國功夫裝的人，有馬戲班，有女妖，有大男人坐嬰兒車，有女人扮男人，有男人扮女人，更有大群半裸活生生的美女唱著森巴，敲著鼓，在人群裏載歌載舞而來。

街旁放滿了販賣化裝用品的小攤子，空氣中浮著氣球、糖漬的蘋果、面具，擠得滿滿的在做生意。

荷西選了一頂玫瑰紅的俗豔假髮，叫我戴上，他自己是不來這一套的，我照著大玻璃，看見頭上突然開出這麼一大蓬紅色鬈髮來，真是嚇了一跳，戴著它成了「紅頭瘋子」，在街上東張西望想找小孩子來嚇一嚇。

其實人是嚇不到的，任何一個小孩子的裝扮都比我可怕，七、八歲的小傢伙，穿著黑西裝，披個大黑披風，臉抹得灰青灰青，一張口，兩隻長長的獠牙，拿著手杖向我咻咻逼來，分明是電影上的「化身博士」。

我雖然很快的就厭了這些奇形怪狀的路人，可是每到夜間上街，那群男扮女裝的東西仍然惡作劇的跟我直搶荷西，搶個不休，而女扮男裝的傢伙們，又跟荷西沒完沒了，要搶他身邊的紅頭髮太太，我們大嚷大叫，警察只是瞇著眼睛笑，視為當然的娛樂。

路邊有個小孩子看見了我，拉住媽媽的衣襟大叫：「媽媽，妳看這裏有一個紅髮中國人！」

我蹲下去，用奇怪的聲音對她說：「小東西，看清楚，我不過是戴了一張東方面具而已！」

她真的伸手來摸摸我的臉，四周的人笑得人仰馬翻，荷西驚奇的望著我說：「妳什麼時候突然幽默起來了，以前別人指指點點叫妳中國人，妳總是嫌他們無禮的啊！」

花車遊行的高潮，是嘉年華會的最後一天，一波一波的人潮擠滿了兩邊的馬路，交通完全管制了，電視台架了高檯子，黃昏時分，第一支穿格子衣服打扮成小丑樂隊的去年得獎團體，開始奏著音樂出發了，他們的身後跟著無盡無窮的化裝長龍。

荷西和我擠在人群裏什麼也看不見，只有小丑的帽子在我們眼前慢慢的飄過，沒過一會兒，荷西蹲下來，叫我跨坐到他肩上去，他牢牢的捉住我的小腿，我抓緊他的頭髮，在人潮裏居高臨下，不放過每一個人的表情和化裝。幾乎每隔幾隊跳著舞走過的人，就又有一個鼓笛隊接著，音樂決不冷場，群眾時而鼓掌，時而大笑，時而驚呼，看的人和舞的人打成一片，只這歡樂年年的氣氛已夠讓人沉醉，我不要做一個向隅的旁觀者，坐在荷西的肩上，我也一樣忘情的給遊行的人叫著好、打著氣。

一個單人出場的小丑，孤零零的走在大路中間，而他，只簡單的用半個紅乒乓球裝了一個假鼻子，身上一件大灰西裝，過短的黑長褲，兩隻大鞋梯梯突突的拉著走，慘白的臉上細細的塗了一個薄紅嘴唇，淡淡的倒八字眉憂愁的掛在那兒，那氣氛和落寞的表情，完完全全描繪出一個小丑下台後的悲涼，簡直是畢卡索畫中走下來的人物那麼的震撼著我。我用力打著荷西的頭叫他看，又說：「這一個比誰都扮得好，該得第一名。」而群眾卻沒有給他掌聲，因為美麗的嘉年華會小姐紅紅綠綠的花車已經開到了。

我們整整在街上站到天黑，遊行的隊伍卻仍然不散，街上的人，恨不能將他們的熱情化作火焰來燃燒自己的那份狂熱，令我深深的受到了感動。做為一個擔負著五千年苦難傷痕的中國人，看見另外一個民族，這樣懂得享受他們熱愛的生命，這樣坦誠的開放著他們的心靈，在歡樂的時候，著彩衣，唱高歌，手舞之，足蹈之，不覺羞恥，無視人群，在我的解釋裏，這不是幼稚，這是赤子之心。我以前，總將人性的光輝，視為人對於大苦難無盡的忍耐和犧牲，而今，在歡樂裏，我一樣的看見了人性另一面動人而瑰麗的色彩，為什麼無休無盡的工作才被叫做「有意義」，難道適時的休閒和享樂不是人生另外極重要的一面嗎？

口哨之島拉歌美拉

當我還是一個少年的時候，曾經有好一陣因為不會吹口哨而失望苦惱，甚而對自己失去信心，到如今，我還是一個不會吹口哨的人。

許久以前，還在撒哈拉生活的時候，就聽朋友們說起，拉歌美拉島上的人不但會說話，還有他們自己特別的口哨傳音法。也許這一個面積三百八十平方公里的小島，大部分是山巒的結果，居民和居民之間散住得極遠，彼此對著深谷無法叫喊，所以口哨就被一代一代傳下來了。更有一本書上說，早年的海盜來到拉歌美拉島，他們將島上的白皮膚土著的舌頭割了下來，要販去歐洲做奴隸。許多無舌的土著在被販之前逃入深山去，他們失了舌頭，不能說話，便發明了口哨的語言。（我想書上說的可能不正確，因為吹口哨舌頭也是要捲動的，因為我自己不會吹，所以無法確定。）

渡輪從丹納麗芙到拉歌美拉只花了一個半小時的行程，我們只計畫在這裏停留一天便回丹納麗芙去，所以車子就放在碼頭上，兩手空空的坐船過來了。

寂寥的拉歌美拉碼頭只有我們這條渡船泊著，十幾個跟著旅行團來的遊客，上了大巴士走了，兩輛破舊的吉普車等著出租，一群十多歲的孩子們圍著船看熱鬧。

我們問明了方向，便冒著太陽匆匆的往公共汽車站大步走去。站上的人說，車子只有兩班入山，一班已開出了，另外一班下午開，如果我們要搭，勢必是趕不上船開的時間回來，總之是沒有法子入山了。

這個沿著海港建築的小鎮，可說一無市面，三四條街兩層樓的房子組成了一個落寞的，被稱為城市的小鎮，這兒看不見什麼商店，沒有餐館，沒有超級市場，也沒有欣欣向榮的氣息。才早晨十點多，街上已是空無人跡，偶爾幾輛汽車開過陽光靜靜照耀著的水泥地廣場。碎石滿佈的小海灣裏，有幾條擱在岸上的破漁船，灰色的牆上被人塗了大大的黑字——**我們要電影院，我們是被遺忘了的一群嗎？**——看慣了政治性的塗牆口號，突然在這個地方看見年輕人只為了要一座電影院在吶喊，使我心裏無由的有些悲涼。

拉歌美拉在七個島嶼裏，的確是被人遺忘了，每年近兩百萬歐洲遊客避冬的樂園，竟沒有伸展到它這兒來，島上過去住著一萬九千多的居民，可是這七八年來，能走的都走了，對岸旅館林立的丹納麗芙吸走了所有想找工作的年輕人，而它，竟是一年比一年衰退下去。

荷西與我在熱熾的街道上走著，三條街很快的走完了，我們看見一家兼賣冷飲的雜貨店，便進去跟老闆說話。

老闆說：「山頂上有一個國家旅館，你們可以去參觀。」

我們笑了起來，我們不要看旅館。

「還有一個老教堂，就在街上。」老闆幾乎帶著幾分抱歉的神情對我們說。

這個一無所有的市鎮，也許只有宗教是他們真正精神寄託的所在了。

我們找到了教堂，輕輕的推開木門，極黯淡的光線透過彩色玻璃，照耀著一座靜靜的聖堂，幾支白蠟燭點燃在無人的祭壇前。

我們輕輕的坐在長椅上，拿出帶來的三明治，大吃起來。

我邊吃東西邊在幽暗的教堂裏晃來晃去，石砌的地下，居然發現一個十八世紀時代葬在此地的一個船長太太的墓，這個歐洲女子為什麼會葬在這個無名的小島上？她的一生又是如何度過？而我，一個中國人，為什麼會在那麼多年之後，蹲在她棺木的上面，默想著不識的她？在我的解釋裏，這都是緣分，命運的神秘，竟是如此的使我不解而迷惑。

當我在破舊的風琴上，彈起歌曲來時，祭壇後面的小門悄悄的開了，一個中年神父搓著手，帶著笑容走出來。真是奇怪，神父們都有搓手的習慣，連這個島上的神父也不例外。

「歡迎，歡迎，聽見音樂，知道有客人來了。」

我們分別與他握手，他馬上問有什麼可以替我們服務的地方。

「神父，請給一點水喝好嗎？我渴得都想喝聖水了。」我連忙請求他。

喝完了一大瓶水，我們坐下來與神父談話。

「我們是來聽口哨的，沒有車入山，不知怎麼才好。」我又說。

「要聽口哨在山區裏還是方便，你們不入山，那麼黃昏時去廣場上找，中年人吹得比青年人好，大家都會吹的。」

我們再三的謝了神父後出來，看見他那渴望與我們交談的神情，又一度使我黯然。神父，在這兒亦是寂寞的。

坐在廣場上拖時間，面對著這個沒有個性、沒有特色的市鎮，我不知不覺的枕在荷西的膝上睡著了。醒來已是四點多鐘，街上人亦多了起來。

我們起身再去附近的街道上走著，無意間看見一家小店內掛著兩個木做的Castanuela，這是西班牙人跳舞時夾在掌心中，用來拍擊出聲音來的一種響板，只是掛著的那一副特別的大，別處都沒見過的，我馬上拉了荷西進店去問價錢，店內一個六十多歲的黑衣老婦人將它拿了出來，說：「五百塊。」我一細看，原來是機器做的，也不怎麼好看，價格未免太高，所以就不想要了，沒想到那個老婦人雙手一舉，兩副板子神奇的滑落在她掌心，她打著節拍，就在櫃檯後面唱著歌跳起舞來。

我連忙阻止她，對她說：「謝謝！我們不買。」

這人也不停下來，她就跟著歌調向我唱著：「不要也沒關係啊，我來跳舞給妳看啊！」

我一看她不要錢，連忙把櫃檯的板一拉，做手勢叫她出店來跳，這老婦人真是不得了，她馬上一面唱一面跳的出來了，大方的站在店門口單人舞，細聽她唱的歌詞，不是這個人來了，就是那個人也來了，好似是唱一個慶典，每一句都是押韻的，煞是好聽。

等她唱完了，我情不自禁的鼓起掌來，再問她：「老太太，妳唱的是什麼啊？」

她驕傲的回答：「唱我一個堂兄的葬禮，我自己作的詩，自己編來唱。」

一聽是她自己作的，我更加感興趣，請她再跳下去。

「舞不跳了，現在要吟詩給你們聽。」她自說自話的也坐在我們坐的台階上，用她沙啞的聲音，一首一首的詩歌被她半唱半吟的誦了出來。詩都是押韻的，內容很多，有婚嫁，有收成，有死亡，有離別，有爭吵，有談情，還有一首講的是女孩子繡花的事。

我呆呆的聽著，忘了時間忘了空間，不知身在何處，但見老女人口中的故事在眼前一個一個的飄過。她的聲音極為優美蒼涼，加上是吟她自己作的詩，更顯得真情流露，一派民間風味。

等到老女人唸完了要回店去，我才醒了過來，趕緊問她：「老太太，妳這麼好聽的詩有沒有寫下來？」

她笑著搖搖頭，大聲說：「不會寫字，怎麼抄下來？我都記在自己腦子裏啦！」

我悵然若失的望著她的背影，這個人有一天會死去，而她的詩歌便要失傳了，這是多麼可惜的事。問題是，又有幾個人像我們一樣的重視她的才華呢？恐怕連她自己也不知道自己的價值吧！

走回到廣場上，許多年輕人正在互擲白粉，撒得全頭全身都是雪白的，問起他們，才知道這兒的嘉年華會的風俗不是化裝遊行，而是撒白粉，荷西與我是外地來的人，他們很害羞，不敢撒我們。

「荷西，去找人來吹口哨。」我用手肘把荷西頂到人群裏去。

「唉——」荷西為難的不肯上前。

「你怕羞我來講。」我大步往孩子們前面走去。

「要聽口哨？我們吹不好，叫那邊坐著的老人來吹。」孩子們熱心的圍著我，有一個自動的跑去拉了兩個五十多歲根本不老的人來。

「真對不起，麻煩你們了。」我低聲下氣的道歉著，這兩個中年人極為驕傲的笑開了臉，一個走得老遠，做出預備好了的姿勢。

這邊一個馬上問我：「妳要我說什麼？」

「說——坐下去——」我馬上說。

在我身邊的那人兩手握嘴，悠揚的口哨如金絲雀歌唱一樣，傳到廣場對面去，那另一個中年人聽了，笑了，慢慢坐了下去。

「現在，請吹——站起來——」我又說。

口哨換了調子，那對面的人就站了起來。

「現在請再吹——跳舞——」

那邊的人聽了這如鳥鳴似的語言，真的做了一個舞蹈的動作。

荷西和我親眼見到這樣的情景真是驚異得不敢相信，我更是樂得幾乎怔了，接著才跺腳大笑了起來。這真是一個夢境，夢裏的人都用鳥聲在說話。我笑的時候，這兩個人又彼此快速的用口哨交談著，最後我對那個身邊的中年人說：「請把他吹到咖啡館去，我們請喝一杯紅酒。」

這邊的人很愉快的吹了我的口訊，奇怪的是，聽得懂口哨的大孩子們也叫了起來：「也請我們，拜託，也請我們。」

於是，大家往小冷飲店跑去。

在冷飲店的櫃檯邊，這些人告訴我們：「過去哪有誰說話，大家都是老遠吹來吹去的聊天，後來來了外地的警察，他們聽不懂我們在吹什麼，就硬不許我們再吹。」

「你們一定做過取巧的事情，才會不許你們吹了。」我說。

他們聽了哈哈大笑，又說：「當然啦，警察到山裏去捉犯人，還在走呢，別人早已空谷傳音去報信了，無論他怎麼趕，犯人總是比他跑得快。」

小咖啡館的老闆又說：「年輕的一代不肯好好學，這唯一的口哨語言，慢慢的在失傳了，相信世界上只有我們這個島，會那麼多複雜一如語言的口哨，可惜——唉！」

可惜的是這個島，不知如何利用自己的寶藏來使它脫離貧窮，光是口哨傳音這一項，就足夠吸引無盡的遊客了，如果他們多做宣傳，前途是極有希望的，起碼年輕人需要的電影院，該是可以在遊客身上賺回來的了。

杏花春雨下江南

不久以前，荷西與我在居住的大迦納利島的一個畫廊裏，看見過一幅油畫，那幅畫不是什麼名家的作品，風格極像美國摩西婆婆的東西。在那幅畫上，是一座碧綠的山谷，谷裏填滿了吃草的牛羊，農家，羊腸小徑，餵雞的老婆婆，還有無數棵開了白花的大樹，那一片安詳天真的景致，使我釘在畫前久久不忍離去。多年來沒有的衝動，恨不能將那幅售價不便宜的大畫買回去，好使我天天面對這樣吸引人的一個世界。為了荷西也有許多想買的東西未買，我不好任性的花錢在一幅畫上，所以每一次上街時，我都跑去看它，看得畫廊的主人要打折賣給我了，可惜的是，我仍不能對荷西說出這樣任性的請求，於是，畫便不見了。

要來拉芭瑪島之前，每一個人都對我們說，迦納利群島裏最綠最美也最肥沃的島嶼就是拉芭瑪，它是群島中最遠離非洲大陸的一個，七百二十平方公里的土地，大部分是山區，八萬多的人口，卻有松木、葡萄、美酒、杏仁、芭蕉和菜蔬的產品出口。這兒水源不斷，高山常青，土地肥沃，人，也跟著不同起來。

一樣是依山臨海建築出來的城市，可是它卻給人無盡優雅、高尚而殷實的印象。這個小小的城鎮有許許多多古老的建築，木質的陽台窗口，家家戶戶擺滿了怒放的花朵，大教堂的廣場上，成群純白的鴿子飛上飛下，凌霄花爬滿了古老的鐘樓，雖然它一樣的沒有高樓大廈，可是在柔和的街燈下，一座座佈置精美的櫥窗，使人在安詳寧靜裏，嗅到了文化的芳香，連街上的女人，走幾步路都是風韻十足。

我們帶了簡單的行李，把車子仍然丟在丹納麗芙，再度乘船來到這個美麗的地方。

其實，運車的費用，跟一家清潔的小旅館幾乎是相同的。

我們投宿的旅社說起來實是一幢公寓房子，面對著大海，一大廳，一大臥室，浴室，設備齊全的廚房，每天的花費不過是合新台幣三百二十元而已，在西班牙本土，要有這樣水準而這麼便宜的住宿，已是不可能的了。

我實在喜歡坐公共汽車旅行，在公車上，可以看見各地不同的人和事，在我，這是比關在自己的車內只看風景的遊玩要有趣得多了。

清晨七點半，我們買好了環島南部的長途公車票，一面吃著麵包，一面等著司機上來後出發。

最新型的遊覽大客車被水洗得發亮，乘客彼此交談著，好像認識了一世紀那麼的熟稔，年紀不算太輕的老司機上了車，發現我們兩個外地人，馬上把我們安排到最前面的好位子上去坐。

出發總是美麗的，尤其是在一個陽光普照的清晨上路。

車子出了城，很快的在山區裏爬上爬下，只見每經過一個個的小村落，都有它自己的風格和氣氛。教堂林立，花開遍野，人情的祥和，散發在空氣裏，甚如花香。更令我們驚訝的是，這個被人尊稱為唐・米蓋的老司機，他不但開車、賣票、管人上下車，還兼做了民間的傳信人，每經過一個山區，他就把頭伸出窗外，向過路的村人喊著：「喂！這是潰兒子的來信，那是安東尼奧託買的獎券，報紙是給村長的，這個竹籃裏的食物是寡婦璜娜的女兒託帶上來的。」

路上有等車的人帶著羊，揹著大袋的馬鈴薯麻袋，這個老司機也總是不慌不忙的下車去，打開車廂兩邊的行李箱，細心的幫忙把東西和動物塞進去，一邊還對小羊喃喃自語：「忍耐一下，不要叫，馬上就讓你下車啦！」

有的農婦裝了一大籮筐的新鮮雞蛋上車，他也會喊：「放好啊！要開車啦，可不能打破哦！」

這樣的人情味，使得在一旁觀看的我，認為是天下奇觀。公平的是，老司機也沒有虧待我們，車子尚未入高山，他就說了：「把毛衣穿起來吧！我多開一段，帶你們去看國家公園。」

這個司機自說自話，為了帶我們觀光，竟然將車穿出主要的公路，在崇山峻嶺氣派非凡的大松林裏慢慢的向我們解說著當前的美景，全車的鄉下人沒有一個抱怨，他們竟也悠然的望著自己的土地出神。車子一會兒在高山上，一會兒又下海岸邊來，每到一個景色秀麗的地方，司機一定停下來，把我們也拖下車，帶著展示家園的驕傲，為我們指指點點。

「太美了，拉芭瑪真是名不虛傳！」我嘆息著竟說不出話來。

「最美的在後面。」唐・米蓋向我們眨眨眼睛。我不知經過了這樣一幅一幅圖畫之後，還可能有更美的景色嗎？

下午兩點半，終站到了，再下去便無公路了，我們停在一個極小的土房子前面，也算是個車站吧！

下車的人只剩了荷西與我，唐・米蓋進站去休息了，我坐了六小時的車，亦是十分疲倦，天空突然飄起細細的小雨來，氣候帶著春天悅人的寒冷。

荷西與我離了車站，往一條羊腸小徑走下去，兩邊的山崖長滿了蕨類植物，走著走著好似沒有了路，突然，就在一個轉彎的時間，一片小小的平原在幾個山谷裏，那麼清麗的向我們呈現出來。滿山遍野的白色杏花，像迷霧似的籠罩著這寂靜的平原，一幢幢紅瓦白牆的人家，零零落落的散佈在綠得如同絲絨的草地上。細雨裏，果然有牛羊在低頭吃草，有一個老婆婆在餵雞，偶爾傳來的狗叫聲，更襯出了這個村落的寧靜。時間，在這裏是靜止了，好似千萬年來，這片平原就是這個樣子，而千萬年後，它也不會改變。

我再度回想到那幅令我著迷了的油畫，我愛它的並不是它的藝術價值，我愛的是畫中那一份對安詳的田園生活的憧憬，每一個人夢中的故鄉，應該是畫中那個樣子的吧！

荷西和我輕輕的走進夢想中的大圖畫裏，我清楚的明白，再溫馨，再甜蜜，我們過了兩小時仍然是要離去的，這樣的悵然，使我更加溫柔的注視著這片杏花春雨，在我們中國的江南，大概也是這樣的吧！

避秦的人，原來在這裏啊！

女巫來了

車子要到下午三點鐘再開出，我們坐在杏花樹下，用手帕蓋著頭髮，開始吃帶來的火腿麵包，吃著吃著，遠處一個中年女人向我們悠閒的走來，還沒走到面前，她就叫著：「好漂亮的一對人。」我們不睬她，仍在啃麵包，想不到這個婦人突然飛快的向我撲來，一隻手閃電似的拉住了我的頭髮，待要叫痛，已被她拔了一小撮去。我跳了起來，想逃開去，她卻又突然用大爪子一搭搭著荷西的肩，荷西喂、喂的亂叫著，刷一下，他的鬍子也被拉下了幾根，我們嚇得不能動彈，這個婦人拿了我們的毛髮，背轉身匆匆的跑不見了。

「瘋子？」我望著她的背影問荷西，荷西專注的看著那個遠去的人搖搖頭。

「女巫！」他幾乎是肯定的說。

我是有過一次中邪經驗的人，聽了這話，全身一陣寒冷。我們不認識這個女人，她為什麼來突襲我們，搶我們的毛髮？這使我百思不解，心中悶悶不樂，身體也不自在起來。

迦納利群島的山區，還是講求男巫女巫這些事情，在大迦納利島，我們就認識一個住城裏靠巫術為生的女人，也曾給男巫醫治過我的腰痛。可是，在這樣的山區裏，碰到這樣可怕的人來搶拔毛髮，還是使我驚嚇，山谷的氣氛亦令人不安了，被那個神秘的女人一搞，連麵包也吃不下去，跟荷西站起來就往車站走去。

「荷西，有沒有哪裏不舒服？」在車上我一再的問荷西，摸摸他的額頭，又熬了六小時，平安的坐車回到市鎮，兩人才漸漸淡忘了那個可怕女人的驚嚇。

拉芭瑪的美尚在其次，它的人情味使人如回故鄉，我們無論在哪兒遊歷，總會有村人熱心指路。在大蕉園看人收穫芭蕉，我羨慕的盯住果園農人用的迦納利特出的一種長刀，拿在手裏反覆的看，結果農人大方的送給我們了，連帶刀鞘都解下來給我們。

這是一個美麗富裕的島嶼，一個個糖做的鄉下人，見了我們，竟甜得像蜜似的化了開來。如有一日，能夠選擇一個終老的故鄉，拉芭瑪將是我考慮的一個好地方。住了十二天，依依不捨的乘船離開，碼頭上釣魚的小孩子，正跟著船向甲板上的我們揮手，高呼著再見呢！

回家

在經過了拉芭瑪島的旅行之後，荷西與我回到丹納麗芙，那時嘉年華會的氣氛已過，我們帶了帳篷，開車去大雪山靜靜的露營幾日，過著不見人間煙火的生活。大雪山荻伊笛是西班牙劃歸的另一個國家公園，這裏奇花異草，景色雄壯，有趣的是，這兒沒有蛇，沒有蠍子，露營的人可以放心的睡大覺。

在雪山數日，我受了風寒，高燒不斷，荷西與我商量了一會兒，決定放棄另外一個只有五千人的島嶼伊埃蘿，收拾了帳篷，結束這多日來的旅程，再乘船回大迦納利島的家中去休息。過了一星期，燒退了，我們算算錢，再跟迦納利本島的人談談，決定往上走，放棄一如撒哈拉沙漠的富得文都拉，向最頂端的蘭沙略得島航去。

也許大迦納利接近非洲大陸的緣故，它雖然跟聖十字的丹納麗芙省同隸一個群島，而它的風貌卻是完完全全的不同了，這亦是迦納利群島可貴的地方。

黑色沙漠

人們說，迦納利群島是海和火山愛情的結晶，到了蘭沙略得島，才知道這句話的真意。這是一片黑色低矮平滑的火山沙礫造成的樂園，大地溫柔的起伏著，放眼望去，但見黑色和銅鏽紅色。甚而夾著深藍色的平原，在無窮的穹蒼下，靜如一個沉睡的巨人，以它近乎厲冽的美，向你吹吐著溫柔的氣息。

這兒一切都是深色的，三百個火山口遍佈全島，寧靜莊嚴如同月球，和風輕輕的颩過平原，山不高，一個連著一個，它是超現實畫派中的夢境，沒有人為的裝飾，它的本身正向人呈現了一個荒涼詩意的夢魘，這是十分文學的夢，渺茫孤寂，不似在人間。

神話中的金蘋果，應該是藏在這樣神秘的失樂園裏吧！

蘭沙略得島因為在群島東面的最上方，在十四世紀以來，它受到的苦難也最多，島上的土著一再受到各國航海家和海盜的騷擾、屠殺，整整四個世紀的時間，這兒的人被捉，被販為奴隸，加上流行瘟疫的襲擊，真正的島民已經近乎絕種了，接著而來的是小部分西班牙南部安塔露西亞和中部加斯底牙來的移民，到了現在，它已是一個五萬人口的地方了。

在這樣貧瘠的土地上，初來的移民以不屈不撓的努力，在向大自然挑戰，到了今天，它出產的美味葡萄、甜瓜和馬鈴薯已足夠養活島上居民的生活。更有人說，蘭沙略得的島民，是全世界上最最優秀的漁夫，他們駕著古老的，狀似拖鞋的小漁船，一樣在大西洋裏網著成箱成箱的海味。

來到蘭沙略得，久違的駱駝像親人似的向我們鳴叫。在這兒，駱駝不只是給遊客騎了觀光，牠們甚而在田裏拖犁，在山上載貨，老了還要殺來吃，甚至外銷到過去的西屬撒哈拉去。

在這七百多平方公里的島上，田園生活是艱苦而費力的，每一小塊葡萄園，都用防風石圍了起來，農作物便生長在這一個淺淺的石井裏。潔白的小屋，平頂的天台，極似阿拉伯的建築風味，與大自然的景色配合得恰到好處，它絕不是優雅的，秀麗的，它是寂寂的天，寂寂的地，吹著對岸沙漠颳過來的熱風。

也許是這兒有駱駝騎，又有火山口可看的緣故，歐洲寒冷地帶來長住過冬的遊客，對於這個特異的島嶼很快的就接受了，加上它亦是西班牙國家公園中的一個，它那暗黑和銅紅的沙漠裏，總有一隊隊騎著駱駝上山下山的遊人。

為了荷西堅持來此打魚潛水的方便，我們租下了一個小客棧的房間，沒有浴室相連，租金卻比拉芭瑪島高出了很多。這兒有漁船、有漁夫，港口的日子，過起來亦是悠然。

當荷西下海去射魚時，我坐在碼頭上，跟老年人談天說地，聽聽他們口中古老的故事和傳說，晚風習習的吹拂著，黑色的山巒不長一粒花朵，卻也自有面對它的喜悅。

第三日，我們租了一輛摩托車到每一個火山口去看了看，火山，像地獄的入口一般，使人看了驚嘆而迷惑，我實在是愛上了這個神秘的荒島。

大自然的景色固然是震撼著我，但是，在每一個小村落休息時，跟當地的人談話，更增加了旅行的樂趣，如果這個世界上沒有人存在，再美的土地也吸引不了我，有了人，才有趣味和生氣。

旅社的老闆告訴我們，來了蘭沙略得而不去它附屬的北部小島拉加西奧沙（La Graciosa）未免太可惜了。我們曾在山頂看見過這個與蘭沙略得只有一水之隔的小島，二十七平方公里的面積，在高原上俯瞰下去，不過是一片沙丘，幾戶零落的人家，和兩個不起眼的海灣而已。

「你們去住，荷西下水去，就知道它海府世界的美了。」幾乎每一個漁民都對我們說著同樣的話。

在一個清晨，我們搭上了極小的舴艋船，渡海到拉加西奧沙島去。去之前，有人告訴我們，先拍一個電報給那邊的村長喬治，我想，有電信局的地方，一定是有市鎮的了，不想，那份電報是用無線電在一定連絡的時間裏喊過對岸去的。

村長喬治是一個土裏土氣的漁民，與其說他是村長，倒不如叫他族長來得恰當些。在這個完全靠捕魚為生的小島上，近親與近親通婚，寡婦與公公再婚，都是平淡無奇的事情，這是一百年流傳下來的人家族，說大家族，亦不過只有一百多人存留下來而已。

我們被招待到 個木板鐵皮搭成的小房間裏去住，淡水在這兒是極缺乏的，做飯幾乎買不到材料，村裏的人收我們每人五百塊西幣（約三百元台幣）管吃住，在我，第一次生活在這樣的一個小島上，有得吃住，已是非常滿足了。每一次在村長家中的廚房裏圍吃鹹魚白薯，總使我想到荷蘭大畫家梵谷的一張叫「食薯者」的畫，能在這兒做一個畫中人亦是福氣。

拉加西奧沙島小得一般地圖上都無法畫它，而它仍是有兩座火山口的，不再熱熾的火山口裏面，被居民辛苦的種上了番茄，生活的掙扎，在這兒已到了極限，而居民一樣會唱出優美的歌曲來。

荷西穿上潛水衣的時候，幾乎男女老少都跑出來參觀，據他們說，二十年前完全沒見過潛水的人，有一次來了幾個遊客，乘了船，背了氣筒下海去遨遊，過了半小時後再浮上來時，發覺船上等著的漁民都在流淚，以為他們溺死了。

荷西為什麼選擇了海底工程的職業，在我是可以瞭解的，他熱愛海洋，熱愛水底無人的世界，他總是說，在世上寂寞，在水裏怡然，這一次在拉加西奧沙的潛水，可說遂了他的心願。

「三毛，水底有一個地道，一直通到深海，進了地道裏，只見陽光穿過漂浮的海藻，化成千紅萬紫亮如寶石的色彩，那個美如仙境的地方，可惜妳不能去同享，我再去一次好嗎？」荷西上了岸，曬了一會太陽，又往他的夢境裏潛去。

我沒有去過海底，也不希望下去，這份寂寞的快樂，成了荷西的秘密，只要他高興，我枯坐岸上也是甘心。

那幾日我們捉來了龍蝦，用當地的洋蔥和番茄拌成了簡單的沙拉，人間處處有天堂，上帝沒有遺忘過我們。

在這個芝麻似的小島上，我們流連忘返，再要回到現實生活裏來，實在需要勇氣。當我們從拉加西奧沙乘船回到蘭沙略得來時，我已經為即將終了的旅程覺得悵然，而再坐大船回到車水馬龍、嘈雜不堪的大迦納利島來時，竟有如夢初醒時那一霎間的茫然和無奈，心裏空空洞洞，漫長的旅行竟已去得無影無蹤了。

大迦納利島

這本來是一個安靜而人跡稀少的島嶼，十年前歐洲渴求陽光的遊客，給它帶來了不盡的繁榮，終年泊滿了船隻的優良大港口，又增加了它的重要性。西班牙政府將這兒開放為自由港之後，電器、攝影、手錶，這些賦重稅的商店又擠滿在大街小巷，一個亂糟糟的大城，我總覺得它有著像香港一式一樣的氣氛，滿街無頭蜂似的遊客，使人走在它裏面就心煩意亂。

有一次我問國內漁業界的鉅子曲先生，對於大迦納利島的印象如何，因為他每年為了漁船的業務總得來好多次，他說：「沒有個性，嘈雜不堪，也談不上什麼文化。」我認為他對這個城市的解釋十分確切，也因為我極不喜歡這個大城的一切，所以荷西與我將家安置在遠離城外的海邊住宅區裏，也感謝它的繁榮，無論從哪裏進城，它都有完善的、四通八達的公路，住在郊外並無不便的地方。

大迦納利島的芭蕉、菸草、番茄、黃瓜和遊客，都是它的命脈，尤其是北歐來的遊客，他們乘著包機，成群結隊而來，一般總是住到三星期以上，方才離開，老年的外國人，更是大半年都住在此地過冬。正因為它在撒哈拉沙漠的正對面，這兒可說終年不雨，陽光普照，四季如春，沒有什麼顯明的氣候變化。一千五百三十二平方公里的面積，居住了近五十萬的居民，如果要拿如候鳥似的來度冬的遊客做比較，它倒是遊客比居民要多了。

這兒的機場豪華寬大，每一天都有無數不同的班機飛往世界各地，南部的海灘更是旅館林立。島上中國餐館有許多許多家，他們的對象還是北歐遊客，本地迦納利人對於中國菜還沒有文明到開始去嘗試的地步。

令人驚異的是，我所認識的大迦納利島的本地朋友，並沒有因為遊客的增加而在思想上進步，他們普遍的仍然十分保守，主食除了馬鈴薯和麵包之外，還有不可少的炒麥粉，也就是此地叫它做 gofio的東西，外來的食物，即使是西班牙本土的，仍然不太被他們接受。

此地的女孩一般早婚，二十二歲還沒有男友在老一代的父母眼中已是焦急的事情了。

這兒如我們中國汕頭式抽花的檯布和餐巾，亦是他們主要賣給遊客的紀念品。另外由印度和摩洛哥過來的商人所開的「巴撒」，亦是遊客購物的中心，店內的東西並不是本地的土產，東方的瓷器、裝飾品，在這兒亦擁有很大的市場。

去年，在大迦納利島的北部，因為一個醫生和他的助手，還有鄉間多人看見一個被稱為飛碟的天空不明物體，這兒又熱鬧過一陣。國內《大華晚報》上，也曾刊登過這一個消息。

其實，在鄧尼肯所寫的《史前的奧秘》那本書裏，亦曾舉出存在大迦納利島上那二百八十多個洞穴建築方式的謎，因為鄧尼肯認為，這些洞穴是太空人用一種噴火的工具或一種光線開出來的，絕不是天然或世人用工具去挖的，我因為看過這本書，所以也曾兩度爬上那個石窟裏去觀察過，只是看不出什麼道理來。

飛碟的傳說，經常在這兒出現，光是去年一年，在富得文都拉島和丹納麗芙島都有上千的人看見，三月十三日西班牙本土的《雅報》，還闢了兩大張在談論著迦納利群島的不明飛行體。

我個人在撒哈拉沙漠亦曾看過兩次，一次是在黑夜，那可能是眼誤，一次是黃昏在西屬沙漠下方的一個城鎮。第二次的不明體來時，整城停電，連汽車也發不動，它足足浮在那兒快四十分鐘，一動也不動，那是千人看見的事實，當然那亦可能是一個氣球的誤會，只是它升空時所做的直角轉彎，令人百思不解，這又扯遠了。

迦納利群島只在撒哈拉沙漠一百公里的對面，想來飛碟的入侵也是十分方便的。

這所說的只是大迦納利島這幾個月來比較被人談論的趣事之一而已。

我住的鄉下有許多仍在種番茄為生的農人，他們誠懇知禮，番茄收成的時候總是大袋的拿來送我，是一群極易相處的鄰居。人們普遍的善良親切，雖然它四季不分的氣候使人不耐，我還是樂意住下去，直到有一天，荷西與我必須往另一個未知的下一站啟程時為止。

迦納利群島一向是遊客的天堂，要以這麼短短的篇幅來介紹它，實在可惜，希望有一天，讀者能親身來這個群島遊歷一番，想來各人眼中的世界，跟我所粗略介紹的又會有很大的不同了。

一個陌生人的死。

「大概是他們來了。」我看見墳場外面的短牆揚起一片黃塵，接著一輛外交牌照的賓士牌汽車慢慢的停在鐵門的入口處。

荷西和我都沒有動，泥水工正在拌水泥，加里樸素得如一個長肥皂盒的棺木靜靜的放在牆邊。

炎熱的陽光下，只聽見蒼蠅成群的嗡嗡聲在四周迴響著，雖然這一道如同兩層樓那麼高的牆都被水泥封死了，但是砌在裏面的棺木還是發出一陣陣令人不舒服的氣味，要放入加里的那一個牆洞是在底層，正張著黑色的大嘴等著屍體去填滿它。

那個瑞典領事的身後跟著一個全身穿黑色長袍的教士，年輕紅潤的臉孔，被一頭如嬉皮似的金髮罩到肩膀。

這兩人下車時，正高聲的說著一件有趣的事，高昂的笑聲從門外就傳了過來。

等他們看見等著的我們時，才突然收住了滿臉的笑紋，他們走過來時，還抿著嘴，好似意猶未盡的樣子。

「啊！你們已經來了。」領事走過來打招呼。

「日安！」我回答他。

「這是神父夏米葉，我們領事館請來的。」

「您好！」我們彼此又握了握手。

四個人十分窘迫的站了一會兒，沒有什麼話說。

「好吧！我們開始吧！」神父咳了一聲就走近加里的棺木邊去。

他拿出《聖經》來用瑞典文唸了一段經節，然後又用瑞典文說了幾句我們聽不懂的話，不過兩分鐘的時間吧，他表示說完了，做了一個手勢。

我們請墳園的泥水工將加里的棺木推到牆內的洞裏去，大家看著棺木完全推進去了，神父這才拿出一個小瓶子來，裏面裝著一些水。

「這個，妳來灑吧！」他一面用手很小心的摸著他的長髮，一面將水瓶交給我。

「是家屬要灑的？」

「是，也不是。」領事聳聳肩，一副無可奈何的表情。

我拿起瓶子來往加里的棺木上灑了幾滴水，神父站在我旁邊突然畫了一個十字。

「好了！可以封上了。」領事對泥水工說。

「等一下。」我將一把加里院子裏的花丟到他的棺材上去，泥水工這才一塊磚一塊磚的封起牆來。

我們四個人再度沉默的木立著，不知說什麼好。

「請問你們替加里付了多少醫藥費？」

「帳單在這裏，不多，住院時先付了一大半。」荷西將帳單拿出來。

「好，明後天請你們再來一次，我們弄好了文件就會結清給你們，好在加里自己的錢還有剩。」

「謝謝！」我們簡短的說了一句。

這時墳場颳起了一陣風，神父將他的《聖經》夾在腋下，兩隻手不斷的理他的頭髮，有禮的舉止卻蓋不住他的不耐。

「這樣吧！我們很忙，先走了，這面牆——」

「沒關係，我們等他砌好了再走，您們請便。」我很快的說。

「那好，加里的家屬我們已經通知了，到現在沒有回音，他的衣物——唉！」

「我們會理好送去領事館的，這不重要了。」

「好，那麼再見了。」

「再見！謝謝你們來。」等砌好了牆，我再看了一眼這面完全是死人居所的牆，給了泥水工他該得的費用，也大步的跟荷西一起走出去。

荷西與我離開了撒哈拉沙漠之後，就搬到了近西北非在大西洋海中的西屬迦納利群島暫時安居下來。

在我們租下新家的這個沿海的社區裏，住著大約一百多戶人家，這兒大半是白色的平房，沿著山坡往一個平靜的小海灣裏建築下去。

雖說它是西班牙的屬地，我們住的地方卻完完全全是北歐人來度假、退休、居留的一塊樂土，西班牙人反倒不多見。

這兒終年不雨，陽光普照，四季如春，尤其是我們選擇的海灣，往往散步兩三小時也碰不到一個人影。海灘就在家的下面，除了偶爾有一兩個步伐蹣跚的老人拖著狗在曬太陽之外，這一片地方安詳得近乎荒涼，望著一排排美麗的洋房和番茄田，我常常不相信這兒有那麼多活著的人住著。

「歡迎你們搬來這裏，我們這個社區，太需要年輕人加入。這塊美麗的山坡，唯一缺少的就是笑聲和生命的氣氛，這兒，樹和花年年都在長，只有老人，一批批像蒼蠅似的在死去，新的一代，再也不肯來這片死寂的地方了。」

社區的瑞典負責人與我們重重的握著手，誠懇的表示他對我們的接納，又好似惋惜什麼的嘆了口氣。

「這一點您不用愁，三毛是個和氣友愛的太太，我，是個粗人，不會文文靜靜的說話，只要鄰居不嫌吵，我們會把住的一整條街都弄活潑起來。」荷西半開玩笑的對這個負責人說，同時接下了一大串租來小屋的鑰匙。

我們從車上搬東西進新家去的那一天，每一幢房子裏都有人從窗口在張望，沒有一個月左右，這條街上的鄰居大部分都被我們認識了，早晚經過他們的家，我都叫著他們的名字，揚揚手，打個招呼，再問問他們要不要我們的車去市場買些什麼東西帶回來。偶爾荷西在海裏捉到了魚，我們也會拿繩子串起來，挨家去送魚給這些平均都算高齡的北歐人，把他們的門打得碰碰的響。

「其實這裏埋伏著好多人，只是乍時看不出來，我們可不能做壞事。」我對荷西說。

「這麼安靜的地方，要我做什麼搗蛋的事也找不到對象，倒是妳，老是跳進隔壁人家院子去採花，不要再去了。」

「隔壁沒有人住。」我理直氣壯的回答著他。

「我前幾天還看到燈光。」

「真的？奇怪。」我說著就往花園跑去。

「妳去哪裏？三毛。」

他叫我的時候，我早已爬過短牆了。

這個像鬼屋一樣的小院子裏的花床一向開得好似一匹彩色的緞子，我總是挑白色的小菊花採，很少注意到那幢門窗緊閉、窗簾完全拉上的房子裏是不是有人住，因為它那個氣氛，不像是有生命的一幢住家，我幾乎肯定它是空的。

我繞了一圈房子，窗簾密密的封著大窗，實在看不進去，繞到前面，拿臉湊到鑰匙洞裏去看，還是看不到什麼。

「荷西，你弄錯了，這裏一個人也沒有。」我往家的方向喊著。

再一回頭，突然在我那麼近的玻璃窗口，我看見了一張可怕的老臉，沒有表情的注視著我，我被這意外嚇得背脊都涼了，慢慢的轉身對著他，口裏很勉強的才吐出一句結結巴巴的「日安」。

我盯住這個老人看，他卻緩緩開了大玻璃門。

「我不知道這裏住著個人。對不起。」我用西班牙話對他說。

「啊！啊！」這個老人顯然是跛著腳，他用手撐著門框費力的發出一些聲音。

「你說西班牙話？」我試探的問他。

「不，不，西班牙，不會。」沙啞的聲音，盡力的打著手勢，臉上露出一絲絲微笑，不再那麼怕人了。

「你是瑞典人？」我用德文問他。

「是，是，我，加里，加里。」他可能聽得懂德文，卻講不成句。

「我，三毛，我講德文你懂嗎？」

「是，是，我，德國，會聽，不會講。」他好似站不住了似的，我連忙把他扶進去，放他在椅子上。

「我就住在隔壁，我先生荷西和我住那邊，再見！」說完我跟他握握手，就爬牆回家了。

「荷西，隔壁住著一個可怕的瑞典人。」我向荷西說。

「幾歲？」

「不知道，大概好幾百歲了，皺紋好多，人很臭，家裏亂七八糟，一隻腳是跛的。」

「難怪從來不出門，連窗戶都不打開。」

看見了隔壁的加里之後，我一直在想念著他，過了幾天，我跟鄰居談天，順口提到了他。

「啊！那是老加里，他住了快兩年了，跟誰也不來往。」

「他沒法子走路。」我輕輕的反駁這個中年的丹麥女人。

「那是他的事，他可以弄一輛輪椅。」

「他的家那麼多石階，椅子也下不來。」

「三毛，那不是我們的事情，看見這種可憐的人，我心裏就煩，妳能把他怎麼辦？我們又不是慈善機關，何況，他可以在瑞典進養老院，偏偏住到這個舉目無親的島上來。」

「這裏天氣不冷，他有他的理由。」我爭辯的說著，也就走開了。

每天望著那一片繁花似錦的小院落裏那一扇扇緊閉的門窗，它使我心理上負擔很重，我恨不得看見這鬼魅似的老人爬出來曬太陽，但是，他完完全全安靜得使自己消失了，夜間，很少燈火，白天，死寂一片。他如何在維持著他的帶病的生命，對我不只是一個謎，而是一片令我悶悶不樂的牽掛了。這個安靜的老人每天如何度過他的歲月？

「荷西，我們每天做的菜都吃不了，我想——我想有時候不如分一點去給隔壁的那個加里吃。」

「隨便妳，我知道妳的個性，不叫妳去，妳自己的飯也吃不下了。」

我拿著一盤菜爬過牆去，用力打了好久的門，加里才跛著腳來開。

「加里，是我，我拿菜來給你吃。」

他呆呆的望著我，好似又不認識了我似的。

「荷西，快過來，我們把加里抬出來吹吹風，我來替他開窗打掃。」

荷西跨過了矮牆，把老人放在他小院的椅子上，前面替他架了一個小桌子，給他叉子，老人好似嚇壞了似的望著我們，接著看看盤子。

「吃，加里，吃。」荷西打著手勢，我在他的屋內掃出堆積如山的空食物罐頭，把窗戶大開著透氣，屋內令人作嘔的氣味一陣陣漫出來。

「天啊，這是人住的地方嗎？」望著他沒有床單的軟墊子，上面黑漆漆的不知是乾了的糞便還是什麼東西糊了一大塊，衣服內褲都像深灰色一碰就要破了似的抹布，床頭一張發黃了的照片，裏面有一對夫婦和五個小男孩很幸福的坐在草坪上，我看不出那個父親是不是這個加里。

「荷西，他這樣一個人住著不行，他有一大櫃子罐頭，大概天天吃這個。」

荷西呆望著這語言不通的老人，嘆了口氣，加里正坐在花園裏像夢遊似的吃著我煮的一盤魚和生菜。

「荷西，你看這個。」我在加里的枕頭下面掏出一大捲瑞典錢來，我們當他的面數了一下。

「加里，你聽我說，我，他，都是你的鄰居，你太老了，這樣一個人住著不方便，你那麼多錢，存到銀行去，明天我們替你去開戶頭，你自己去簽字，以後我常常帶菜來給你吃，窗天天來替你打開，懂不懂？我們不會害你，請你相信我們，你懂嗎？嗯！」

我慢慢的用德文說，加里啊啊的點著頭，不知他懂了多少。

「三毛，妳看他的腳趾。」荷西突然叫了起來，我的眼光很快的掠過老人，他的右腳，有兩個腳趾已經爛掉了，只露出紅紅的膿血，整個腳都是黑紫色，腫脹得好似灌了水的象腳。

我蹲下去，把他的褲筒拉了起來，這片紫黑色的肉一直快爛到膝蓋，臭不可當。

屍體。

「瘋瘋嗎？」我直著眼睛張著口望著荷西，不由得打了一個寒顫。

「不會，一定是壞疽，他的家人在哪裏，要通知他們。」

「如果家人肯管他，他也不會在這裏了，這個人馬上要去看醫生。」

蒼蠅不知從哪裏成群的飛了來，叮在加里膿血的殘腳上，好似要吃掉一個漸漸在腐爛了的屍體。

「加里，我們把你抬進去，你的腳要看醫生。」我輕輕的對他說，他聽了我說的話，突然低下頭去，眼淚靜靜的爬過他佈滿皺紋的臉，他只會說瑞典話，他不能回答我。

這個孤苦無依的老人不知多久沒有跟外界接觸了。

「荷西，我想我們陷進這個麻煩裏去了。」我嘆了口氣。

「我們不能對這個人負責，明天去找瑞典領事，把他的家人叫來。」

黃昏的時候，我走到同一社區另外一家不認識的瑞典人家去打門，開門的女主人很訝異的、有禮的接待了我。

「是這樣的，我有一個瑞典鄰居，很老了，在生病，他在這個島上沒有親人，我想——我想請你們去問問他，他有沒有醫藥保險，家人是不是可以來看顧他，我們語文不太通，弄不清楚。」

「哦！這不是我們的事，妳最好去城裏找領事，我不知道我能幫什麼忙。」

說話時她微微一笑，把門輕輕帶上了。

我又去找這社區的負責人，說明了加里的病。

「三毛，我只是大家公推出來做一個名譽負責人，我是不受薪的，這種事妳還是去找領事館吧！我可以給妳領事的電話號碼。」

「謝謝！」我拿了電話號碼回來，馬上去打電話。

「太太，妳的瑞典鄰居又老又病，不是領事館的事，只有他們死了，我們的職責是可以代辦文件的，現在不能管他，因為這兒不是救濟院。」

第二天我再爬牆過去看加里，他躺在床上，嘴唇乾得裂開了，手裏卻緊緊的扭著他的錢和一本護照，看見我，馬上把錢搖了搖，我給他喝了一些水，翻開他的護照來一看，不過是七十三歲的人，為何已經被他的家人丟棄到這個幾千里外的海島上來等死了。

我替他開了窗，餵他吃了一點稀飯又爬回家去。

「其實，我一點也不想管這件事，我們不是他的誰，我們為什麼要對他負責任？」荷西苦惱的說。

「荷西，我也不想管，可是大家都不管，這可憐的人會怎麼樣？他會慢慢的爛死，我不能眼看有一個人在我隔壁靜靜的死掉，而我，仍然過一樣的日子。」

「為什麼不能？你們太多管閒事了。」在我們家喝著咖啡，抽著煙的英國太太嘲笑的望著我們。

「因為我不是冷血動物。」我慢慢的盯著這個中年女人吐出這句話來。

「好吧！年輕人，你們還是孩子，等你們有一天五十多歲了，也會跟我一樣想法。」

「永遠不會，永遠。」我幾乎發起怒來。

那一陣鄰居們看見我們，都漠然的轉過身去，我知道，他們怕極了，怕我們為了加里的事，把他們也拖進去，彼此禮貌的打過招呼，就一言不發的走了。

我們突然成了不受歡迎又不懂事的鄰居了。

「加里，我們帶你去醫院，來，荷西抱你去，起來。」我把加里穿穿好，把他的家鎖了起來，荷西抱著他幾乎乾癟的身體出門時，不小心把他的腳撞到了床角，膿血馬上滴滴答答的流下來，臭得眼睛都張不開了。

「謝謝、謝謝！」加里只會喃喃的反覆的說著這句話。

「要鋸掉，下午就鋸，你們來簽字。」國際醫院的醫生是一個月前替我開刀的，他是個仁慈的人，但手術費也是很可觀的。

「我們能簽嗎？」

「是他的誰？」

「鄰居。」

「那得問問他，三毛，妳來問。」

「加里，醫生要鋸你的腿，鋸了才能活，你懂我的意思嗎？要不要打電報去瑞典，叫你家裏人來，你有什麼親人？」

加里呆呆的望著我，我再問：「你懂我的德文嗎？懂嗎？」

他點點頭，閉上了眼睛，眼角再度滲出絲絲的淚來。

「我——太太沒有，沒有，分居了——孩子，不要我，給我死——給我死。」

我第一次聽見他斷斷續續的說出這些句子來，竟然是要求自己死去，一個人必然是完完全全對生命已沒有了盼望，才會說出這麼令人震驚的願望吧！

「他說沒有親人，他要死。」我對醫生說。

「這是不可能的，他不鋸，會爛死，已經臭到這個地步了，妳再勸勸他。」

我望著加里，固執的不想再說一句話，對著這個一無所有的人，我能告訴他什麼？

我能告訴他，他鋸了腳，一切都會改變嗎？他對這個已經不再盼望的世界，我用什麼堂皇的理由留住他？

我不是他的誰，能給他什麼補償，他的寂寞和創傷不是我造成的，想來我也不會帶給他生的意志，我呆呆的望著加里，這時荷西伏下身去，用西班牙文對他說：「加里，要活的，要活下去，下午鋸腳，好嗎？」

加里終於鋸掉了腳，他的錢，我們先替他換成西幣，付了手術費，剩下的送去了領事館。

「快起床，我們去看看加里。」加里鋸腳的第二天，我催著荷西開車進城。

走進他的病房，門一推開，一股腐屍般的臭味撲面而來，我忍住呼吸走進去看他，他沒有什麼知覺的醒著，床單上一大片殷紅的膿血，有已經乾了的，也有從紗布裏新流出來的。

「這些護士！我去叫她們來。」我看了馬上跑出去。

「那個老頭子，臭得人煩透了。」護士滿臉不耐的抱了床單跟進來，粗手粗腳的拉著加里剛剛動過大手術的身子。

「小心一點！」荷西脫口說了一句。

「我們去走廊裏坐著吧！」我拉了荷西坐在外面，一會兒醫生走過來，我站了起來。「加里還好吧？請問。」我低聲下氣的問。

「不錯！不錯！」

「怎麼還是很臭？不是鋸掉了爛腳？」

「啊！過幾天會好的。」他漠然的走開了，不肯多說一句話。

那幾日，我飲食無心，有空了就去加里的房子裏看看，他除了一些陳舊的衣服和幾條破皮帶之外，幾乎沒有一點點值錢的東西，除了那一大櫃子的罐頭食品之外，只有重重的窗簾和幾把破椅子，他的窗外小院裏，反倒不相稱的長滿了糾纏不清、開得比哪一家都要燦爛的花朵。

最後一次看見加里，是在一個夜晚，荷西與我照例每天進城去醫院看他，我甚至替他看中了一把用電可以走動的輪椅。

「荷西，三毛。」加里清楚的坐在床上叫著我倆的名字。

「加里，你好啦！」我愉快的叫了起來。

「我，明天，回家，我，不痛，不痛了。」清楚的德文第一次從加里的嘴裏說出來。

「好，明天回家，我們也在等你。」我說著跑到洗手間去，流下大滴的淚來。

「是可以回去了，他精神很好，今天吃了很多菜，一直笑嘻嘻的。」醫生也這麼說。

第二天我們替加里換了新床單，又把他的家灑了很多花露水，椅子排排整齊，又去花園裏剪了一大把野花，弄到中午十二點多才去接他。

「這個老人到底是誰？」荷西滿懷輕鬆的開著車，好笑的對我說。
「隨便他是誰，在我都是一樣。」我突然覺得車窗外的和風是如此的怡人和清新，空氣裏滿滿的都是希望。
「妳喜歡他嗎？」
「談不上，我沒有想過，你呢？」
「我昨天聽見他在吹口哨，吹的是——『大路』那張片子裏的主題曲，奇怪的老人，居然會吹口哨。」
「他也有他的愛憎，荷西，老人不是行屍走肉啊！」
「奇怪的是怎麼會在離家那麼遠的地方一個人住著。」
到了醫院，走廊上沒有護士，我們直接走進加里的房間去，推開門，加里不在了，綠色空床鋪上了淡的床罩，整個病房清潔得好似一場夢。
我們呆在那兒，定定的注視著那張已經沒有加里了的床，不知做什麼解釋。
「加里今天清晨死了，我們正愁著如何通知你們。」護士不知什麼時候來了，站在我們背後。
「妳是說，他——死了？」我愣住了，輕輕的問著護士。
「是，請來結帳，醫生在開刀，不能見你們。」
「昨天他還吹著口哨，還吃了東西，還講了話。」我不相信的追問。
「人死以前總會這個樣子的，大約總會好一天，才死。」

我們跟著護士到了帳房間，她走了，會計小姐交給我們一張帳單。

「人呢？」

「在殯儀館，一死就送去了，你們可以去看。」

「我們，不要看，謝謝妳。」荷西付了錢慢慢的走出來。

醫院的大門外，陽光普照，天，藍得好似一片平靜的海，路上的汽車，無聲的流過，紅男綠女，打扮得花枝招展的一群群的走過，偶爾夾著高昂的笑聲。

這是一個美麗動人的世界，一切的悲哀，離我們是那麼的遙遠而不著邊際啊！

大鬍子與我。

結婚以前大鬍子問過我一句很奇怪的話：「妳要一個賺多少錢的丈夫？」

我說：「看得不順眼的話，千萬富翁也不嫁；看得中意，億萬富翁也嫁。」

「說來說去，妳總想嫁有錢的。」

「也有例外的時候。」我嘆了口氣。

「如果跟我呢？」他很自然的問。

「那只要吃得飽的錢也算了。」

他思索了一下，又問：「妳吃得多嗎？」

我十分小心的回答：「不多，不多，以後還可以少吃點。」

就這幾句對話，我就成了大鬍子荷西的太太。

婚前，我們常常在荷西家前面的泥巴地廣場打棒球，也常常去逛馬德里的舊貨市場，再不然冬夜裏搬張街上的長椅子放在地下車的通風口上吹熱風，下雪天打打雪仗，就這樣把春花秋月都一個一個的送掉了。

一般情侶們的海誓山盟、輕憐蜜愛，我們一樣都沒經過就結了婚，回想起來竟然也不怎麼遺憾。

前幾天我對荷西說：「華副主編蔡先生要你臨時客串一下，寫一篇〈我的另一半〉，只此一次，下不為例。」

當時他頭也不抬的說：「什麼另一半？」

「你的另一半就是我啊！」我提醒他。

「我是一整片的。」他如此肯定的回答我，倒令我仔細的看了看說話的人。

「其實，我也沒有另一半，我是完整的。」我心裏不由得告訴自己。

我們雖然結了婚，但是我們都不承認有另一半，我是我，他是他，如果真要拿我們來劈，又成了四塊，總不會是兩塊，所以想來想去，只有寫〈大鬍子與我〉來交卷，這樣兩個獨立的個體總算拉上一點關係了。

要寫大鬍子在外的行徑做人，我實在寫不出什麼特別的事來。這個世界上留鬍子的成千上萬，遠看都差不多，叫「我」的人，也是多得數不清，所以我能寫的，只是兩人在家的一本流水帳，並無新鮮之處。

在我們的家裏，先生雖然自稱沒有男性的優越自尊等等壞習慣，太太也說她不參加女權運動，其實這都是謊話，有腦筋的人聽了一定哈哈大笑。

荷西生長在一個重男輕女的傳統家庭裏，這麼多年來，他的母親和姐妹有意無意之間，總把他當兒皇帝，穿衣、鋪床、吃飯自有女奴甘甘心心侍候。多少年來，他愚蠢的腦袋已被這些觀念填得滿滿的了；再要洗他過來，已經相當辛苦，可惜的是，婚後我才發覺這個真相。

我本來亦不是一個溫柔的女子，加上我多年前，看過胡適寫的一篇文章，裏面一再的提到「超於賢妻良母的人生觀」，我念了之後，深受影響，以後的日子，都往這個「超」字上去發展，結果弄了半天，還是結了婚，良母是不做，賢妻賴也賴不掉了。

就因為這兩個人不是一半一半的，所以結婚之後，雙方的稜稜角角，彼此都用沙子耐心的磨著，希望在不久的將來，能夠磨出一個式樣來，如果真有那麼一天，兩人在很小的家裏晃來晃去時，就不會撞痛了彼此。

其實婚前和婚後的我們，在生活上並沒有什麼巨大的改變。荷西常常說，這個家，不像家，倒像一座男女混住的小型宿舍。我因此也反問他：「你喜歡回家來有一個如花似玉的女同學在等你，還是情願有一個像《李伯大夢》裏那好兇的老拿棍子打人的黃臉婆？」

大鬍子，婚前交女友沒有什麼負擔；婚後一樣自由自在，吹吹口哨，吃吃飯，兩肩不駝，雙眼閃亮，受家累男人的悲戚眼神、緩慢步履，在此人身上怎麼也找不出來。

他的太太，結婚以後，亦沒有喜新厭舊改頭換面做新裝，經常洗換的，也仍然是牛仔褲三條，完全沒主婦風采。

偶爾外出旅行，碰到西班牙保守又保守的鄉鎮客店，那辛苦麻煩就來了。

「請問有沒有房間？」大鬍子一件舊夾克，太太一頂叫化子呢帽，兩人進了旅館，總很客氣的問那冰冷面孔的櫃檯。

「雙人房，沒有。」明明一大排鑰匙掛著，偏偏狠狠的盯著我們，好似我們的行李裝滿了蘋果，要開房大食禁果一般。

「我們結婚了，怎麼？」

「身分證！」守櫃檯的老闆一臉狡猾的冷笑。

「拿去。」

這人細細的翻來覆去的看，這才不情不願的交了一把鑰匙給我們。

我們慢慢上了樓，沒想到那個老闆娘不放心，瞪了一眼先生，又追出來大叫。

「等一下，要看戶口名簿。」那個樣子好似踩住了我們尾巴似的得意。

「什麼，你們太過分了！」荷西暴跳起來。

「來，來，這裏，請妳看看。」我不情不願的把早已存好的小本子，舉在這老頑固的面前。

「不像，不像，原來你們真結婚了。」這才化開了笑容，慢慢的踱開去。

「奇怪，我們結不結婚，跟她有什麼關係？妳又不是她女兒，神經嘛！」荷西罵個不停。

我嘆了口氣，疲倦的把自己拋在床上，下一站又得多多少少再演一場類似的笑劇，誰叫我們「不像」。

「喂！什麼樣子才叫『像』，我們下次來裝。」我問他。

「我們本來就是夫妻嘛！裝什麼鬼！」

「可是大家都說不像。」我堅持。

「去借一個小孩子來抱著好了。」

「借來的更不像，反正就是不像，不像。」

誰叫我們不肯做那人的另一半，看來看去都是兩個不像的人。

有一天，我看一本西班牙文雜誌，恰好看到一篇報導，說美國有一個女作家，寫了一本暢銷書，名字我已記不得了，總之是說——「如何叫丈夫永遠愛妳」。

這個女作家在書中說：「永遠要給妳的丈夫有新奇感，在他下班之前，妳不妨每天改一種打扮，今天扮阿拉伯女奴，明天扮海盜，大後天做一個長了翅膀的安琪兒，再大後天化成一個老巫婆……這樣，先生下班了，才會帶著滿腔的喜悅，一路上興奮的在想著，我親愛的寶貝，不知今天是什麼可愛的打扮——」

又說：「不要忘了，每天在他耳邊輕輕的說幾遍，我愛你——我愛你——我愛你——」

這篇介紹的文章裏，還放了好幾張這位婚姻成功的女作家，穿了一條格子裙，與丈夫熱烈擁吻的照片。

我看完這篇東西，就把那本雜誌丟了。

吃晚飯時，我對荷西說起這本書，又說：「這個女人大概神經不太正常，買她書的人，照著去做的太太們，也都是傻瓜。如果先生們有這麼一個千變萬化的太太，大概都嚇得大逃亡了。下班回來誰受得了今天天使啦！明天海盜啦！後天又變個巫婆啦！……」

他低頭吃飯，眼睛望著電視，我再問他：「你說呢？」

他如夢初醒，隨口應著：「海盜！我比較喜歡海盜！」

「你根本不在聽嘛！」我把筷子一摔，瞪著他，他根本看不見，眼睛又在電視上了。

我嘆了口氣，實在想把湯潑到他的臉上去，對待這種丈夫，就算整天說著「我愛你」，換來的也不過是咦咦啊啊，婚姻不會更幸福，也不會更不幸福。

有時候，我也想把他抓住，嚕嚕囌囌罵他個過癮。但是以前報上有個新聞，說一位先生，被太太喋喋不休得發了火，拿出針線來，硬把太太的嘴給縫了起來。我不希望大鬍子也縫我的嘴，就只有嘆氣的份了。

其實夫婦之間，過了蜜月期，所交談的話，也不過是雞零狗碎的瑣事，聽不聽都不會是世界末日；問題是，不聽話的人，總是先生。

大鬍子，是一個反抗心特重的人，如果太太叫他去東，他一定往西；請他穿紅，他一定著綠。做了稀的，他要吃乾的；做了甜的，他說還是鹹的好。這樣在家作對，是他很大的娛樂之一。

起初我看透了他的心理，有什麼要求，就用相反的說法去激他，他不知不覺的中了計，遂了我的心願。後來他又聰明了一點，看透了我的心理，從那時候起，無論我反反覆覆的講，他的態度就是不合作，如同一個傻瓜一般的固執，還常常得意的冷笑：「嘿！嘿！我贏了！」

「如果有一天你肯跟我想的一樣，我就去買獎券，放鞭炮！」我瞪著他。

我可以確定，要是我們現在再結一次婚，法官問：「荷西，你願意娶三毛為妻嗎？」他這個習慣性的「不」字，一定會溜出口來。結過婚的男人，很少會說「是」，大部分都說相反的話，或連話都不說。

荷西剛結婚的時候，好似小孩子扮家家酒，十分體諒妻子，情緒也很高昂，假日在家總是幫忙做事。可惜好景不常，不知什麼時候開始，他背誦如教條的男性自尊又慢慢的甦醒了。

吃飯的時候，如果要加湯添飯，伸手往我面前一遞，就好似太陽從東邊出來一樣的自然。走路經過一張報紙，他當然知道跨過去，不知道撿起來。有時我病了幾天，硬撐著起床整理已經亂得不像樣的家，他亦會體貼的說：「叫妳不要洗衣服，又去洗了，怎麼不聽話的。」

我回答他：「衣不洗，飯不煮，地不掃，實在過不下去了，才起來理的。」

「不理不可以嗎？妳在生病。」

「我不理誰理？」我渴望這人發條開動，做個「清掃機器人」有多可愛。

「咦，誰也不理啊！不整理，房子又不會垮！」

這時候我真想拿大花瓶打碎他的頭，可是碎的花瓶也得我掃，頭倒不一定打得中，所以也就算了。

怎麼樣的女人，除非真正把心橫著長，要不然，家務還是纏身，一樣也捨不得不管，真是奇怪的事情。這種心理實在是不可取，又爭不出一個三長兩短來。

我們結合的當初，不過是希望結伴同行，雙方對彼此都沒有過分的要求和佔領。我選了荷西，並不是為了安全感，更不是為了怕單身一輩子，因為這兩件事於我個人，都算不得太嚴重。

荷西要了我，亦不是要一個洗衣煮飯的女人，更不是要一朵解語花，外面的洗衣店、小飯館，物美價廉，女孩子鶯鶯燕燕，總比家裏那一個可人。這些費用，不會超過組織一個小家庭。

就如我上面所說，我們不過是想找個伴，一同走走這條人生的道路。既然是個伴，就應該時刻不離的膠在一起才名副其實。可惜這一點，我們又偏偏不很看重。

許多時候，我們彼此在小小的家裏漫遊著，做著個人的事情，轉角碰著了，閃一下身，讓過對方，那神情，就好似讓了個影子似的漠然。更有多少夜晚，各自抱一本書，啃到天亮，各自哈哈對書大笑，或默默流下淚來，對方絕不會問一聲：「你是怎麼了，瘋了？」

有時候，我想出去散散步，說聲「走了」，就出去了，過一會自會回來。有時候早晨醒了，荷西已經不見了，我亦不去瞎猜，吃飯了，他也自會回來的，飢餓的狼知道哪裏有好吃的東西。

偶爾的孤獨，在我個人來說，那是最最重視的。我心靈的全部從不對任何人開放，荷西可以進我心房裏看看、坐坐，甚至佔據一席；但是，我有我自己的角落，那是：「我的，我一個人的。」結婚也不應該改變這一角，也沒有必要非向另外一個人完完全全開放，任他隨時隨地跑進去搗亂，那是我所不願的。

許多太太們對我說：「妳這樣不管妳先生是很危險的，一定要把他牢牢的握在手裏。」她們說這話時，還做著可怕的手勢，捏著拳頭，好像那先生變成好小一個，就在裏面扭來扭去掙扎著似的。

我回答她們：「不自由，毋寧死，我倒不是怕他尋死。問題是，管犯人的，可能比做犯人的還要不自由，所以我不難為自己，嘿！嘿！」

自由是多麼可貴的事，心靈的自由更是我們牢牢要把握住的；不然，有了愛情仍是不夠的。

有的時候，荷西有時間，他約了鄰居朋友，幾個人在屋頂上敲敲補補，在汽車底下爬出爬進，大聲的叫喊著。漆著房子，挖著牆，有事沒事的把自己當作偉大的泥水匠或木匠，我聽見他在新鮮的空氣裏唏哩嘩啦的亂唱著歌，就不免會想到，也許他是愛太太，可是他也愛朋友。一個男人與朋友相處的歡樂，即使在婚後，也不應該剝削掉他的。誰說一個丈夫只有跟妻子在一起時才可以快樂？

可惜的是，跟鄰居太太們閒話家常，總使我無聊而不耐，尤其是她們東家長西家短起來，我就喝不下咖啡，覺得什麼都像泥漿水。

大鬍子不是一個羅曼蒂克的人，我幾次拿出《語言行為》這本書來，再冷眼分析著他的坐相、站相、睡相，沒有一點是我希望他所表現出來的樣式，跟書上講的愛侶完全不同。

有一次我突然問他：「如果有來世，你是不是還是娶我？」

他背著我乾脆的說：「絕不！」

我又驚又氣，順手用力啪的打了他一掌，他背後中槍，也氣了，跳翻身來與我抓著手對打。

「你這小癟三，我有什麼不好，說！」

本來期望他很愛憐的回答我：「希望生生世世做夫妻。」想不到竟然如此無情的一句話，實在是冷水澆頭，令人控制不住，我順手便又跳起來踢他。

「下輩子，就得活個全新的樣子，我根本不相信來世。再說，真有下輩子，娶個一式一樣的太太，不如不活也罷！」

我恨得氣結，被他如此當面拒絕，實在下不了台。

「其實妳跟我想的完完全全一樣，就是不肯講出來，對不對？」他盯著我看。

我哈的一下笑出來，拿被單蒙住臉，真是知妻莫若夫，我實在心裏真跟他想的一模一樣，只是不願說出來。

既然兩人來世不再結髮，那麼今生今世更要珍惜，以後就都是旁人家的了。

大鬍子是個沒有什麼原則的人，他說他很清潔，他每天洗澡、刷牙、穿乾淨衣服。可是外出時，他就把腳擱在窗口，順手把窗簾撩起來用力擦皮鞋。

我們住的附近沒有公車，偶爾我們在洗車，看見鄰居太太要進城去，跑來跟我們搭訕，我總會悄悄的蹲下去問荷西：「怎麼樣，開車送她去？起碼送到公路上免得她走路。」

這種時候，荷西總是毫不客氣的對那個鄰居直截了當的說：「對不起，我不送，請妳走路去搭車吧！」

「荷西，你太過分了。」那個人走了之後我羞愧的責備他。

「走路對健康有益，而且這是個多嘴婆，我討厭她，就是不送。」

如果打定主意不送人倒也算了，可是萬一有人病了、死了、手斷了、腿跌了、太太生產了，半夜三更都會來打門，那時候的荷西，無論在夢裏如何舒服，也是一跳就起床，把鄰居送到醫院去，不到天亮不回來。我們這一區住著的大半是老弱殘病，洋房是很漂亮，親人卻一個也沒有。老的北歐人來退休，年輕的太太們領著小孩子獨自住著，先生們往往都在非洲上班，從不回來。

家中的巧克力糖，做樣子的酒，大半是鄰居送給荷西的禮物。這個奇怪的人，吼叫起來聲音很嚇人，其實心地再好不過，他自己有時候也叫自己紙老虎。

一起出門去買東西，他這也不肯要，那也不肯買，我起初以為他責任心重，又太客氣，後來才發覺，他是寧為玉碎不為瓦全，情願買一樣貴的好的東西，也不肯要便宜貨。我本想為這事生生氣，後來把這種習慣轉到他娶太太的事情上去想，倒覺得他是抬舉了我，才把我這塊好玉撿來了。挑東西都那麼嫌東嫌西，娶太太他大概也花了不少心思吧！我到底是貴的，這一想，便眉開眼笑了。

夫婦之間，最怕的是彼此侵略，我們說了，誰也不是誰的另一半，所以界線分明。有時興致來了，也越界打鬥、爭吵一番，吵完了倒還講義氣，英雄本色，不記仇，不報仇，打完算數，下次再見。平日也一樣稱兄道弟，絕對不會鬧到警察那兒去不好看，在我們的家庭裏，「警察」就是公婆，我最怕這兩個人。在他們面前，絕對安分守己，坐有坐相，站有站相，不把自己尾巴露出來。

我寫下了前面這些流水帳，再回想這短短幾年的婚姻生活，很想給自己歸了類，把我們放進一些婚姻的模式裏去比比看，跟哪一種比較相像。放來放去，覺得很羞愧，好的、傳統的，我們都不是樣子；壞的、賤的，也沒那麼差。如果說，「開放的婚姻」這個名詞可以用在我們的生活裏，那麼我已是十分的滿意了，沒有什麼再好的定義去追求了。

夫婦之間的事情，酸甜苦辣，混淆不清，也正是如人飲水，冷暖自知。這小小的天地裏，也是一個滿滿的人生，我不會告訴你，在這片深不可測的湖水裏，是不是如你表面所見的那麼簡單。想來你亦不會告訴我，你的那片湖水裏又蘊藏著什麼，各人的喜樂和哀愁，還是各人擔當吧！

五月花。

五月一日

從北非迦納利群島，飛到「新內加」首都達卡，再飛西非奈及利亞，抵達拉哥斯（Lagos）機場時已是夜間九點多了。

荷西在入境處接過我的行李小推車，開口就說：「怎麼弄到現在才出來，別人早走光了。」

「大家亂推亂擠，趕死似的，我不會擠，自然落在最後。」擦著滿臉的汗，大口的喘著氣。

「以為妳不來了呢！」

「黃熱病應該打了十天才生效，沒小心，第七天就跑來了，不給入境，要送人回去，求得只差沒跪下來，還被送到機場那個掛著大花布簾的小房間裏去罵了半天，才放了。」

「為什麼不早打？」怪我似的問著。

「哪來的時間？機票九天前收到的，馬上飛去馬德里弄簽證，四千五百里，一天來回，接著就是黃皮書啦，銀行啦，房子過戶啦這些事情在瞎忙，行李是今天早晨上飛機之前才丟進去的，什麼黃熱病幾天生效，誰還留意到。」

這不知是結婚以來第幾次與荷西小別，又在機場相聚，竟是一次不如一次羅曼蒂克，老夫老妻，見面說的竟都是生活的瑣事，奇怪的是，也不覺得情感比以前淡薄，只是形式已變了很多。

機場外沒有什麼人，只有三五個賣東西的小販點著煤油燈在做生意，雨稀稀落落的下著，打在身上好似撒豆了似的重，夜色朦朧裏，一片陌生的土地靜靜的對著疲倦萬分的我，汗，如水似的流入頸子裏。那麼，我這是在西非了，在赤道上了，又一個新的世界。

「有車嗎？」問荷西。

他推著行李往停車場走去，遠遠一輛TOYOTA中型車孤零零的停著。

還沒到車邊，早有一個瘦高穿大花襯衫的黑人迎了上來。

「司機，這是我太太。」荷西對那人說。

那人放下行李，彎下了腰，對我說著英語：「歡迎妳，夫人。」

我伸出手來與他握了一握，問說：「叫什麼名字？」

「司機——克里司多巴。」

「謝謝你！」說著自己拉開了車門爬上了高高的車廂。

「機場離宿舍遠嗎？」問荷西。

「不遠。」

「路易呢，怎麼不見他來？」又問。

「在宿舍裏悶著。」

車子開動了，雨也逐漸大了起來，只見路邊的燈火，在雨裏溫暖而黯淡的閃爍著，雨越下越大，終於成了一道水簾，便什麼也看不清了。

「為什麼要我來，不是再一個月就有假回去了？」我仰靠在座位上，嘆了口氣。

「馬德里弄簽證有問題嗎？」荷西有意不回答我的問話，顧左右而言他。

「沒麻煩，只等了四小時，當天晚上就搭機回迦納利了。」

「他們對妳特別的，普通總要等三四天。」

「我說，是迦納利島去的鄉下人，很怕大城市，請快弄給我，他們就弄了。」笑了起來。

「四小時就在使館等？」

「沒有，跑出去看了個畫展，才又回去拿簽證的。」

「沒碰見我家裏人？」

我不響，望著窗外。

「沒帶禮物，怎麼有臉回去。」輕輕的說。

「碰到了？」他擔心的又問。

「運氣不好，在機場給你姐夫一頭撞見，只差一點要上機了。」我苦笑一下。

「他怎麼說？」荷西很緊張。

「我先抱歉的，解釋得半死，什麼脊椎痛啦，要趕回去啦，沒禮物啦，人太累啦，結果……噯……」

「結果還是弄僵了。」他拍了一下膝蓋。

「是。」我嘆了口氣。

兩人都不說話，空氣又悶又熱又溼，顧不得雨，打開了車窗。

「你走了三個月，我倒躺了兩個月，坐骨神經痛到整個左腿，走路都彎著腰拐著走，開車子呢，後面就墊著硬書撐背，光是醫生就看了不知多少趟，片子照了六張，這種情形之下，還在旅行，清早飛馬德里，中午才到，跳進計程車趕到使館已經快一點了，當天五點一刻的飛機又要趕回迦納利群島，你說，哪來的時間回去？難道做客似的去打個轉？他們不是更不高興，不如不通知了。」

「隨妳吧！」荷西沉沉的說，顯然不悅。

「一個人住在那個島上，你家裏人也沒來信問過我死活，寫了四次信給你大姐、二姐、三姐、小妹，公婆更不用說了，他們回過沒有？叫過我回去沒有？」

「我說了什麼惹出妳那麼一大堆牢騷來？」他就是不給人理由，這家庭問題是盒不安全火柴，最好不要隨便去擦它吧！

車子靜靜的滑過高速公路，司機越開越快，越開越瘋，看看碼錶，他開到一百四十，明明是單線道，不時有車燈從正面撞上來，兩車一閃，又滑過了，路上行人亂穿公路，雞飛狗跳。

「克里司多巴，慢慢開！」我拍拍司機的肩，他果然慢了下來，再一看，他正把車開上安全島，橫轉到對面的路上去，前面明明有岔口可以轉道，他卻不如此做。

車子跳過安全島，掉入一個大水坑裏去，再跳出來，我彈上車頂，跌落在位子上，又彈上去，再要落下來時，看見路邊一個行人居然在搶路。「當心！」我失聲叫了起來，司機罵著，加速去壓死這個人，那人沾了滿頭滿身的污水，兩人隔著窗，揮拳，死命的罵來罵去，司機推門要下去打，我拉住他，大喝著：「好啦！你也不對。」

這才又上路瘋狂大賽車起來。

回身細看荷西，三個月不見，瘦了很多，穿了一件格子襯衫，一條白短褲，腳上穿著我託路易給他帶來的新涼鞋，上面一雙齊膝的白襪子，一副殖民地白人的裝扮，手指纏著紗布，眼睛茫茫的望著前方。

「工作多嗎？」溫柔的摸摸他的手指。

「還好。」簡短的說。

「上月路易說，你們一天做十四小時以上，沒有加班費，是真的？」

「嘿，有時候還十八小時呢！」冷笑著。

「明天幾點？」擔心的問著。

「五點半起床。」

「今天休息了嗎？」

「今天十二小時，為了接妳，早了兩小時收工。」

「今天是星期天啊！」我驚奇的說，荷西狠狠的望著我，好似跟我有仇似的一句話也不答。

公路跑完了，車子往泥巴路上轉進去，路旁的房子倒都是大氣派的洋房，只是這條路，像落了幾千發的砲彈一樣千瘡百孔。

我無暇再想什麼，雙手捉住前座，痛了兩月的脊椎，要咬著牙才不叫出來，汗又開始流滿了全身，荷西死氣沉沉坐在一旁，任著車子把人像個空瓶子似的亂拋，無視這狼狽的一刻。過了十七八個彎，叢林在雨裏，像黑森森的海浪一樣，一波一波的漫湧上來。

「宿舍不是在城裏？」我問。

「這幢房子，租金合兩千美金，城裏價錢更不可能了。」

「常下雨嗎？」擦著汗問著。

「正是雨季呢，妳運氣好，不然更熱。」

「這麼大的雨嗎？」把手伸出去試試。

「比這大幾千倍，總是大雷雨，夾著閃電。」

到了一幢大房子前面，鐵門關著，司機大按喇叭，一個穿白袍子的黑人奔出來開門，車子直接開入車庫去。

「進去吧，行李有人拿。」荷西說。

我冒著雨，穿過泥濘的院子，往亮著燈光的房子跑去，大落地窗後面，路易正扠著手望著我，門都不拉一下。

「路易。」我招呼著他，他笑了笑，也不說話，這兒的人全是神經兮兮的，荷西是一個，認識了三年的路易，沙漠的老同事，又是一個。

「三毛，這是守夜的伊底斯。」荷西也進來了。
「你好，謝謝你！」我上去與他握手，請他把行李就放在客廳裏。
「哪，太太的信。」打開手提包，把信遞給路易，他一接，低頭走了，謝都沒謝。
客廳很大很大，有一張漆成黑色的大圓桌，配了一大批深紅假絲絨的吃飯椅，另外就是四張單人沙發，咖啡、灰色、深紅、米色，顏色形式都不相同，好似舊貨攤裏湊來的東西，四壁漆著深黃色，桃紅夾著翠藍的絞花窗簾重沉沉的掛滿了有窗的地方。
這麼熱的天，那麼重的顏色，燈光卻濛濛的一片昏黃。
「運氣好，今天有電，夜裏不會睡不著。」荷西說。
「冷氣修好了？」想起他信上說的事。
「平日也沒什麼用，這是一個新區，電總是不來的時候多。」
「我們的房間呢？」
荷西打開客廳另一道門，走出去是一個內院，鋪了水泥地，上面做了個木架子，竟然掛著不少盆景。
「你弄的？」我笑問著他。
「還會有誰弄這個，除了我。」他苦笑了一下。
「這間是我們的，後面那間是漢斯和英格的，對面架子那邊路易住，就這麼三間。」
「浴室呢？」我擔心的問。
「各人分開。」

我大大的鬆了口氣。

推門進房間，有七八個榻榻米大，裏面放著一個中型的單人床，掛著帳子，有一個壁櫃，一張椅子，好幾個大竹筒做的燈，或吊，或站，點綴得房間稍有幾分雅氣。

「你做的燈？好看！」靜靜的笑望著他。

他點點頭，這才上來抱住我，就不鬆手了，頭埋在我頸子後面，推開他來一看，眼圈竟是溼了，我嘆了口氣，研究性的看著他，然後摸摸他的頭髮，對他說：「去廚房找些喝的來，渴了。」

再出客廳，路易雙手捧頭，坐在沙發上，太太的信，兒子的照片丟在地上。

「喂，你兒子的照片是我拍的，不錯吧！」

他抬起頭來，看著我，又是一個眼睛紅紅的男人。

「噯，不是上個月才請假回去過嗎？」我也不勸他了，往廚房走去。

荷西不在倒什麼飲料給我，他正在切一大塊牛肉下鍋。

「做什麼，你？」

「做晚飯。」

「你們還沒吃啊，都快十二點了。」我驚呼起來。

「等妳。」

「我飛機上吃過了，讓我來吧，你出去。」

馬上接下了工作，在廚房裏動手做起飯來，牛排先搬出去給他們吃，又去拌了一盤生菜。

「吃得不錯嘛！」在飯桌旁我坐下來，看他們狼吞虎嚥的吃著。

「嘿嘿！努力加餐吧，再過四天，又得吃麵包牛油撒白糖了。」路易用力切了一塊肉。

「為什麼？」

「漢斯跟英格德國回來，這就完了。」

「不是有廚子嗎？」

「做半天，我們中午不回來吃，晚上英格不做飯，他們自己七點多鐘開小伙先吃，我們十點多回來，沒有菜，切塊牛排自己煮，就說要扣薪水，肉是不給人吃的。」

「不是有四百美金伙食費？公司又不是漢斯一個人的？」我問。

「誰要你跟他們住在一起，他是老闆之一，英格當然賺伙食錢嘛！」路易又說。

「老闆娘？」

「沒結婚，同居的，架子倒擺得像——」

「嘖——」荷西聽煩了，瞪了路易一眼。

「怎麼，你君子，你不講，還不讓人講。」路易一拍桌子叫了起來，火氣都大得不得了。

「好啦！神經！」我喝住了路易，總算住嘴了。

「你們吃，我去洗澡。」

留下兩個陰陽怪氣的人，心裏莫名其妙的煩躁起來。

洗完澡出來，荷西正在替我開行李，掛衣服，身上居然換了我的一條牛仔褲空蕩蕩的，我噗的一下笑了出來，再一想，這不對，正色的問他：「三個月，瘦了多少？」

「沒磅，八九公斤吧！」

「你瘋了！三個月瘦那麼多。」

「要怎麼胖，瘧疾才兩天，杜魯醫生逼著一天吃了幾十顆藥，亂打針，第三天就給叫下水，手指割得骨頭都看見了，紗布包一包，又做工，三個月，撈了七條沉船——」

「你老闆是瘋子，你是傻瓜加白癡。」我的憤怒一下子衝了上來。

「路易沒有你瘦。」又說。

「他來了一個月，就請假回去，他會耍賴，我不會耍賴。」

「你不會慢慢做。」又吼他。

「合同有限期的，慢做老闆死了。」他苦笑了一下。

「薪水付了多少？按時付嗎？」

荷西被我這一問，就不響了，去放帳子。

「喂！」

還是不響。

「付了多少嘛！」我不耐煩起來。

「半個月，一千美金，還付的是此地錢『奈拉』，給妳買了機票，就沒剩多少了。」

「什麼！」我叫了起來。

「信上為什麼不講？」又叫。

「妳要吵架？」荷西把衣架一丟，預備大吵的樣子，我瞪了他一眼，忍住不再說下去。

回浴室去梳頭髮，掛好浴巾出來，荷西已經睡下了。

「怎麼不發薪水呢？」又忍不住輕問了一聲，他閉著眼睛不理。

「公司沒錢嗎？」

「不是。」

「七條沉船可以賺多少？」

「妳想想看，廢鐵，裏面的礦砂，再加工程費，是幾千萬？」

「那為什麼不付薪水呢？你沒要過？」

「要過了，要過了，要得快死了，說說會發的，拖到現在也沒發，漢斯倒度假走了。」

「你太好說話了，荷西。」我又開始發作起來。

「三毛，求求妳好不好，明天五點半要起床，妳不看現在幾點了？」

我不再說話，熄了燈，爬上床去。

「荷西，床太軟了。」在黑暗中忍了一下，還是說了。

「將就一下吧！」

「我背痛，不能睡軟床。」又委屈說了一句。

「三毛，不要吵啦！」荷西累得半死的聲音沉沉的傳來，我嘆了口氣，把雙手墊在腰下，又躺了下去。

過了一會，又說：「荷西，冷氣太吵了，火車似的。」

「是舊的，當然吵。」沒好氣的說。

「我睡不著。」

荷西唬一下跳起來，揭開帳子，啪的一下關了冷氣，又氣呼呼的丟上床，過了幾分鐘，房裏馬上熱得蒸籠似的，我又爬起來開了冷氣。

在黑暗中被轟轟的炸到快天亮，才闔了一下眼。

五月二日

早晨醒來已是十點多鐘，荷西不在了，窗外嘩嘩的下著大雨，室內一片昏暗，想開燈，才發覺電停了。

廚房裏吱吱喳喳有人說話的聲音，穿好衣服走出去，看見黑人一高一矮，兩個正在廚房吃東西喝啤酒，冰箱門就大開著。

我站住了，他們突然停住了說話，一起彎下身來，對我說：「夫人，歡迎妳！」

「你們是誰？」我微笑著問。

「廚子」，「工人」，兩人一同回答。

「叫什麼名字？」

「約翰！」

「彼得！」

「好，繼續工作吧！」我走上去把冰箱門輕輕關上，就走了開去，背後毛森森的，覺得四隻眼睛正瞪著我估價——這個女人管得管不住人。

一向沒有要別人幫忙做事的習慣，鋪好床，掛好帳子，洗了浴缸，把荷西的髒衣服泡進肥皂水裏，再理了理大衣櫃，一本「工作日記」被我翻了出來。

從荷西第一天抵達拉哥斯開始，每一日都記得清清楚楚——幾時上工、幾時下工、工作性質、進度、困難、消耗的材料、需要補充的工具、承包公司傳來的便條、黑人助手的工作態度、沉船的情形、打撈的草圖、預計的時限——再完美不過的一本工作報告。這就是荷西可愛的地方。

翻到兩頁空白，上面只寫了幾個字：「初期瘧疾，病假兩日。」

下面一筆陌生的字，用西班牙文寫著：「藥費自理，病假期間，薪水扣除。」

再翻翻，星期天從來沒有休息過。

嘆了口氣，把這本厚厚的日記摔回櫃子裏去，廚子正在輕叩房門。

「什麼事？」

「請問中午吃什麼？」

「過去你做什麼？」我沉吟了一會。

「做漢斯先生和英格夫人的中飯。」

「好，一樣做吧，我吃得不多，要蔬菜。」

廚子走了，推門走進路易的臥室，工人正在抽路易的煙，人斜靠在床上翻一本雜誌。

「廚房地太髒了，打掃完這間，去洗地，你叫彼得是不是？」我問他。

他點點頭。

「荷西先生說，他前天曬的襯衫少了一件，你看見沒有？淡藍色的。」

「我沒拿。」他木然的搖搖頭。

再走進廚房去，看，廚子正把一塊半凍著的肉，在洗過碗的髒水裏泡。

「水要換。」過去拎出肉來，放在桌上。

吃過了一頓看上去顏色很調和的中飯，把盤子搬回廚房去，這兩人正在開魚罐頭夾麵包吃。

過了好一會，兩個勞萊哈台又出現在我面前，說：「夫人，我們走了。」

我去廚房看了一看，抹布堆了一堆，發出酸味，地是擦了，水汪汪的一片，垃圾全在一個竹籃裏面，蒼蠅成群的飛，兩隻長得像小豬似的黑狗也在掏垃圾，牆角一隻手肘長的蜥蜴頂著個鮮紅的小尖頭呆望著我。

「來，每個人十個奈拉。」我分了兩張錢。（這約合七百台幣每個人，上次寫錯了，說是七十塊台幣。）

「從今天起，香煙不要拿，衣服不要拿，食物要拿，先得問，知道嗎？」和氣的對他們說。他們彎身謝了又謝，走了。

十個奈拉，在這個什麼都昂貴的國家裏是沒什麼用的。

電仍不來，擔心著冰箱裏的食物，不時跑去看，天熱得火似的。

這幢房子全是小格子的鐵門鐵窗檻，治安聽說極不好，人竟把自己鎖在籠子裏了。窗外微雨不斷，幾棵不知名的瘦樹，高高的，孤單單的長在路邊，好似一隻隻大鴕鳥一般，右邊的叢林，密不可當，冒著一股霧氣，細細碎碎的植物糾纏不清，沒有大森林的氣派，更談不上什麼風華，蓬頭垢面的塞了一海的綠。

總算雨停了，去院裏走了一下，踏了滿鞋的泥水，院內野草東一堆西一堆，還丟了好些造房子用剩的磚塊，一條灰黑色、肚皮銀白的蛇，慢慢的游進水溝裏去，對面人家空著，沒人住，再望過去，幾個黑女人半裸著上身，坐在一張溼蓆子上，正在編細辮子，右鼻孔上穿了一個金色的環，乳房像乾了的小口袋一般長長的垂在腰下，都是很瘦的女人。

脊椎痛，來了熱帶，居然好了很多，走路也不痛不拐了。

夜來了找出蠟燭，點了四根，室內靜悄悄的悶熱，伊底斯拎了一把大彎刀，捲了一條草蓆，在房門口蹲了下來。

好似等了一世紀那麼長，荷西和路易才回來，渾身髒得像鬼似的，兩人馬上去洗澡洗頭，我忙著開飯，再跟荷西不愉快，看見他回來，心裏總是不知怎的歡喜起來。

「天啊！這才是人過的日子。」

兩個男人吃著熱菜，滿足的嘆著氣，我笑著去洗澡了。

真可憐！吃一頓好菜高興成那副樣子，人生不過如此嗎？

剛剛泡進水裏，就聽見外面車聲人聲，伊底斯奔跑著去拉鐵門，接著一片喧嘩，一個女人大聲呼喝著狗，荷西也同時衝進浴室來。

「快出來，奈國老闆娘來了。」

「這麼晚了？」我慢吞吞的問。

「人家特意來看妳，快，嘖！」他緊張得要死，更令我不樂。
「告訴她，我睡下了。」還慢慢的潑著水。
「三毛，求妳好不好？」說完又飛奔出去了。
到底是出來了，梳了頭，穿了一件大白袍子，塗了淡淡的口紅，一步跨進客廳，一個黑女人誇張的奔過來，緊緊的抱住我，叫著：「親愛的，叫人好等啊！」
就在這一刻，電突然來了，冷氣馬上轟的一下響了起來，客廳燈火通明，竟似舞台劇一般有燈光，有配樂，配合著女主角出場。
「妳一來，光明也來了，杜魯夫人。」我推開她一點，笑著打量著她，她也正上下看著我。
她，三十多歲，一件淡紫綴銀片的長禮服拖地，金色長耳環塞肩，腳蹬四吋鏤空白皮鞋，頭髮豎立，編成數十條細辮子，有若蛇髮美人，一派非洲風味，雙目炯炯有神，含威不怒，臉上蕩著笑，卻不使人覺得親切，英語說得極好，一看便是個精明能幹的女人，只是還不到爐火純青，迎接人的方式，顯得造作矯情。
她一把拉了我坐在飯桌邊，開始問話：「住多久？」笑盈盈的。
「一個月吧！」
「習不習慣？」
我笑著不答，才來兩天，怎麼個慣法？
她笑著望我，又歪頭看荷西，這才說：「來了就好，妳先生啊，想妳想得厲害，工作都不做了，這會兒，太太在宿舍，他不會分心了。」

荷西奇怪的看了一眼杜魯夫人，她在胡說什麼，大概自己也不知道，唏哩嘩啦的。

這情景倒使我聯想到《紅樓夢》裏，黛玉初進賈府，王熙鳳出場時的架式，不禁暗自笑了起來。

「工人怎麼樣？」她突然轉了話題問我。

工人怎麼樣她應該比我清楚。

「要催著做，不看就差些了。」想了一下，告訴她。

「什麼！」她叫了起來，好像失火了一樣，兩副長耳環叮叮的晃。

「你們這些人，就是太人道了，對待這種黑鬼，就是要兇，要嚴，他們沒有心肝的，知不知道。」她一拍桌子，又加重語氣。

她忘了，她也是黑的，不過是黑色鑲了金子銀子而已。

「還偷東西嗎？」關心的問著荷西和路易。

早知道他們偷的，何苦再來問，我們苦笑著，不承認也不否認。

「這種偷兒，放在家裏也是不妥當，我看——」

說了一半，窸窸窣窣的在皮包裏數錢，數了一百二十奈拉，往桌上平平一鋪，對我看著。

「哪！這是一百二十奈拉，廚子工人一人六十奈拉，是上月份的薪水，明天妳叫他們走，知道嗎？說杜魯夫人說的，不要再做了。」

「我不能辭他們。」我馬上抗議起來。

「妳不辭，誰辭？妳現在是這宿舍的女主人，難道還得我明天老遠趕來？」

「再留幾天，請到新的人再叫他們走好了。」

荷西說著，面有不忍之色。

「杜魯夫人——」我困難的說，不肯收錢。

「不要怕，對他們說，有麻煩，來找我，妳只管辭好了。」

「可是——」我再要說，她一抬手，看看錶，驚呼一聲：「太晚啦！得走了！」

接著蹬著高跟鞋風也似的走了出去，還沒到院門，就大叫著：「司機，開門，我們回去！」

車聲濺著泥水呼嘯而去。一如來時的聲勢。

「噓——」我對著荷西和路易大大的吐了口氣。

「哼，六十奈拉一個月，坐公共汽車轉兩次，再走四十五分鐘泥路進來，車費一個月是廿四奈拉，還剩卅六個奈拉，一斤米是一個奈拉六十個各貝，你們說，叫人怎麼活？廚子還有老婆和三個孩子——」我搖著頭數著那幾張紙。

「他們平常都吃一頓的，麵包泡水撒些鹽。」

「他們怎麼能不偷——」

「她早就知道這兩個人偷吃，現在突然來退了。」路易奇怪不解的說。我格格的笑了起來。

「這是戲，傻瓜，荷西太太來了，閒著白吃白住，不甘心，來派工作省錢啦！」我說著。

「可是講好是公司配家屬宿舍的，現在大家擠在一起，她還叫妳來做打雜？」荷西說。
「沒關係，一個月滿了本人就走，嘿嘿！」
「漢斯、英格再兩天要回來了，事情會很多。」
「再說吧！」我還有什麼好說的。
夜間睡到一半，雨又排山倒海的傾了下來，像要把這世界溺沒一般。

五月三日

工人和廚子聽見我辭他們，呆住了，僵立著，好似要流淚一般苦著臉，也不說一句話。
「再找事，不要灰心，總會有的。」我柔聲的勸著。
想到去年一整年荷西失業時的心情，竟再也說不出安慰的話來。
「這個——給你們。」我指著一小箱沙丁魚罐頭對他們說。
看見他們慢慢走開去的背影，竟沒有心情給自己弄飯吃。
我來，反而害得兩個工人失了職業。
下午正在拖地，杜魯醫生沒有敲門，就直直的進來了，一抬頭，嚇了一跳，好沒禮貌的人。
一來，把公事包一丟，斜斜靠坐在沙發上，一隻腿就擱在扶手邊晃。
穿著雪白的襯衫，紅領帶，膚色淡黑，可以說算得上英俊，自大的神氣，反而襯出了內在的自卑，他是極不親切的，才開口，就說：「拿罐冰啤酒來好嗎？」完全叫傭人的口氣。

問了些不著邊際的話，站起來要走，臨走好似想起什麼的說：「妳在這裏的伙食費——怎麼算？房間錢是荷西份內扣的。」

「我吃什麼會記帳。」我乾澀的說。

「那好，那好……」

「明天漢斯回來，叫荷西下工早一點，去機場接，再說——港口那條沉船估價了沒有？」

「工程上的事我是不知道的。」

「嘖——」他跺了一下腳，再見也沒說，掉頭走了。

奈國方面的兩個老闆，總算見識過了。

給路易的床去鋪了，髒衣服找出來洗，床單成了灰色，也給泡在浴缸裏，想到明天漢斯他們要回來，又提水去擦了他們房間的地，脊椎隱隱又痛，沒敢再做什麼，便去廚房預備晚餐，又是盼到天黑透了，人才回來。

已經預備睡了，路易突然來敲門，隔著門問他：「什麼事？」

「妳為什麼泡了我的被單？」語氣十分不悅，我聽了匆匆披衣去開門。

「你的被單是灰色的，知不知道？」我沒好氣的說。

「現在叫我睡什麼？床墊子是褪色的，一流汗，就褪紅紅的顏色。」他完全沒有感激的口氣，反而怪上門來，真恨死自己多事。

「真抱歉，將就一夜吧！」

「以後早晨洗，晚上就乾了嘛！」他還在抱怨。

「天下雨你沒看見！」我雙手一扠也兇起他來。

「好了，我讓妳，好了，好了吧？」路易雙手做出投降的樣子，轉身走了。

「神經！」把門砰一下關上，罵了他一句。

荷西躺在床上想事情，過了一會，突然輕輕問我：「上次──託路易帶了芒果回去，他給了妳幾個？」

「五個，都爛了的嘛，還問。」

「才五個？」荷西睜大了眼睛不相信的又問。

「買了五十個，裝好一小竹籮，託他帶去的啊！知道妳愛吃。」

「在他們冰箱裏看見一大堆，不知道是你託帶的，說是他們送我的禮──五個。」

「這個狐狸。」荷西咬著牙罵了一句。

「嘖，小聲點，你。」

「唉──人哪──」荷西嘆了口氣。

五月四日

今天一直有點緊張，漢斯和英格要回來，以後能不能處得好還不知道，聽說漢斯承包了工程，就不上班的，三兩天才去港口看看，這個家，如果白天也得擠在一起，日子一定更不好過了，盡力和睦相處吧，我不是難弄的人。

下午又去漢斯他們房間，把窗簾拉拉好，枕頭拍拍鬆，床邊地下一攤書，跪下去替他們排排整齊，拿起一本來看，竟是拍成流行色情電影「Emmanuelle」的德文版口袋書，翻開來一看，正是一句有趣的對話：「那麼，妳是說，要跟我上床嗎？」我倒笑了起來，書就在床邊嘛！

再看看其他的書，大半是黃色小說加些暴力偵探，漢斯和英格會看書我不奇怪，怪的是，四十六、七歲的人，怎麼還在這一套裏打滾。

「快走吧，路上交通一堵，兩三小時都到不了機場，今天不是星期天，路擠。」

荷西早早下班回來，開始催我，匆匆的換了衣服，把頭髮梳成一個髻。

「這件衣服是新的？」他拉拉我的裙子。

「嗯，英國貨，還買了好幾件掛著，你沒看見？」

突然有些不樂，荷西注意我穿什麼，全是為了漢斯和英格，平日他哪管這個。

在機場外擠啊等啊熱啊，盼了半天，才見一個大胖子和一個高瘦的女人推著行李車擠出人群來。

「漢斯。」荷西馬上迎了上去，幾乎是跑的。

「啊！」漢斯招呼了一聲，與荷西握握手，英格也跟荷西握握手，我站在他身後不動。

「這位——想來是你的太太了。」我笑笑，望著英格，等她先伸出了手，才原地握了握，並不迎上去。

握了手，英格的一只小皮箱居然自然而然的交給了我，用手攏著長髮，嘖嘖叫熱。

「車在哪裏？」漢斯問。

「就在那邊。」荷西急急的推了行李車走了。

「司機呢？」

「自己開來的。」荷西開始裝行李。

這兩個人已坐進了後座，那麼自然。

「怎麼樣，工作順利嗎？」漢斯問著。

「又測了兩條沉船，底價算出來了，還等你去標。」

「其他的事呢？聖馬利亞號做得怎麼了？」

「出水了一半，昨天斷了四條鋼索，船中間裂了，反而好起。」荷西報告著。

我們沉默著開車，回身看了一眼英格，她也正在看我，兩人相視一笑，沒有什麼話講。

英格很年輕，不會滿三十歲，衣著卻很老氣，臉極瘦，顴骨很高，鼻子尖尖的，嘴唇很薄，雙眼是淡棕色，睫毛黃黃的，看見她，使我想起莫底格尼亞尼畫中長臉、長脖子、沒畫眼珠的女子，又很像畢卡索立體畫派時的三角臉情人，總是有個性的，不算難看，透著點厲害，坐在她前面，總覺坐在冷氣機前一樣。

漢斯是一個留著小鬍子的中年人，胖得不笨，眼神很靈活，衣著跟英格恰恰相反，穿得很入時年輕，也許是長途飛行累了，總給人一點點邋遢的感覺，說話很有架子，像個老闆，跟杜魯醫生一搭一檔，再配不過了。

「嗯，妳來的時候，見到羅曼沒有？」他突然問起我來，我們四個人說的是西班牙話。

「我叫Echo。」我說。

「啊，Echo，見到羅曼沒有？」他又問。

羅曼是西班牙方面的合夥人，這個公司是三個國籍的人組成的，杜魯百分之四十的股，漢斯百分之四十，羅曼百分之二十。

「走之前，打了兩次電話去，總是錄音機在回話，告訴錄音帶，我要來奈及利亞了。如果有器材叫帶來，機場見面，機場沒見到他，就來了。」我慢慢的說。

「好！」漢斯回答著，突然又對開車的荷西說，「以前講的薪水，上個月就替你從德國匯去迦納利島你的帳內去了。」

「謝謝！」荷西說，我仰頭想了一下，要說什麼，又忍了下來。

到了家，伊底斯馬上奔上來拿行李，對漢斯和英格，大聲的說：「歡迎先生、夫人回家。」

這兩個人竟看也不看哈著腰的他，大步走了進屋，我心裏真替伊底斯難過，獨自跟他道了晚安，對他笑笑。

「啊！」英格四周看了一看，對路易招呼了。

「來幾天了？」轉身問我。

「四天。」

「荷西說妳寫過一本書。」她問。

「弄著玩的。」

「我們也很喜歡看書。」她說。

這馬上使我聯想到她床邊的黃色小說。

「你們吃了嗎？」英格問。

「還沒呢！」路易說。

「好，開飯吧，我們也餓死了。」她說著便往房裏走去，誰開飯？總是我囉，奇怪的是飛機上難道餓得死人？德國飛來此地，起碼給吃兩頓飯。

「這一趟，花了九萬馬克，真過癮。」

吃飯時漢斯誇張著他的豪華，英格喜不自勝，加了一句：「蒙地卡羅輸的那一大筆還沒算進呢，嗳——豪華假期。」

聽的人真不知道接什麼話才好。

「原來你們不是直接回德國的？」總算湊上了一句。

「法國、荷蘭、比利時一路玩過去，十天前才在德國。」

我一聽又愣了一下，竟無心吃飯了。

漢斯這種人，我看過很多，冒險家，投機份子，哪兒有錢哪兒鑽，賺得快，花得也兇，在外出手極海派，私底下生活卻一點也不講究，品格不會高，人卻有些小聰明，生活經驗極豐富，狡猾之外，總帶著一點隱隱的自棄，喝酒一定兇，女人不會缺，生活不會有什麼原則，也沒有太大的理想，包括做生意在內，不過是撐個兩三年，賺了狂花，賠了，換個國家，東山再起。就如他過去在西班牙開潛水公司一樣，吃官司，倒債，押房子，這一走，來了奈及利亞，又是一番新天新地，能幹是一定的，成功卻不見得。

荷西跟著這樣的人做事，不會有前途，那一頓晚飯，我已看定了漢斯。

吃完飯，英格一推盤子站起來，伸著懶腰。

「工人和廚子都走了。」我說。

「是嗎？」英格漫應著，事不關己的進了自己房間，他們房內冷氣再一開，又加了一節火車頭在轟人腦袋。

進了房間，一把拉過荷西，悄悄的對他說：「漢斯說謊，來時在車上，說錢上個月從德國匯給我們了，吃飯時又說，十天前才回德國，根本不對。」

荷西呆了一下，問我：「妳怎麼跟銀行說的？」

「收你信以後，就天天去看帳的啊，沒有收到什麼德國匯款，根本沒有。」

「來的時候跟銀行怎麼交代的？」又問。

「去電信局拿了單子，打好了電文，說，一收到錢，銀行就發電報給你，梅樂是我好朋友，她說銀行帳她天天會翻，真有錢來，馬上給我們電報。」

「再等幾天吧！」荷西沉思著，亦是擔心了。

「荷西。」

「嗯？」

「你沒跟漢斯他們說我會德文吧！」

「有一次說了，怎麼？」

「噯——」

「有什麼不對?」

「這樣他們在我面前講話就會很當心了。」

「妳何必管別人說什麼?」荷西實在是個君子,死腦筋。

「我不存心聽,可是他們會防我啦!」

荷西忍了一會,終於下決心說了:「三毛,有件事沒告訴妳。」

「什麼事?」看他那個樣子心事重重的。

「漢斯收走了路易和我的職業潛水執照,護照一來,也扣下了。」

我跳了起來:「怎麼可能呢?你們兩個有那麼笨?」

「說是拿去看看,一看就不還了。」

「合約簽了四個月,還不夠,憑什麼扣人證件?」我放低了聲音說。

「沒有合約。」

「什麼!」又控制不住的叫了起來。

「噓,輕點。」荷西瞪我一眼。

「做了三個月,難道還沒有合約?」簡直不相信自己的耳朵,荷西低頭不響。

「難怪沒有固定薪水,沒有工作時間,沒有保險,沒有家屬宿舍,你跟路易是死人啊?!」

「來了第一天就要合約,他說等路易來了一起簽,後來兩個人天天叫他弄,他還發了一頓脾氣,說我們不信任他。」

「這是亂講,任何公司做事,都要有文件寫清楚,我們又是在外國,這點常識你都沒有?

三個月了居然不告訴我。」

「他無賴得很。」荷西愁眉苦臉的說。

「你們為什麼不罷工？不簽合約，不做事嘛！」

「鬧僵了，大家失業，我們再來一次，吃得消嗎？」

「這不比失業更糟嗎？怎麼那麼笨？」

恨得真想打他，看他瘦成那副樣子，長嘆一聲，不再去逼他了。

荷西這樣的正派人，只能在正正式式的大公司裏做事，跟漢斯混，他是弄不過的，這幾日，等漢斯定下來了，我來對付他吧！

又何嘗願意扮演這麼不愉快的角色呢！

上床總是嘆著氣，荷西沉沉睡去，起床服了兩片「煩寧」，到天亮，還是不能闔眼。矇矇的睡了一會兒，荷西早已起床走了。

五月五日

今天是姐姐的生日，在迦納利寄給她的卡片這會應該收到了吧。家，在感覺上又遠了很多，不知多久才會有他們的消息，夜間稍一闔眼，總是夢見在家，夢裏爹爹皺紋好多。

早晨起床實在不想出房門，漢斯和英格就睡在隔壁，使人不自在極了，在床邊呆坐了好久，還是去了客廳。

昨夜擦乾淨的飯桌上，又是一堆杯子盤子，還留著些黑麵包、火腿和乳酪，三隻不知名的小貓在桌上亂爬，這份早餐不是荷西他們留下的，他們不可能吃這些，總是英格行李裏帶來的德國東西。

廚房堆著昨夜的油漬的盤子，小山似的一堆，垃圾被兩隻狗翻了一地的腐臭，我是愛清潔的人，見不得這個樣子，一雙手，馬上浸到水裏去清理起來。

在院裏曬抹布的時候，英格隔著窗，露出蓬蓬的亂髮，對我喊著：「嗯，三毛，把早飯桌也收一下，我們旅行太累了，吃了還繼續睡，貓再給些牛奶，要溫的。」

我背著她漫應了一聲，一句也沒有多說。這是第一天，無論如何不跟她交手，等雙方脾氣摸清楚了，便會不同，現在還不是時候。

悶到下午兩點多，他們還沒有起床的意思，我開了一小罐鮪魚罐頭，拿個叉子坐在廚房的小櫃子上吃起來。

才吃呢，英格披了一件毛巾浴衣跑出來，伸頭看我手裏的魚，順手拿了個小盤子來，掏出了一大半，說：「也分些給貓吃。」

接著她咪咪的叫著小貓，盤子放在地上，回過頭來對我說：「這三隻貓，買來一共一千五馬克，都是名種呢，漂亮吧！」

我仰頭望著這個老闆娘，並不看這堆鈔票貓，她對我笑笑，用德文說：「祝妳好胃口！」就走回房去了。

胃口好個鬼！把那只剩一點點的魚肉往貓頭上一倒，摔了罐頭去開汽水。

下午正在飯桌上寫信，漢斯打著赤膊，穿了一條短褲，啪啪的赤足走出來，雪白的大肚子嘔心的袒著，這人不穿衣服，實在太難看了，我還是寫我的信，淡淡的招呼了他。

過了一會，他從房內把兩個大音箱，一個唱機，一大堆亂七八糟的唱片搬了出來，攤在地上，插頭一插，按鈕一轉，熱門音樂像火山爆發似的轟一下震得人要從椅子上跌下去，鼓聲驚天動地的亂打，野人聲嘶力竭的狂叫，安靜的客廳，突然成了瘋狂世界。

「喜不喜歡音樂？」他偏偏有臉問我。

這叫音樂？這叫音樂？

如果你叫這東西是音樂，我就不喜歡音樂。

「不喜歡。」我說。

「什麼？」他對我大叫，不叫根本不能說話嘛！

「太響啦！」用手指指唱機也喊過去。

「在臥室聽，就剛好。」他又愉快的喊著，邋邋遢遢的走了。

我丟掉原子筆，奔到房間裏去，音樂穿牆而入，一搥一搥打進太陽穴裏去，用枕頭壓住頭，悶得快窒息了，這精神虐待第一天就開始了，預備忍到第幾天？機票那麼貴，不能來了就逃回去，荷西的薪水還得慢慢磨他出來，不能吵，要忍啊！

晚上做的是青椒炒牛肉，拿不定主意漢斯他們是不是分開吃，就沒敢多做。

才做好，還在鍋子裏，英格跑出來，拿了兩個盤子，問也不問，撥了一大半去，白飯也拿了小山似的，開了啤酒，用托盤搬走了，臨走還對我笑了笑。

我的眼睛燒得比青椒還綠，總是忍吧。

媽的，虎落平陽，別不認識人，饒你七十七次，第七十八次再來欺人，就得請你吃回馬槍了！

荷西路易回來，白飯拌了一點點菜吃下了。

正睡下去，客廳裏轟的一聲有人撞倒椅子的聲音，我驚得跳了起來，用力推荷西。

「強盜來了！快醒啊！荷西。」

再一聽，有人在客廳追逐著跑，英格曖曖的又叫又逃。

「荷西，不得了啦！」我再推睡死了的他。

「沒事，不要理他們。」慢吞吞的回了一句。

「什麼事情嘛？」我還是怕得要死。

「漢斯喝醉了，在追英格來啃。」

跳到喉嚨的心，這才慢慢安靜下來，躺在黑暗中不能動彈。

隔著一道牆，狂風暴雨似的男女尖叫示愛的聲音一陣陣透過來，比強盜來了還嚇人，就在客廳裏。

「荷西，我不喜歡這些人。」我輕聲的說。

「別理他們，睡覺！」荷西一搥枕頭，怒喝著。

「拿到薪水就走吧，這裏不是我們的地方。」我悶在床單下面，幾乎哭出來。

五月六日

下午燙了大批的衣服，補了荷西裂口的短褲，桌布漂白了，盆景都灑了水，自己房間的地，又用水擦了一次，剛剛弄完，才坐下來看書，英格抱了一大堆衣服出來，丟在桌上，說：

「趁著熨斗還放著，這些也燙燙好。」

「我只管荷西的衣服。」我直截了當的回答她。

「可是現在沒有工人。」她奇怪得不得了，好似我說的不是人話一樣。

「我不是工人。」

「可是工人是被妳趕走的啊！這件事我還沒問妳呢！咦！」

「英格，妳要講理。」我斬釘截鐵的止住了她。

「不燙算了，妳以為妳是誰？」她翻臉了。

「我是荷西的太太，清楚得很。」

「我沒結婚，不干妳的事。」這下觸到她的痛處了，張牙舞爪起來。

「本來不干我的事嘛！」我一語雙關，把漢斯那堆衣服拎了一件起來，在她面前晃了晃，再輕輕一丟，走了。

走到哪裏去，還不是去臥室悶著。

難道真走到高速公路上去叫計程車，高速公路上又哪來的計程車？

公共汽車遠在天邊，車外吊著人就開，總不會沒事去上吊，沒那麼笨。

有膽子在沙漠奔馳的人，在這裏，竟被囚住了，心裏悶得要炸了開來。

這幾千美金不要了，送他們買藥吃，我只求快快走出這不愉快的地方去。

日子長得好似永遠不會過去，才來了六天，竟似六千年一般的苦。

五月七日

早晨為了漢斯的一塊火腿，又鬧了一場，我肯定荷西是個有骨氣的人，不可能為了口腹之慾降格偷吃火腿，可是漢斯和英格還是罵了半天。

「這些人越來越無法無天了，對他們那麼好，竟爬到我們頭上來了。」英格就在房間外面大聲說。

「哼，一天做十四小時工，晚上回來吃一頓苦飯，薪水還不發，有臉再開口，真是佩服之至！」我靠著門冷笑著，雖說不要自己生氣，還是氣得個發抖。

漢斯看我氣了，馬上下台，拉了英格出去了，天黑了還沒回來。

「荷西，錢，不要了，我們走吧，再弄下去更沒意思了。」吃晚飯時，我苦勸著荷西。

「三毛，八千多美金不是小數目，我們怎麼能丟掉，一走了之，這太懦弱了。」他硬要爭。

「八千萬美金也算了，不值得。」

「可是——我們白苦了四個月？」

「也是一場經驗，不虧的。」我哽住了聲音嚥了一口飯。

路易緊張的望著我們。

「你怎麼說，路易？」我問他。

「不知道，再等一陣吧，看看付不付薪。」

「荷西，下決心嘛！」我又說，他低頭不響。

「那我先走。」聲音又哽住了。

「妳去哪裏？」荷西拉住我的手，臉上一陣苦痛掠過。

「回迦納利島去。」

「分開了三個月，來了一個星期，就走，妳想想，我會是什麼心情。」荷西放下叉子低下了頭。

「你也走，不做了。」

荷西臉上一陣茫然，眼睛霧濛濛的，去年失業時的哀愁，突然又像一個大空洞似的把我們吸下去，拉下去，永遠沒有著地的時候，雙手亂抓，也抓不住什麼，只是慢慢的落著，全身慢慢的翻滾著，無底的空洞，靜靜的吹著自己的回聲——失業——失業——失業——

「不要怕，我們有房子。」我輕輕的對他說。

荷西還是茫茫然的。

「我也會賺錢，可以拚命寫稿，出書。」又說。

「要靠太太養活，不如自殺。」

「失業不是你的錯，全世界的大公司都發了信，沒有位置就是沒有，而且，也不是馬上會餓死。」我還是勸著。

「三毛，我，可以在全世界的人面前低頭，可是在妳面前，在妳父母面前，總要抬得起頭來，像一個丈夫，像一個女婿。」荷西一字一字很困難的說著，好似再碰他，就要流淚了。

「你這是亂扯，演廣播劇，你失業，我沒有看不起你過，我父母也不是勢利的人，你向別人低頭，只為了給我吃飯，那才是羞恥，你去照照鏡子，人瘦得像個鬼，你這叫有種了，是不是，是不是？」我失去控制的吼了起來，眼淚迸了出來。

路易放下叉子，輕輕的開門走了。

五月八日

今天是星期天，荷西八點多還沒有出門，等到漢斯房裏有了響聲，荷西才去輕叩了房間。

「什麼事？病了？」漢斯沉聲問。

「不是，今天不做工，想帶三毛出去看看。」

「路易呢？」

「也在睡。」

漢斯沉吟了一回，很和氣的說：「工作太多我也知道，可是合同有期限，你們停一天，二十個黑人助手也全停了，公司損失不起，這樣吧，你還是去上工，結薪時，每人加發四百美金分紅，三毛嘛，明天我帶她跟英格一起出去吃中飯，也算給她出去透透氣，好嗎？幫幫忙，你是開天闢地就來做的，將來公司再擴大了，總不會虧待你，今天幫幫忙，去上工，好吧？也算我漢斯求你。」

漢斯來軟的，正中荷西弱點，這麼苦苦哀求，好話說盡，要翻臉就很難了。

「你去吧，我不出去，就算沒來過奈及利亞好了。」我跟出去說。

「妳不出去，怎麼寫奈及利亞風光？」荷西苦笑著。

「不寫嘛，沒關係的，當我沒來，嗯！」

其實，荷西哪有心情出去，睡眠不足，工作過度，我也不忍加重他的負擔了。

「今天慢慢做好了，中午去『沙發里』吃飯，你們先墊，以後跟公司報，算公司請的，嗯！」漢斯又和氣的說。

路易和荷西，綿羊似的上車走了。

我反正心已經死了，倒沒生什麼氣。

五月九日

早晨起床不久，英格就在外面喊：「三毛，穿好看衣服，漢斯帶我們出去。」

「我無所謂，你們出去好了。」我是真心不想去。

「嗯，就是為了妳啊，怎麼不去呢！」漢斯也討好的過來勸了。

勉強換了衣服，司機送荷西他們上班，又趕回來等了。

「先去超級市場，再去吃飯，怎麼樣？」漢斯拍拍我的肩，我閃了一下。

進了超級市場，漢斯說：「妳看著買吧，不要管價錢，今天晚上請了九個德國人回來吃中國菜。」

我這一聽，才知又中計了，咬著牙，不給自己生氣，再氣划不來的是自己，做滿這個月，拿了錢，吐他一臉口水一走了之。

買了肉、魚、蝦、蔬菜、四箱葡萄酒、四箱啤酒，腦子裏跑馬燈似的亂轉，九個客人，加上宿舍五個，一共是十四個人要吃。

「英格，刀叉盤子可能不夠，再加一些好嗎？」

又買了一大堆盤子、杯子。

結帳時，是三百四十奈拉（兩萬三千多台幣），英格這才說：「現在知道東西貴了吧，荷西他們每個月不知吃掉公司多少錢，還說吃得不好。」

「這不算的，光這四箱法國葡萄酒就多少錢？平日伙食用不著這十分之一，何況買的杯子都是水晶玻璃的，用不著那麼豪華。」恨她什麼事都往荷西帳上記。

「好，現在去吃中飯。」漢斯說，我點點頭，任他擺佈。

城裏一片的亂，一片的擠，垃圾堆成房子那麼高沒有人清，排水設備不好，滿城都是污水，一路上就看見本地人隨地大小便，到處施工建設，灰塵滿天，最富的石油國家，最髒的城市，交通亂成瘋人院一般，司機彼此謾罵搶路，狂按喇叭，緊急煞車，加上火似的悶熱，我暈得一陣一陣作嘔。

中飯在一幢高樓的頂層吃，有冷氣，有地毯，有穿白制服的茶房，大玻璃窗外，整個新建舊建的港口盡入眼底，港外停滿了船。

「妳看，那個紅煙囪下面，就是妳先生在工作。」漢斯指著一條半沉在水面的破船說。

我望著螞蟻似的人群，不知哪個是荷西。

「嘿嘿！我們在冷氣間吃飯，他們在烈日下工作，賺大錢的卻是我。」漢斯摸著大肚子笑。

被他這麼一得意，面對著一盤魚，食不下嚥。

「資本主義是這個樣子的。」我回答他。

「我會搶生意。」漢斯又笑。

「當然，你有你的本事，這是不能否認的。」這一次，我說的是真心話。

「荷西慢慢也可以好起來。」漢斯又討好的說了一句。

「我們不是做生意的料。」我馬上說。

沉默了一會兒，漢斯又說：「說良心話，荷西是我所見到的最好的技術人員，做事用心，腦筋靈活，現在打撈的草圖、方法，都是他在解決，我不煩了，他跟黑人也處得好。」

「上個月路易私下裏跟英格說，要公司把他升成主管，英格跑來跟我講，我把荷西同路易都叫來，說，荷西大學念的是機械，考的是一級職業潛水執照，路易只念過四年小學，得的是三級職業執照，兩個人不要爭什麼主管不主管，才這麼一點黑人助手，管什麼呢！」

「荷西沒有爭，他根本沒講過這事。」我驚奇的說。

「我是講給妳聽，荷西做事比路易強，將來公司擴大了，不會虧待他的。」他又在討好了。

我們是活在現在，不是活在將來，漢斯的鬼話，少聽些才不會做夢。
吃完中飯，仍不回家，擔心著晚飯，急得不得了，車子卻往漢斯一個德國朋友家開去。好，德國人開始喝啤酒，這一喝，什麼都沉在酒裏了。
「英格，叫漢斯走嘛，做菜來不及了。」
英格也被漢斯喝得火大，板著臉回了我一句：「他這一喝還會停嗎？要說妳自己說。」
我何苦自討沒趣，隨他去死吧，晚上的客人也去死吧！
熬到下午五點半，這個大胖子才慢吞吞的站了起來，居然毫無醉態，酒量驚人。
「走，給荷西他們早下工，一起去接回家。」
車子開進了灰天灰地的新建港口，又彎過舊港，爬過石堆，跳過大坑，才到了水邊，下了車，不見荷西，只見路易扠著手站著，看見漢斯來了，堆下一臉的笑，快步跑過來。
再四處張望荷西，突然看見遠遠的一條破汽艇上，站著他孤單單的影子，背著夕陽，拚命的在向我揮手，船越開越近，荷西的臉已經看得清了，他還在忘情的揮著手，意外的看見我在工地，使他高興得不得了，我沒有舉手回答他，眼睛突然一下不爭氣的溼透了。
車上荷西才知道漢斯請人吃中菜的事，急得不得了，一直看錶，我輕聲安慰他：「不要急，我手腳很快的，外國人，做些糊糊可以應付了。」
路上交通又堵住了，到家已是八點，脊椎骨坐車太久，又痛起來。
英格一到家就去洗澡打扮，我丟下皮包，衝進廚房就點火，這邊切洗，那邊下鍋，四個火一起來，謝天謝地的，路易和荷西幫忙在放桌子，煤氣也很合作，沒有半途用光，飯剛剛燜好，客人已經擠了　室，繞桌坐下了。

我奔進浴室，換了件衣服，擦掉臉上的油光，頭髮快速的再盤盤好，做個花髻，這才從容的笑著走出來。

是進步了，前幾天哭，這一會兒已經會笑了，沒有總是哭下去的三毛吧！

才握了手，坐下來，就聽見漢斯在低喝荷西：「酒不冰嘛，怎麼搞的。」

他說的是西班牙文，他的同胞聽不懂他在罵人，我緊握荷西的手，相視笑了笑，總是忍吧，不是吵架的時候。

吃了一會，漢斯用德文說：「三毛，中國飯店的蝦總是剝殼的，妳的蝦不剝殼？」

「茄汁明蝦在中國是帶殼做的，只有小蝦才剝了做。」

「叫人怎麼吃？」又埋怨了一句。

你給人時間剝什麼？死人！

這些德國佬說著德文，我還聽得進去，荷西和路易一頓飯沒說過一句話，別人也不當他們是人，可惡之極！

深夜兩點了，桌上杯盤狼藉，空酒瓶越堆越多，荷西脹滿紅絲的眼睛都快閉上了。

「去睡，站起來說晚安，就走，我來撐。」我輕輕推他，路易和荷西慢慢的站了起來。

勉勉強強道了晚安，漢斯和客人顯然掃了興，好似趕客人走似的，漢斯窘了一會，沉聲說：「再等一會，還有公事要談。」

等到清晨四點半，客人才散了，我的臉已經凍成了寒霜。

「明天一條小沉船，擋在水道上，要快挖掉，船裏六千包水泥，剛剛賣給一個客人了，限你們三天挖出來。」

「你說什麼？」路易茫茫然的說。

「六千包水泥，三天挖出來，船再炸開，拖走。」

「這是不可能的，漢斯，硬的水泥不值錢，犯不著花氣力去挖。」

「小錢也要賺啊！所以我說要快，要快。」

「漢斯，一天兩千包，結在沉船艙裏，就路易和我兩個挖，再紮上繩子，上面助手拖，再運上岸，你想想，可不可能？」

「你不試怎麼知道不可能？」漢斯慢慢在發作了。

「那是潛水伕的事。」荷西慢吞吞的說。

「你以為你是誰？」漢斯瞪著荷西，臉上一副嘲弄的優越感浮了上來。

「我是『潛水工程師』，西班牙得我這種執照的，不過廿八個。」荷西還是十分平靜的。

「可是你會下水挖吧？」漢斯暴怒著站了起來。

「會挖，嘿！」氣到某個程度，反倒笑了起來。

「把畢卡索叫去做油漆匠，不識貨，哈！」

想想畢卡索搬個梯子在漆房子，那份滑稽樣子，使我忍不住大笑起來，笑得咳個不停，脹紅了臉，又指著漢斯笑。

「男人的事，有妳說話的餘地嗎？」他驚天動地的拍著桌子，真兇了，臉色煞青的，英格一溜煙，逃了出去。

「好，我不說話，你剛剛吃下去的菜，是女人做的，給我吐出來。」我止住了笑，也無賴起來，仰頭瞪著他，迎著那張醜惡的臉。

「妳混蛋！」（其實他罵的西班牙文不是這句中文，是更難堪的字，我一生沒寫過。）

「你婊子養的，呸！」我也氣瘋了，有生以來還沒人敢這麼兇過我，真怕你嗎？

「三毛，好啦，回房去。」路易上來一把拖住我就往房間拉。

進了房，荷西鐵青著臉進來了，跟著罵我：「狗咬妳，妳也會去反咬他，有那麼笨。」

我往床上撲下去，閉著眼睛不響，罵過了漢斯，心裏倒不再痛苦了，隱隱的覺得暢快。

「荷西，明天罷工，知不知道。」

他坐在床沿，低著頭，過了好一會，才說：「不理他，慢慢做吧！」

我唬一下撐了起來：「不合理的要求，不能接受，聽見沒有，不能低頭。」

「再失業嗎？」他低低的說。

「荷西，中國人有句話——士可殺，不可辱——他那種態度對待你們，早就該打碎他的頭，一走了之，我不怕你失業，怕的是你失了志氣，失了做人的原則，為了有口飯吃，甘心給人放在腳下踩嗎？」

他仍是不說話，我第一次對荷西灰心欲死。

睡了才一會，天矇矇的亮了，荷西翻過身來推我，嗚咽的說：「三毛，三毛，妳要瞭解我的苦衷，我這麼忍，也是為了兩個人的家在拚命啊！」

「王八蛋，滾去上工吧！」

黑暗中，荷西好像在流淚。

五月十日

為了清晨對荷西那麼粗暴，自責得很厲害，悶躺在床上到了十一點多才起來。

廚房裏，英格正奇蹟似的在洗碗。

一步跨進去，她幾乎帶著一點點驚慌的樣子看了我一眼，搶先說：「早！」

我也應了她一聲，打開冰箱，拿出一瓶牛奶來靠在門邊慢慢喝，一面看著她面前小山也似的髒盤子。

「昨天妳做了很多菜，今天該我洗碗了，妳看，都快弄好了。」她勇敢的對我笑笑，我不笑，走了。

原來這隻手也會洗碗，早些天哪一次不是飯來張口，吃完盤子一推就走，要不是今天清晨破了一次臉，會軟下來嗎？開飯都是荷西路易在弄，這女人過去瞎子，殘了？賤！

「中午妳吃什麼？」她跟出來問。

「我過去一向吃的是什麼？」反問她。

她臉紅了，不知答什麼才好。

「有德國香腸。」又說。

「妳不扣薪？」瞪了她一眼。
英格一摔頭走了出去，臉上草莓醬似的紫。
翻翻漢斯的唱片，居然夾著一張巴哈，唱片也有變種，嘖嘖稱奇。
低低的放著音樂，就那麼呆坐在椅子上，想到荷西的兩千包水泥，心再也放不下去。
漢斯從外面回來，看見我，臉上決不定什麼表情，終於打了個哈哈。
「我說，妳脾氣也未免太大了，三毛。」
「你逼的。」我仰著頭，笑也不笑。
「昨天菜很好，今天大家都在工地傳，這麼一來，我們公共關係又做了一步。」
「下次你做關係，請給荷西路易睡覺，前天到現在，他們就睡了那麼一個多鐘頭又上工了，這麼累，水底出不出事？」
「咦，客人不走，他們怎麼好睡——」
「妓男陪酒，也得有價錢——」
「三毛，妳說話太難聽了。」
「是誰先做得難看？是你還是我？」又高聲了起來。
「好啦，和平啦！嘖！沒看過妳這種中國女人。」
「你當我是十八世紀時運去美國築鐵路的『唐山豬仔』？」我瞪著他。
「好啦！」

「你這個變種德國人。」我又加了一句，心裏痛快極了。

「哪！拿去玩。」漢斯突然掏出一盒整套的乒乓球來。

「沒有桌子，怎麼打？」

「牆上打嘛，像回力球一樣。」

我拿了拍子，往牆上拍了幾下，倒也接得住。

「你打不打？」

他馬上討好的站了起來，這人很精明，知道下台，公司缺了荷西，他是損失不起的。

「怎麼玩？」大胖子捨命陪君子啦！

「朝牆上打，看誰接的球多，誰就贏。」

「荷西說，妳台北家裏以前有乒乓球桌的，當然妳贏。」

「現在是打牆，不一樣。」我說。

「好，來吧！」他嘆了口氣。

「慢著，我們來賭的。」我擋住了他發球。

「賭什麼？汽水？」

「賭荷西薪水，一次半個月，一千美金。」

「三毛，妳——」

「我不一定贏，嘿嘿——」

「我比妳老！」他叫了起來。

「那叫英格來好囉，她比我小。」

「妳這海盜，不來了。」

他丟下球拍牙縫裏罵出這句話，走了。

我一個人聽著巴哈，一球一球往牆上打，倒有種報復的快感，如果一球是一包水泥就好了。

吃晚飯後，路易一直不出來，跑去叫他，他竟躺在床上呻吟。

「怎麼了？」

「感冒，頭好痛。」

「有沒有一陣冷一陣熱？不要是瘧疾哦！」嚇了一跳。

「不是。」可憐兮兮的答著。

「飯搬進來給你吃？」

「謝謝！」

我奔出去張羅這些，安置好路易，才上桌吃飯。

「路易病了。」我擔心的說，沒有人接腔。

「挖了幾包？」漢斯問荷西。

「三百八十多包。」低低的答著。

「那麼少！」叫了起來。

「結成硬硬的一大塊，口袋早泡爛了，要用力頂，才分得開，上面拉得又慢。」

「進度差太多了，怎麼搞的，你要我死？」
「路易沒有下水。」荷西輕輕的說。
「什麼?!」
「他說頭痛。」
我在一旁細看荷西，握杯子的手一直輕微的在抖，冰塊叮叮的碰，放下杯子切菜，手還是抖，指甲都裂開了，又黑又髒，紅紅的割傷，小嘴巴似的裂著。
「媽的，這種時候生病！」漢斯丟下叉子用桌布一擦嘴走了。
「來，去睡覺。」我穩住荷西用力太過的手，不給他再抖。
進了房，荷西撲到床上去，才放下帳子，他居然已經睡著了。

五月十一日

早晨鬧鐘響了，荷西沒有動靜。
等到八點半，才推醒他，他唬一下跳了起來。
「那麼晚了，怎麼不叫我？」懊惱得要哭了出來，低頭穿鞋，臉也不洗就要走。
「吃早飯？」
「吃個鬼！」
「荷西——」我按住他，「公司不是你的，不要賣命。」
「做人總要負責任，路易呢，快去叫他。」

我去敲路易的房門，裏面細細的嗯了一聲。
「起來吧，荷西等你呢！」
「我病了，不去。」
「他不去。」我向荷西攤攤手，荷西咬咬牙，冒著雨走了。
在刷牙時，就聽見路易對漢斯在大叫：「病了，你怎麼樣？」
漢斯沒出聲，倒是英格，慢吞吞的說了一句：「休息一天吧，晚上給杜魯醫生看看。」
過了一會漢斯和英格出去了，說是去承包公司領錢，兩個人喜氣洋洋的。
臨走時丟下一句話給我：「明天四個重要的客人來吃飯，先告訴妳。」
「漢斯！」我追了出去。
「下次請客，請你先問我，這種片面的通知，接不接受——在——我。」
「我已經請啦！」他愣了一下。
「這次算了，下次要問，不要忘了說謝謝！」
「難道活了那麼大，還得妳教我怎麼說話？」
「就——是。」我重重的點了一下頭。
跟這種人相處，真是辛苦，怎麼老是想跟他吵架。
漢斯他們一走，路易就跑出來了，大吃冰箱裏漢斯的私人食物，音樂也一樣放得山響，還跑出大門口去，看半裸的黑女人，咪咪笑著。
「好點沒有？」我問他。

「嘻嘻！裝的，老朋友了，還被騙嗎？」

說著大口喝啤酒，狠咬了一塊火腿。

我呆呆的望著他，面無表情。

「誰去做傻瓜，挖水泥，哼，又不是奴隸。」

「可是——路易，你不看在公司面上，也看在荷西多年老友的面上，幫他一把，他一個人——」我困難的想說什麼，又說不出口。

「嘖，他也可以生病嘛，笨！」又仰頭喝酒。

我轉身要走，他又大叫：「喂，嫂子，我的床麻煩妳鋪一下啊！」

「我生病，不能做事。」我皮笑肉不笑的回了他一句。

晚上漢斯問荷西：「今天幾包？」

「兩百八十包。」

「怎麼少了？你這是開我玩笑。」口氣總是最壞不過的了。

「艙很深，要挖起來，舉著出船艙，再紮繩子，上面才拉，又下大雨——」

「你在水下面，下雨關你什麼事？」

「上面大雷雨，閃電，浪大得要命，黑人都怕哭了，丟下我，乘個小划子跑掉了，放在平底船上的水泥，差點又沒翻下海。」

「漢斯，找機器來挖掉吧，這小錢，再拖下去就虧啦！」我說。

漢斯低頭想了好久，然後才說：「明天加五個黑人潛水伕一起做，工錢叫杜魯醫生去開慣。」

總算沒有爭執。路易躲在房內咳得驚天動地，也怪辛苦的。

在收盤子時，杜魯醫生進來了，他一向不敲門。

「怎麼還沒弄完？」一進門就問漢斯。

「問他們吧，一個生病，一個慢吞吞。」漢斯指了指荷西，我停止了腳步，盤子預備摔到地下去，又來了！又怪人了！有完沒有？

「路易，出來給杜魯醫生看。」漢斯叫著。

路易不情不願的拖著涼鞋踱出來。

拉拉荷西，跟他眨眨眼，溜回房去了。

「路易怎麼回事？」荷西問。

「裝的。」

「早猜到了，沙漠時也是那一套。」

「他聰明。」我說。

「他不要臉！」荷西不屑的呸了一口。

「我沒有要你學他，我要的是——『堂堂正正』的來個不幹。」

「算了吧，妳弄不過他們的，錢又扣在那裏。」

雨，又下了起來，打在屋頂上，如同叢林的鼓聲，這五月的雨，要傳給我什麼不可解的信息？

五月十二日

剝了一早上的蝦仁，英格故態復萌，躺在床上看書，不進廚房一步。

我一推她房門，她嚇了一跳，坐了起來，堆下一臉的笑。

「英格，問妳一件事情。」

「什麼？」她怕了。

「漢斯在德國匯薪水是跟妳一起去的？」

「我沒看到。」聲音細得像蚊子。

「跟妳事後提過？」

「也沒提，怎麼，不信任人嗎？」心虛的人，臉就紅。

「好！沒事了。」我把她的房門輕輕關上。

到了下午，漢斯大步走了進來，先去廚房看了看，說：「很好！」就要走。

「漢斯，借用你五分鐘。」我叫住他。

「嘖，我要洗澡。」

「請你，這次請求你。」我誠懇的說，他煩得要死似的丟下了公事包，把椅子用力一拖。

「荷西，已經在公司做了三個半月了。」我說。

「是啊！」

「薪水在西班牙時，面對面講好是兩千五百美金，可以帶家屬，宿舍公家出。」

「是啊！」他漫應著，手指敲著檯面。

「現在來了，杜魯醫生說，薪水是兩千美金，扣稅，扣宿舍錢，回程機票不付。」

「這是荷西後來同意的！」他趕快說。

「好，他同意，就算話，兩千美金一月。」

「好了嘛，還嚕囌什麼。」站起來要走。

「慢著，荷西領了一千美金，折算奈拉付的，是半個月。」

「我知道他領了嘛！」

「可是，公司還差我們六千美金。」

「這半個月還沒到嘛！」

「好——三個月，欠了五千美金。」我心平氣和的在紙上寫。

「德國匯了兩千去西班牙。」漢斯說。

「匯款存單呢，借來看看？」我偏著頭，還是客氣的說。

他沒防到我這一著，臉紅了，喃喃的說：「誰還留這個。」

「好，『就算』你匯去了兩千，還差三千美金，請你付給我們。」我輕輕一拍桌子，說完了。

「急什麼，你們又不花錢？」真是亂扯。

「花不花錢，是我們的事，付薪水是公司的義務。」我慢慢的說。

「妳帶不出境，不合法的，捉到要關十五年，怕不怕。」這根本是無賴起來了。

「我不會做不合法的事，帶進來五千五美金，自然可以帶出去五千美金。」

回房拿出入境單子給他看，上面明明蓋了章，完全合法。

「妳帶進來的錢呢？」他大吼，顯然無計可施了。

「這不是你的事，出境要搜身的，拿X光照，我也不多帶一塊錢出去。」

「怎麼變的？」

「沒有變，不必問了。」

「好吧，妳什麼時候要？」

「二十三號我走，三千美金給我隨身帶，西班牙那筆匯款如果不到，我發電報給你，第四個月薪水做滿了，你付荷西——『結匯出去』。德國匯款如果實在沒有收到，你也補交給他美金——不是奈拉，給他隨身帶走。」

「荷西怎麼帶？」

「他入境也帶了五千美金來，單子也在。」

「你們怎麼弄的？」他完全迷惑了。

「我們不會做不合法的事，怎麼弄的，不要再問了。」

「說定囉？我的個性，不喜歡再說第二遍。」我斬釘截鐵的說，其實心裏對這人一點沒把握。

「好。」他站起來走了。

「生意人，信用第一。」在他身後又丟了一句過去，他停住了，要說什麼，一跺腳又走了。

這樣交手，實在是太不愉快了，又不搶他的，怎麼要得那麼辛苦呢，這是我們以血汗換來的錢啊！

晚上客人來吃飯，一吃完，我們站起來，說了晚安就走，看也不看一桌人的臉色，如果看，吃的東西也要嘔出來了。

路易仍在生病，躲著。

雨是永遠沒有停的一天了。

五月十三日

晚上杜魯醫生拿來兩封信，一封是家書，一封是駱先生寫來的，第一次看見台灣來的信封，喜得不知怎麼才好，快步回房去拆，急得把信封都撕爛了。

「荷西，平兒，親愛的孩子：當媽媽將你們兩人的名字再一次寫在一起時，內心不知有多麼喜悅，你們分別三月，再重聚，想必亦是歡喜……收到平兒脊椎痛的信，姐姐馬上去朱醫生處拿藥，據說這藥治好過很多類似的病例，收到藥時一定照爹爹寫的字條，快快服下，重的東西一定不要拿，軟床不可睡，吃藥要有信心，一定會慢慢好起來……同時亦寄了荷西愛吃的冬菇，都是航空快遞寄去奈國，不知何時可以收到……

平兒在迦納利島來信中說，荷西一日工作十四小時以上，這是不可能的事，父母聽了辛酸不忍，雖然賺錢要緊，卻不可失了原則，你們兩人本性純厚老實，如果公司太不合理，不可為了害怕再失業而凡事低頭，再不順利，還有父母在支持你們——」

聽見母親慈愛的聲音在向我說話，我的淚水決堤似的奔流著，這麼多日來，做下女，做廚子，被人呼來喝去，動輒謾罵，怎麼也撐了下來，一封家書，卻使我整個的崩潰了。

想到過去在家中的任性、張狂、不孝，心裏像錐子在刺似的悔恨，而父母姐弟卻不變的愛著千山萬水外的這隻出欄的黑羊，淚，又溼了一枕。

五月十四日

路易仍不上工，漢斯拿他也沒辦法。

荷西總是在水底，清早便看不見他，天黑了回來埋頭就睡，六點走，晚上十點回家。

今天星期六，又來了一批德國人吃晚飯，等他們吃完了，荷西才回來，也沒人招呼他，悄悄的去炒了一盤剩菜剩飯托進房內叫他吃，他說耳朵發炎了，很痛，吃不下飯，半邊臉都腫了。

雨還是一樣下著。

關在這個監獄裏已經半個月了。

德國集中營原來不只關猶太人。

五月十五日

又是星期天，醒來竟是個陽光普照的早晨，荷西被漢斯叫出海去測條沉船，這個工作總比挖水泥好，清早八點多才走，走時笑盈盈的，說下午就可回來，要帶我出去走走。

沒想到過了一會荷西又匆匆趕回來了，一進來就去敲漢斯的房門，火氣大得很，臉色怪難看的。

漢斯穿了一條內褲伸出頭來，看見荷西，竟：「咦！」的一聲叫了出來。

「什麼測沉船，你搞什麼花樣，弄了一大批承包公司的男男女女，還帶了小孩子，叫我開船去水上遊園會，你，還說我教潛水——」荷西叫了起來。

「這不比挖水泥好？」漢斯笑嘻嘻的。

「何必騙人？明說不就是了。」

「明說是『公共關係』，你肯去嗎？」

「公共關係是你漢斯的事，我管你那麼多？」

「你看，馬上鬧起來了！」漢斯一攤手。

「回來做什麼，把那批人丟了。」沉喝著。

「來帶三毛去，既然是遊船，她也有權利去。」

幾乎在同時，漢斯和我都叫了起來：

「她去做什麼？」

「我不去！」

「妳別來找麻煩？妳去。」荷西拖了我就走。

「跟你講，不去，不去，這個人沒有權利叫你星期天工作，再說，公共關係，不是你的事。」

「三毛，現在不是吵架的時候，那邊二十多個人等著我，我不去，將來碼頭上要借什麼工具都不方便，他們不會記漢斯的帳，只會跟我過不去——」荷西急得不得了，真是老實人。

「哼，自己去做妓男不夠，還要太太去做妓女——」我用力摔開他。

荷西猛然舉起手來要刮我耳光，我躲也不躲，存心大打一架，他手一軟，垂了下來，看了我一眼，轉身衝了出去。

大丈夫，能屈能伸，好荷西，看你忍到哪一天吧，世界上還有比這更笨的人嗎？罵了他那麼難聽的話，一天都不能吃飯，總等他回來向他道歉吧！

晚上荷西七點多就回來了，沒有理我，倒了一杯可樂給他，他接過來，桌上一放，望也不望我，躺上床就睡。

「對不起。」我嘆了一口氣，輕輕的對他說。

「三毛——」

「嗯！」

「決心不做了。」他輕輕的說。

我呆了，一時裏悲喜交織，撲上去問他：「回台灣去教書？」

他摸摸我的頭髮，溫柔的說：「也是去見岳父母的時候了，下個月，我們結婚都第四年了。」

「可惜沒有外孫給他們抱。」兩個人笑得好高興。

五月十六日

晚上有人請漢斯和英格外出吃飯，我們三個人歡歡喜喜的吃了晚飯，馬上回房去休息。

「荷西，要走的事先不講，我二十三號先走，多少帶些錢，你三十號以後有二十天假，薪水結算好，走了，再寫信回來，說不做了——不再見。」

「嘖，這樣做——不好，不是君子作風，突然一走，叫公司哪裏去找人？」

「噯，你要怎麼樣，如果現在說，他們看你反正是走了，薪水會發嗎？」

「他們是他們，我們是我們，做人總要有責任。」

「死腦筋，不能講就是不能講。」真叫人生氣，說不聽的，哪有那麼笨的人。

「一生沒有負過人。」他還說。

「你講走，公司一定賴你錢，信不信在你了。」

荷西良心不安了，在房裏踱來踱去。

外面客廳嘩的一推門，以為是英格他們回來了，卻聽見杜魯醫生在叫人。

我還沒有換睡衣，就先走出去了。

「叫荷西出來，妳！」他揮揮手，臉色蒼白的。

我奔去叫荷西。

荷西才出來，杜魯醫生一疊文件就迎面丟了過來。

「喂！」我大叫起來，退了一步。

「你做的好事，我倒被港務局告了。」臉還是鐵青的。
「他說什麼！」荷西一嚇，英文根本聽不懂了。
「被告了，港務局告他。」我輕輕的說。
「那條夾在水道上的沉船，標了三個多月了，為什麼還不清除？」手抖抖的指著荷西。
「哪條船？」荷西還是不知他說什麼。
「港口圖拿出來。」荷西對我說，我馬上去翻。
圖打開了，杜魯醫生又看不懂。
「早就該做的事，現在合約時限到了，那條水道開放了，要是任何一條進港的船，撞上水底那條擱著的，馬上海難，公司關門，我呢，自殺算了，今天已經被告了，拿去看。」他自己拾起文件，又往荷西臉上丟。
「杜魯醫生，我——只做漢斯分派的船，上星期就在跟那些水泥拚命，你這條船，是我來以前標的，來了三個半月，替漢斯打撈了七條，可沒提過這一條，所以，我不知道，也沒有責任。」
荷西把那些被告文件推推開，結結巴巴的英文，也解釋了明明白白。
「現在你怎麼辦？」杜魯還是兇惡極了的樣子。
「明天馬上去沉船上繫紅色浮筒，圍繩子，警告過來的船不要觸到。」
「為什麼不拿鋸子把船去鋸開，拉走？」
荷西笑了出來，他一笑，杜魯醫生更火。

「船有幾噸？裝什麼？怎麼個沉法？都要先下水去測，不是拿個鋸子，一個潛水伕就可以鋸開的。」

「我說你去鋸，明天就去鋸。」他固執的說。

「杜魯醫生，撈船，要起重機，要幫浦抽水，要清艙，要熔切，要拖船，有時候還要爆破，還要應變隨時來的困難，不是一把小空氣鋸子就解決了的，你的要求，是外行人說話，我不可能明天去鋸，再說，明天另外一條船正要出水，什麼都預備好了，不能丟了那邊，再去做新的，這一來，租的機器又損失了租金，你看吧！」

我把荷西的話譯成英文給杜魯醫生聽。

「他的意思是說，他，抗命？」杜魯醫生沉思了一下問我，以為聽錯了我的話。

「不是抗命，一條大船，用一個小鋸子，是鋸不斷的，這是常識。」我再耐心解釋。

「好，好，港務局告我，我轉告荷西，好，大家難看吧！」他冷笑著。

「他要告我嗎？」荷西奇怪的浮上了一臉迷茫的笑，好似在做夢似的。

「杜魯醫生，你是基督徒嗎？」我輕輕的問他。

「這跟宗教什麼關係？」他聳了聳肩。

「我知道你是浸信會的，可是，你怎麼錯把荷西當作全能的耶和華了呢？」

「妳這女人簡直亂扯！」他怒喝了起來。

「你不是在叫荷西行神蹟嗎？是不是？是不是？」我真沒用，又氣起來了，聲音也高了。

這時玻璃門嘩一下推開了，漢斯英格回來，又看見我在對杜魯醫生不禮貌。

他一皺眉頭，問也不問，就說：「哼，本來這個宿舍安安靜靜的，自從來了個三毛，雞飛狗跳，沒有一天安寧日子過。」

「對，因為我是唯一不受你們欺壓的一個。」我冷笑著。

杜魯醫生馬上把文件遞給漢斯，他一看，臉色也變了，窘了好一會，我一看他那個樣子，就知道，他東接工程，西接工程，把這一個合約期限完全忘了。

「這個——」他竟不知如何措辭，用手摸了摸小鬍子，還是說不出話來。

「荷西，我以前，好像跟你講過這條船吧！」他要嫁禍給荷西了，再明白不過。

「沒有。」荷西雙手插在口袋裏坦然的說。

「我記得，是你一來的時候，就講的，你忘了？」

「漢斯，我只有一雙手，一天二十四小時，幾乎有十六小時交給你，還有八小時可以休息，你，可以交代我一千條沉船，我能做的，已經盡力了，不能做的，不是我的錯，而且，這水道上的一條，實在沒交代過。」

漢斯的臉也鐵青的，坐下來不響。

「只有一個方法可以快，船炸開，拖走，裏面的礦不要了。」荷西說。

「裝的是鋅，保險公司不答應的，太值錢了，而且已經轉賣出去了。」漢斯嘆口氣說。

「明天清艙，你二十四小時做，路易也下水，再僱五十個人上面幫忙，黑人潛水伕，有多少叫多少來。」

荷西聽了喘了口大氣，低下了頭。

「打電報給羅曼，快送人來幫忙。」我說。

「來不及了。」漢斯說。

「這兩天，給他們吃得好，司機回來拿菜，做最營養的東西。」他看了我一眼吩咐著。

「沒有想過荷西的健康，他的肺，這樣下去，要完了。」我輕輕的說。

「什麼肺哦，公司眼看要垮了，如果因為我們這條船，發生了海難，大家都死了拉倒，還有肺嗎？」漢斯冷笑了起來。

「漢斯，整個奈及利亞，沒有一架『減壓艙』，如果海底出了事，用什麼救他們？」

「不會出事的。」他笑了。

我困難的看著荷西，前年，他的朋友安東尼奧潛完水，一上岸，叫了一聲：「我痛！」倒地就死了的故事，又嚇人的浮了上來。

「不擔心，潛不深的。」荷西悄悄對我說。

「時間長，壓力還是一樣的。」我力爭著。

「好，沒什麼好說了，快去睡，明天五點半，我一起跟去。」漢斯站起來走了，杜魯醫生也走了，客廳留下我們兩個。

對看一眼，欲哭無淚。

道義上，我們不能推卻這件事情，這不只是公司的事，也關係到別的船隻的安全，只有把命賠下去吧。

晚上翻書，看到喬治·哈里遜的一句話：「做為一個披頭，並不是人生最終的目的。」

我苦笑了起來，「人生最終的目的」是什麼，相信誰也沒有答案。

五月十七日

昨夜徹夜未眠，早晨跟著爬起來給荷西煮咖啡，夾了一大堆火腿三明治給路易和他帶著，又倒了多種維他命逼他服下去，一再叮嚀司機，黃昏時要回來拿熱茶送去，這才放他們走了，現在連晚上也不能回來了。

荷西走了後，又上床去躺了一會，昏昏沉沉睡去，醒來已是下午兩點多了，嚇了一跳，想到牛排還凍在冰箱裏，奔出去拿出來解凍，拿出肉來，眼前突然全是金蒼蠅上下亂飛，天花板轟的一下翻轉過來。

一手抓住桌子，才知道自己在天旋地轉，深呼吸了幾口，站了一會，慢慢扶著牆走回房去，慢慢躺下，頭還是暈船似的昏，閉上眼睛，人好似浮在大浪上一樣，拋上去，跌下來，拋上去，又跌下來。

再醒來天已灰灰暗了，下著微雨，想到荷西路易的晚飯，撐起來去廚房煎了厚厚的肉，拌了一大盤生菜，又切了一大塊黑麵包、火腿、乳酪，半撐半靠的在裝籃子，人竟虛得心慌意亂，抖個不停，冷汗一直流。

「啊！在裝晚飯，司機剛好來了。」英格慢慢踱進廚房來。

「請妳交給他，我頭暈。」我靠在桌子邊，指指已經預備好的籃子，英格奇怪的看了我一眼，拿了出去。

拖著回房，覺得下身溼溼的，跑去浴室一看，一片深紅，不是例假，是出血，這個毛病前年拖到去年，回到台灣去治，再出來，就止住了，這一會，又發了，為什麼？為什麼會再出血？是太焦慮了嗎？

《聖經》上說，「你看天上的飛鳥，也不種，也不收，天父尚且看顧牠們，你們做人的，為什麼要憂慮明天呢，一天的憂慮一天擔就夠了。」

荷西不回來，我的憂慮就要擔到第二天第三天第四天……擔到永遠……

夜悄悄的來了，流著汗，床上墊了大毛巾，聽朱醫生以前教的方法，用手指緊緊纏住頭頂上的一撮頭髮，盡力忍住痛，往上吊，據說，婦人大出血時，這種老方子可以緩一緩失血。

不知深夜幾點了，黑暗中聽見漢斯回來了，杜魯醫生在跟他說話，英格迎了出去，經過我的房門，我大聲叫她：「英格！英格！」

「什麼事？」隔著窗問我。

「請杜魯醫生進來一下，好像病了，拜託妳。」

「好！」她漫應著。

擦著汗，等了半天，聽見他們在笑，好像很愉快，工程一定解決了。

又聽了一會兒，汽車門碰的一關，杜魯醫生走了。

客廳的音樂轟一下又炸了出來，英格和漢斯好似在吃飯，熱鬧得很。

還是出著血，怕弄髒了床單荷西回來不能睡，悄悄的爬下床，再鋪了兩條毛巾，平躺在地上，冷汗總也擦不完的淋下來。

荷西在水裏，在暗暗的水裏，現在是幾點啊？他泡了多久了？什麼時候才能回來？想到海員的妻子和母親，她們一輩子，是怎麼熬下來的？

離開荷西吧！沒有愛，沒有痛楚，沒有愛，也不會付出，即使有了愛，也補償不了心裏的傷痕。

沒有愛，我也什麼都不是了，一個沒有名字的行屍走肉而已。

「做一個披頭，不是人生最終的目的。」

做荷西的太太，也不是人生最終的目的，那麼要做誰呢？要做誰呢？要什麼目的呢？

血，隨你流吧，流完全身最後一滴，流乾吧，我不在乎。

五月二十日

「不要說話，不要問，給我睡覺。」荷西撲上床馬上閉上了眼睛。

三天沒有看見荷西，相對已成陌路，這三天的日子，各人的遭遇，各人的經驗都已不能交通，他，經歷了他的，我，經歷了我的，言語不能代替身體直接的感受，心靈亦沒有奢望在這一刻得到滋潤，痛的還是痛，失去的，不會再回來。

睡吧！遺忘吧，不要有夢，沒有夢，就沒有嗚咽。

沒有夢，也不會看見五月的繁花。

五月二十一日

錊起出來了，今天炸船，明天起重機吊。

漢斯今夜請客，報答德國大公司在這件事上借機器借人力的大功勞。

英格去買的菜，還是撐了起來，血總算慢慢的在停，吃了一罐沙丁魚，頭馬上不暈了。

已經撐了二十 天了，不能前功盡棄，還有兩天，漢斯欠的錢應該付了。

有一天，如果不小心發了財，要抱它幾千萬美金來，倒上汽油燒，點了火，回頭就走，看都不要看它怎麼化成灰燼，這個東西，恨它又愛它。

荷西休息了一夜，清晨又走了，意志真是奇怪的東西，如果不肯倒下來，成了白骨，大概也還會搖搖晃晃的走路吧！

只做了四個菜，沒有湯，也沒做甜點，也沒上桌吃，喘著氣，又撲到床上去。

半夜荷西推醒我，輕輕叫著：「三毛，快起來，妳在流血呢，是月經嗎？怎麼那麼多？」

「不要管它，給我睡，給我睡。」迷迷糊糊的答著，虛汗又起，人竟是醒不過來。

「三毛，醒醒！」

我不能動啊！荷西，聽見你在叫我，沒有氣力動啊！

「唉！天哪！」又聽見荷西在驚叫。

「不要緊！」死命擠出了這句話，又沉落下去。

覺得荷西在拉被單，在浴室放水洗被單，在給我墊毛巾，在小腹上按摩……

沒關係，沒關係，還有兩天，我就走了，走的時候，要帶錢啊！

我們是金錢的奴隸，賠上了半條命，還不肯釋放我們。

五月二十二日

早晨醒來，荷西還在旁邊坐著。

「為什麼在這裏？」慢慢的問他。

「妳病了。」

「漢斯怎麼說？」

「他說，下午再去上工，路易去了，不要擔心。」

「要不要吃東西？」

我點點頭，荷西趕快跑出去，過了一會，拿了一杯牛奶，一盤火腿煎蛋來。

「靠著吃！」他把我撐起來，盤子放在膝上，杯子端在他手裏。

「不流血了。」吃完東西，精神馬上好了，推開盤子站起來，摸索著換衣服。

「妳幹嘛？」

「問漢斯要錢，明天先走，他答應的。」

「三毛，妳這是死要錢。」

「給折磨到今天，兩手空空的走，不如死。」

「漢斯——」我大叫他。

「漢斯。」跑出去敲他的門。

「咦，好啦！」他對我笑笑。

我點點頭，向他指指客廳，拿了一張紙，一支筆，先去飯桌上坐下等他，荷西還捧了牛奶出來叫我吃。

「什麼事？」他出來了。

「算帳。」趴在桌上。

「今天星期天。」

「你以前答應的。」

「妳明天才走。」

「明天中午飛機。」

「明天早上付妳，要多少？」

「什麼要多少？荷西做到這個月底，有假回去二十天，我們來結帳。」

「他還沒做滿這個月。」

「結前三個月的，一共要付我五千美金，荷西走時，再帶這個月的兩千，什麼以前說的四百美金加班費，就算稅金扣掉，不要了。」

「好，明天給妳，算黑市價。」

「隨你黑市、白市，虧一點不在乎，反正要美金。」

「好了吧！」他站了起來。

「五千美金，明天早晨交給我。」

「一句話。」

再逼也沒有用了。

「千萬不要講不做了，度假回去，他們護照會還你，職業執照我們去申請補發，三十號，你一定要走，帶錢，知道吧？」在床上又叮嚀著荷西，他點點頭，眼睛看著地下。

我們實在沒有把握。

「箱子等我回來再理，妳不要瞎累。」

臨上工時，荷西不放心的又說了一句。

五月二十三日

荷西還是去上工，說好中午十二點來接我去機場，飛機是兩點一刻飛「達卡」，轉赴迦納利群島，行程是八小時。

在房內東摸西弄，等到十一點多，杜魯醫生匆匆來了，漢斯叫我出來。

「這一疊空白旅行支票，妳簽字。」

真有本事，要他換，什麼都換得出來。

我坐下來一張一張簽，簽了厚厚一小本，杜魯醫生沒等簽完，站起來，推開椅子，走了，連再見都沒說。

簽完支票，開始數，數了三遍，只有一千五百二十美金，小票子，看上去一大疊。

「怎麼？」我愕住了。

「怎麼？」漢斯反問我。

「差太多了。」這時心已化成灰燼，片片隨風飄散，無力再作任何爭執，面上竟浮出一絲恍惚的笑來，對著那一千五百二十美金發呆。

「哼！」我點著頭望著漢斯。

「好，好！」盯住他，只會說這一個字。

「臨時要換，哪來那麼多，五千美金是很多錢啊，妳不知道？」他還有臉說話。

「漢斯，我有過錢，也看過錢，五千美金在我眼裏，不是大數目，要問的是，你這樣做人，這樣做吸血鬼，天罰不罰你？良心平不平安？夜深人靜時，睡得睡不著？」

「媽的！」他站起來去開了一罐啤酒，赤著腳，一手扠腰一面仰頭喝酒，眼睛卻盯住我。

「荷西三十號走，我們答應你的期限，已經遵守了，希望你到時候講信用，給他假，付他薪，就算你一生第一次破例，做一次『正人君子』，也好叫人瞧得起你。」

「哼！妳瞧不瞧得起我，值個鳥。」

不再自取其辱，回房穿好鞋子，放好皮箱，等荷西來接。

「怎麼？只付了一千多啊？」荷西不相信的叫了，也沒時間再吵，提了箱子就往車上送。

「三毛，再見！」英格總算出來握握手，漢斯轉身去放唱片。

「漢斯——」我叫他，他有點意外的轉過身來。

「有一天，也許你還得求我，人生，是說不定的。」我微笑的伸出手來，他沒有料到我會這麼心平氣和的跟他告別，臉上一陣掩飾不住的赧然，快速的伸出手來。

「還再見嗎？」他說。

「不知道，有誰知道明天呢？」

過了海關，荷西在鐵欄外伸手握住我。

「下星期一，機場等你，嗯！」我說。

「馬上去看醫生，知道吧！家事等我回來做。」他說。

「好！」我笑笑，再伸出手去摸摸他的臉。

擴音器正在喊著，「伊伯利亞航空公司，第六九八號班機，飛達卡、迦納利群島的乘客，請在一號門登機，伊伯利亞航空公司第——」

「三毛！」荷西又叫了一聲，我回過身去，站住了。

「嗯！飛機上，要吃東西啊！」他眼睛溼了。

「知道，再見！」我笑望著他。

再看了他一眼，大步往出口走去。

停機坪上的風，暢快的吹著，還沒有上機，心已經飛了起來，越來越高，耳邊的風聲呼呼的吹過，晴空萬里，沒有一片雲。

後記

六月十二日，我在迦納利群島的機場，再度搭乘同樣的班機，經達卡，往奈及利亞飛去。

荷西沒有回家，五月三十日，三十一日，六月一日，二日都沒有他的影子。

漢斯在我走後數日撞車，手斷腳斷。

荷西無傷，只青了一塊皮。

英格護著漢斯馬上回德醫治，公司失了他們，全靠荷西一人在撐，路易沒拿到錢，走了。荷西亦要走，漢斯發了八次電報去迦納利島給我，幾近哀求，薪水仍然未發，越積越多，道義上，我們又做了一次傻瓜，軟心的人啊！你們要愚昧到幾時呢？

下機時，杜魯醫生、夫人，都在接我，態度前倨後恭。

人，總要活得有希望，再走的時候，不該是口袋空空的了。

萬一下月再走，還是沒領錢，那麼最愛我的上帝，一定會把漢斯快快接到另外一個世界去，不會只叫他斷手斷腿了。

「要相信耶和華，你們的神，因為祂是公義的。」

瑪黛拉遊記。

其實「瑪黛拉」並不是我嚮往的地方，我計畫去的是葡萄牙本土，只是買不到船票，車子運不過海，就被擱了下來。

第二天在報上看見旅行社刊的廣告：「瑪黛拉」七日遊，來回機票、旅館均可代辦。我們一時興起，馬上進城繳費，心理上完全沒有準備，匆匆忙忙出門，報名後的當天清晨，葡萄牙航空公司已經把我們降落在那個小海島的機場上了。

「瑪黛拉」是葡萄牙在大西洋裏的一個海外行省，距本土七百多公里遠，面積七百多平方公里，人口大約是二十萬人；在歐洲，它是一個著名的度假勝地，名氣不比迦納利群島小，而事實上，認識它的人卻不能算很多。

我們是由大迦納利島飛過來的。據說，「瑪黛拉」的機場，是世界上少數幾個最難降落的機場之一。對一個沒有飛行常識的我來說，難易都是一樣的；只覺得由空中看下去，這海島綠得像在春天。

以往入境任何國家，都有罪犯受審之感，這次初入葡萄牙的領土，破例不審人，反倒令人有些輕鬆得不太放心。

不要簽證，沒有填入境表格，海關不查行李，不問話，機場看不到幾個穿制服的人，氣氛安詳之外透著些適意的冷清，偶爾看見的一些工作人員，也是和和氣氣，笑容滿面的，一個國家的民族性，初抵它的土地就可以馬上區別出來的。機場真是一個奇怪的地方，它騙不了人，羅馬就是羅馬，巴黎就是巴黎，柏林也不會讓人錯認是維也納，而「瑪黛拉」就是瑪黛拉，那份薄薄涼涼的空氣，就是葡萄牙式的詩。

本以為「瑪黛拉」的首都「豐夏」是個類似任何一個拉丁民族的破舊港——依著波光粼粼的大海，停泊著五顏六色的漁船，節節的石階通向飄著歌曲的酒吧……

等到載著我們的遊覽車在「豐夏」的市區內，不斷的穿過林蔭大道、深宅巨廈和小湖石橋時，方才意外的發現，幻象中的事情和實際上的一切會相去那麼遙遠，我的想像力也未免太過分了些，「豐夏」完全不是我給它事先打好的樣子。

我們的旅館是一長條豪華的水泥大廈，據說有七百五十個房間，是「豐夏」最新的建築之一，附近還有許許多多古色古香老式的旅館，新新舊舊的依山而建，大部分隱在濃濃的綠蔭裏，配合著四周的景色，看上去真是一種心靈的享受。只有我們這一幢叫做「派克賭場大旅館」的怪獸，完全破壞了風景，像一個暴發戶似的躋身在書香人家洋洋自得，遺憾的是我們居然被分在它這一邊。

旅館大得有若一座迷城，豪華的東西，在感覺上總是冷淡的，矜持的，不易親近，跟現代的文明人一個樣子。

安置好房間，換上乾淨的衣服，荷西跟我在旅館內按著地圖各處參觀了一圈，就毫不留戀的往「豐夏」城內走去。

旅館站門的人好意的要給我們叫車，我婉拒了他，情願踏著青石板路進城去，人行道老得發綠，一步一苔，路旁的大梧桐竟在落葉呢。

與其說「豐夏」是個大都市，不如說它是個小城市鎮，大半是兩三層樓歐洲風味的建築，店面接著店面，騎樓一座座是半圓形的拱門，掛著一盞盞玻璃罩的煤氣燈，木質方格子的老式櫥窗，配著一座座厚重殷實刻花的木門，掛著深黃色的銅門環，古意盎然，幽暗的大吊燈，白天也亮，照著深深神秘的大廳堂，古舊的氣味，彌漫在街頭巷尾，城內也沒有柏油路，只是石板路上沒有生青苔而已。

一共不過是十幾條彎彎曲曲上坡又下坡的街道，一座大教堂，三五個廣場，沿海一條長堤，就是「豐夏」市中心的所有了。

住在「瑪黛拉」那幾日，幾乎每天都要去「豐夏」，奇怪的是，這個可愛的城鎮越認識它，越覺得它親切、溫馨，變化多端。

只四萬人口的小城一樣有它的繁華，斜街上放滿了鮮花水果，櫛比的小店千奇百怪，有賣木桶的，有賣瓦片的，有鞋匠，有書報攤，有糕餅舖，有五金行，還有賣襯裙、花邊、新娘禮服的，也有做馬鞍，製風燈的，當然還夾著一家家服裝店，只是，掛著的衣服，在式樣上看去就是一件件給人穿的實實在在的東西，不是給人流行用的。

這兒沒有百貨公司，沒有電影院，沒有大幅的廣告，沒有電動玩具，沒有喧嘩的唱片行，它甚至沒有幾座紅綠燈。

這真是十七世紀的市井畫，菜場就在城內廣場上，賣貨的，用大籃子裝，買貨的，也提著一只只樸素的楊枝編的小籃子，裏面紅的番茄，淡綠的葡萄，黃的檸檬滿得要溢了出來，尼龍的口袋在這兒不見蹤跡，它是一派自然風味，活潑的人間景氣在這兒發揮到了極致，而它的本身就是人世安然穩當的美，這種美，在二十世紀已經喪失得快看不見了。

這樣的小城，不可能有面目可憎的人，看來看去，表情都是悅目，令人覺得賓至如歸，漂泊大城的壓迫感在這裏是再也不可能感到的。

在「豐夏」市內，碰見了幾次很有趣的事情。

我們一連幾次通過一個小得幾乎看不見店面的老舖，裏面亂七八糟的放著一堆堆紅泥巴做出來的雕塑，形狀只有兩三種，鴿子、天使和一個個微笑的小童，進店去摸了半天，也沒人出來招呼，跑到隔壁店舖去問，說是店主人在另一條街下棋，等了很久很久，才回來了一個好老好老的白髮瘦老頭。

當時我已經選好了一個標價三百葡幣的天使像抱在懷裏，老人看見了，點點頭，又去拿了三個同樣的天使，一共是四個，要裝在一個破紙盒裏給我們。

「只要一個。」我講西班牙文，怕他不懂，又打著手勢。

「不，四個一起。」他用葡萄牙文回答，自說自話的繼續裝。

「一——個，老公公。」我拍拍他的肩，伸手把天使往盒子外搬，他固執的用手按住盒子。

「一個就好了。」荷西恐他聽不見，對著他耳朵吼。

「不要叫，我又不老，聽得見啦！」他哇哇的抗議起來。

「啊，聽得見，一——個，只要一個。」我又說。

老公公看著我開始搖頭，唉——的一聲大嘆了口氣，拉了我的手臂就往店後面走，窄小的木樓梯吱吱叫著，老人就在我後面推，不得不上去。

「喂，喂，到哪裏去啊？」

老人也不回答，一推把我推上滿佈鮮花的二樓天台。

「看！」他輕輕的說，一手抖抖的指著城外一幢幢白牆紅瓦的民房。

「什麼啊？」

「看啊！」

「啊？」我明白了。

原來這種泥塑的東西，是用來裝飾屋頂用的，家家戶戶，將屋子的四個角上，都糊上了四個同樣的像，或是天使，或是鴿子，也有微笑小童的，非常美麗，只是除了美化屋頂之外不知是否還有宗教上的原因。

「是啦！懂啦！可是我還是只要一個。」我無可無不可的望著老人。

這一下老人生氣了，覺得我們不聽話。

「這不合傳統，從來沒有單個賣的事。」

「可是，我買回去是放在書架上的啊！」我也失了耐性，這人怎麼那麼說不通。

「不行，這種東西只給放在屋頂上，妳怎麼亂來！」

「好吧，屋頂就屋頂吧——一個。」我再說。

「不買全套，免談！」他用力一搖頭，把盒子往地上一放，居然把我們丟在店裏，自己慢慢走下街去了，神情這麼的固執，又這麼的理所當然，弄得我們沒有辦法偷買他的天使，廢然而去。這樣可愛的店老闆也真沒見過，他不要錢，他要傳統。

另一次是走渴了，看見遠遠街角拱門下開著一家小酒店，露天座位的桌子居然是一個個的大酒桶，那副架式，馬上使我聯想到海盜啦、金銀島啦等等神秘浪漫的老故事，這一歡喜，耳邊彷彿就聽見水手們在酒吧裏呵呵的唱起「甜酒之歌」來了。

很快的跑上去佔了一只大酒桶，向伸頭出來的禿頭老闆喊著：「兩杯黑麥酒。」

無意間一抬頭，發覺這家酒店真是不同凡響，它取了個太有趣的店名，令人一見鍾情。

當老闆托著盤子走上來時，我將照相機往荷西一推，向老闆屈膝一點腳，笑嘻嘻的對他說：「老闆，合拍一張照片如何？拜託！」

這個和氣的胖子很歡喜，理理小鬍子，把左腿斜斜一勾，下巴仰得高高的，呼吸都停住了，等著荷西按快門。

我呢，抬起頭來，把個大招牌一個字一個字的唸：「一八三二年設立——殯儀館——酒吧——」

老闆一聽我唸，小小吃了一驚，也不敢動，等荷西拍好了，這才也飛快的抬頭看了一下他自己的牌子。

「不，不，太太，樓上殯儀館，樓下酒店，妳怎麼把兩塊牌子連起來唸，天啊，我？殯儀館？」

他把白色抹布往肩上一拋，哇哇大叫。

不叫也罷了，這一叫，街角擦鞋的，店內吧檯上喝酒的，路上走過的，全都停下來了，大家指著他笑，擦鞋的幾乎唱了起來。

「殯儀館酒吧！殯儀館酒吧！」

這老實人招架不住了，雙手亂划，急得臉上五顏六色，煞是好看。

「你又不叫某某酒店，只寫『酒店』，聰明人多想一步，當然會弄錯嘛！」我仰靠在椅子上不好意思的踢著酒桶。

「噯噫！噯噫！」他又舉手，又頓足，又嘆氣，忙得了不得。

「這樣特別，天下再也沒有另外一家『殯儀館酒店』，還不好嗎？」我又說了一句。

他一聽，抱頭叫了起來，「還講，還講，天啊！」

全街的人都在笑，我們丟下錢一溜煙跑掉了。

這叫——「酒家誤作殯儀館——不醉也無歸。」

人在度假的時候，東奔西走，心情就比平日好，也特別想吃東西，我個人尤其有這種毛病，無論什麼菜，只要不是我自己做出來的，全都變成山珍海味。

「豐夏」賣的是葡萄牙菜，非常可口，我一家一家小飯店去試，一次吃一樣，絕對不肯重複。

有一天，在快近郊外的極富本地人色彩的小飯店裏看見菜單上有烤肉串，就想吃了。

「要五串烤肉。」我說。

茶房動也不動。

「請問我的話您懂嗎？」輕輕的問他，他馬上點點頭。

「一串。」他說。

「五串，五——」我在空中寫了個五字。

「先生一起吃，五串？」他不知為什麼有點吃驚。

「不，我吃魚，她一個人吃。」荷西馬上說。

「一串？」他又說。

「五串，五串。」我大聲了些，也好奇怪的看著他，這人怎麼搞的？

茶房一面往廚房走一面回頭看，好似我嚇了他一樣。

飯店陸續又來了好多本地人，熱鬧起來。

荷西的魚上桌了，遲來的人也開始吃了，只有我的菜不來。

我一下伸頭往廚房看，一下又伸頭看，再伸頭去看，發覺廚子也鬼鬼祟祟的伸頭在看我。

彈著手指，前後慢慢搖著老木椅子等啊等啊，這才看見茶房雙手高舉，好似投降一樣的從廚房走出來了。

他的手裏，他的頭上，那個吱吱冒煙的，那條褐色的大掃把，居然是一條如——假——包——換——的——松——枝——烤——肉——

我跟荷西幾乎同時跳了起來，我雙手緊張得撐住椅子，眼睛看成鬥雞眼了。

茶房戲劇性的把大掃把在空中一揮，輕輕越過我面前，慢慢橫在我的盤內，那條「東西」，兩邊長出桌子一大截。

全飯店的人，突然寂靜無聲，我，成了碧姬・芭杜，大家快把我看得透明了。

「這個——」我嚥了一下口水，擦著手，不知如何才好。

「瑪黛拉鄉村肉串。」茶房一板一眼的說。

「另外四串要退，這不行，要撐死人的。」

不好意思看茶房，對著荷西大叫起來。

大家都不響，盯住我，我悄悄伸出雙臂來量了一量，一百二十公分。

我的身高是一百六十三，有希望——一串。

那天如何走出飯店的，還記得很清楚，沒有什麼不舒服，眼睛沒有擋住，就是那個步子，結結實實的，好似大象經過閱兵台一樣有板有眼的沉重。

松枝烤肉，味道真不錯，好清香的。

人家沒有收另外四串的錢，還附上了一杯溫檸檬水給消化，他們也怕出人命。

有一年跟隨父親母親去梨山旅行，去了回來，父親誇我。說：「想不到跟妹妹旅行那麼有趣。」

「沿途說個不停，你們就歡喜了啦！」我很得意的說。

父親聽了我的話笑了起來，又說：「妳有『眼睛』，再平凡的風景，在妳心裏一看，全都活了起來，不是說話的緣故。」

後來，我才發覺，許多人旅行，是真不帶心靈的眼睛的，話卻說得比我更多。

在「瑪黛拉」的旅客大巴士裏，全體同去的人都在車內唱歌，講笑話，只有我，拿了條大毯子把自己縮在車廂最後一個玻璃窗旁邊，靜靜的欣賞一掠即過的美景。

我們上山的路是政府開築出大松林來新建的，成「之」字形緩緩盤上去，路仍是很狹，車子交錯時兩車裏的遊客都尖聲大叫，駭得很誇張。

導遊先生是一位極有風度，滿頭銀髮的中年葡萄牙人，說著流利的西班牙文，全車的乘客，數他長得最出眾，當他在車內拿著麥克風娓娓道來時，卻沒有幾個人真在聽他的，車廂內大半是女人，吵得　塌糊塗。

「瑪黛拉是西元十五世紀時由葡萄牙航海家在大西洋裏發現的海島，因為見到滿山遍野的大松林，就將它命名為『瑪黛拉』，也就是『木材』的意思，當時在這個荒島上，沒有居民，也沒有兇猛的野獸，葡萄牙人陸續移民來這兒開墾，也有當時的貴族們，來『豐夏』建築了他們的夏都……」

導遊無可奈何的停下不說了，不受注意的窘迫，只有我一個人看在眼裏，他說的都是很好聽的事，為什麼別人不肯注意他呢？

旅行團在每個山頭停了幾分鐘，遊客不看風景，開始拚命拍照。

站。

最後，我們參觀了一個山頂的大教堂，步行了兩三分鐘，就到了一個十分有趣的滑車車

「滑車」事實上是一個楊枝編的大椅子，可以坐下三個人，車子下面，有兩條木條，沒有輪子，整個的車，極似愛斯基摩人在冰地上使用的雪橇，不同的是，「瑪黛拉」這種滑車，是過去的居民下山用的交通工具。山頂大約海拔二千五百多公尺高，一條傾斜度極高的石板路，像小河似的在陽光下閃閃發光，彎彎曲曲的奔流著，四周密密的小戶人家，沿著石道，洋洋灑灑的一路排下去，路旁繁花似錦，景色親切悅目，並不是懸崖荒路似的令人害怕。

我們每人繳了大約合一百元新台幣的葡幣從旅館出發，主要的也是來嘗嘗古人下山的工具是怎麼一種風味。

在滑車前面，必然的猶豫、爭執，從那些太太群裏冒出來了，時間被耽擱了，導遊耐性的在勸說著。

荷西和我上了第二輛車，因為是三個人坐一排的，我們又拉了一個西班牙女孩子來同坐，她跟另外三個朋友一起來，正好分給我們。

坐定了，荷西在中間，我們兩邊兩個女人，夾住他。

「好！」回過頭去向用麻繩拉著滑車的兩個葡萄牙人一喊，請他們放手，我們要下去了。他們一聽，鬆了綁在車兩旁的繩子，跳在我們身後，車子開始慢慢的向下坡滑去。

起初滑車緩慢的動著，四周景色還看得清清楚楚，後來風聲來了，視線模糊了，一片片影子在身旁掠過，速度越來越快，車子動盪得很厲害，好似要散開來似的。

我坐在車內，突然覺得它正像一場人生，時光飛逝，再也不能回返，風把頭髮吹得長長的平飛在身後，眼前什麼都捉不住，它正在下去啊，下去啊。

突然，同車的女孩尖叫了起來，叫聲高昂而持續不斷，把我從冥想裏叫醒過來。

「抓住荷西，抓住荷西！」我彎下身向她喊。

她的尖指甲早已陷在荷西的大腿上，好似還不夠勁，想穿過荷西的牛仔褲，把他釘在椅子上一樣，一面還是叫個不停。

荷西痛不可當，又不好扳開她，只有閉著眼睛，做無聲的吶喊，兩個人的表情搭配得當，精采萬分。

站在椅背後的人看到這種情形，跳了下來，手中的痲繩一放，一左一右，開始在我們身後拉，速度馬上慢了下來。

回頭去看拉車的人，身體盡量向後傾，腳跟用力抵著地，雙手緊緊拉住繩子，人都快倒到地上去了，這樣的情形，還跟著車在小跑，不過幾分鐘吧，汗從他們戴的草帽裏雨似的流下來。

「上車，踩上來，我們不怕了。」我大聲叫他們，那個女孩子一聽，又開始狂叫。

「上來！」我再回身去叫，拖車的人搖搖頭，不肯，還是半仰著跟著小跑。

這時，沿途的小孩，開始把野花紛紛向我們車內撒來，伸手去捉，抓到好幾朵大的繡球花。

好似滑了一輩子，古道才到盡頭，下了車，回身去望山頂的教堂，居然是一個小黑點。山路從下往上望，又成了一條瀑布似的懸掛著，我們是怎麼下來的，真是天知道。

拉車的兩個人，水裏撈出來的似的溼透了，脫下了帽子，好老實的，背著我們，默默的在一角擦臉汗，那份木訥，那份羞澀，不必任何一句語言，都顯出了他們說不出的本分和善良，我呆望著他們，不知怎麼的感動得很厲害，眼睛一眨一眨的盯住他們不放。

荷西在這些地方是很合我心意的，他看也不看我，上去塞了各人一張票子，我連忙跟上去，真誠的說：「太辛苦你們了，謝謝，太對不起了！」

給小帳當然是不值得鼓勵，可是我們才繳不過合一百塊台幣，旅行社要分，大巴士要分，導遊再要分，真正輪到這些拉車的人賺的，可能不會佔二十分之一，而他們，用這種方式賺錢，也要養活一大家人的啊！

我們抵達了好一會之後，才有一輛又一輛的滑車跟了下來，那些拉胖太太們的車伕真是運氣不好，不累死才怪。

我注意看下車的遊客，每一個大呼小叫的跨出車來，拍胸狂笑，大呼過癮，我一直等著，希望這一排十幾輛車，其中會有一個乘客，回身去謝一句拉車的人，不奢望給小費，只求他們謝一聲，說一句好話，也是應該的禮貌，可是，沒有一個人記得剛剛拉住他們生命的手，拉車的一群，默默的被遺忘了。

這種觀光遊戲，是把自己一時感官的快樂，建立在他人的勞力辛苦上，在我，事後又有點後悔，可是不給他們拉，不是連餬口的錢都沒有了嗎？

當時我倒是想到一個減少拉伕辛勞的好方法——這種滑車其實並不是一定要全程都拉住車

子不放的，車速雖快，可是只要每幾十公尺有人用力拉一把，緩和衝力，它就會慢下來。

其實，只要在滑車的背後裝兩枝如手杖一樣鉤的樹枝，拉伕們每兩個一組沿著窄窄的斜道分別站下去，像接力賽似的，每一輛滑車間隔一分鐘滑下來，他們只要在車子經過自己那一段時，跳上去，抓住鉤子，把車速一帶，慢下來，再放下去，乘客剛剛尖叫，又有下一段的拉伕跳上來拉住，這樣可以省掉許許多多氣力，坐的人如我，也不會不忍心，再說，它是雪橇似的，沒有輪子，路面是石板，兩旁沒有懸崖，實在不必費力一路跑著賣老命。

我將這個建議講給導遊聽，他只是笑，不當真，不知我是誠心誠意的。

細細分析起來，「瑪黛拉」事實上並不具備太優良的觀光條件。

它沒有沙灘，只有礁岩，沒有優良的大港口，沒有現代化的城市，也談不上什麼文化古蹟，離歐洲大陸遠，航線不能直達……

可是遊客還是一日多似一日的湧來「瑪黛拉」。

當地政府，很明白這不過是一個平凡的小島，要吸引遊客總得創出一樣特色來才行，於是，他們選了鮮花來裝飾自己，沒有什麼東西比花朵更能美化環境的了。

「豐夏」的市中心不種花，可是它賣花，將一個城，點綴得五顏六色，「瑪黛拉」的郊外，放眼看去，除了山林之外，更是一片花海。

我們去的時候是秋天，可是車開了三百多公里的路，沿途的花沒有斷過，原先以為大半是野生的，因為它們沒有修剪的匠氣，茂茂盛盛的擠了個滿山滿谷，後來跟導遊先生談起來，才發覺這些繡球花、燕子花、菊花、中國海棠、玫瑰，全是居民配合政府美化計畫一棵一棵在荒野裏種出來的，不過十年的時間吧，他們造出了一個奇蹟，今日的瑪黛拉，只要去過的人，第一句話總不例外的脫口而出：「那些花，不得了！」

三百多公里的道路，在我眼前飄過的花朵不下有億萬朵吧，這樣的美，真懷疑自己是否在人間。

同遊覽車內的兩個中年太太，大概實在忍不住花朵的引誘，伸手在窗外採了兩朵白色的玫瑰，導遊一轉身看見了，只見一向和藹有禮的他，臉色突然脹紅了，獅子似的大吼一聲，往這兩個太太走過去，他拿起麥克風來開始在全車的人面前羞辱她們，大家都嚇壞了，這個導遊痛責破壞他鄉土風景的遊客，保護花朵有若保護他的生命一樣認真，幾億朵花，她們不過採了兩朵，卻被「修理」得如此之慘，這是好的，以後全車的人，連樹葉都再也不敢碰一碰了。

怎麼怪導遊不生氣，花朵是瑪黛拉的命脈之一啊。

「瑪黛拉」的松樹長在高山上，楊樹生在小溪旁，這兒的特產之一就是細直楊枝編出來的大小籃子和家具，非常的雅致樸實，柳樹看得多了，改看楊枝，覺得它們亦是風韻十足，奇怪的是，每看楊樹，就自然的聯想到《水滸傳》，李逵江邊討魚，引得浪裏白條張順出場的那一章裏，就提到過楊樹。

島上的居民幾乎全住的是白牆紅瓦的現代農舍，四周種著葡萄和鮮花，一絲也看不出貧窮的跡象來。

在島的深山裏，一個叫做「散塔那」的小村落，卻依然保持了祖先移民房舍的式樣。

茅草蓋著斜斜的屋頂，一直斜到地上，牆是木頭做的，開了窗，也有煙囪，小小的窄門，胖子是進不去的，這種房子，初看以為不過是給遊客參觀的，後來發覺整個山谷裏都散著同式樣的房子，有些保持得很好，漆得鮮明透亮，遠看好似童話故事中的蛋糕房子一般。

「散塔那」坐落在大森林邊，居民種著一畦畦的蔬菜，養著牛羊，遊客一車車的去看他們的房舍，他們也不很在意，甚而有些漠然，如果換了我，看見那麼多遊客來參觀，說不定會擺個小攤子賣紅豆湯，不然，釘些一色一樣的小茅屋當紀念品賣給他們，再不，拉些村民編個舞唱個狩獵歌，也可以賺點錢。

可貴的是，這只是我個人的想法，在這個山谷裏，沒有如我一般的俗人，遊客沒有污染他們，在這兒，天長日久，茅草屋頂上都開出小花來，迎風招展，悠然自得，如果那田畦裏摘豆的小姑娘，頭上也開出青菜來，我都不會認為奇怪，這個地方，天人早已不分，人，就是大自然的一部分了。

回歸田園的渴望和鄉愁，在看見「散塔那」時痛痛的割著我的心，他們可以在這天上人間住一生一世，而我，只能停留在這兒幾十分鐘，為什麼他們這麼安然的住在我的夢鄉裏，而我，偏偏要被趕出去？

現實和理想總沒有完全吻合的一天，我的理想並不是富貴浮雲，我只求一間農舍，幾畦菜園，這麼平淡的夢，為什麼一樣的辛苦難求呢？

旅行什麼都好，只是感動人的事物太多，感觸也因此加深，從山林裏回到旅館，竟失眠到天亮。

離開「瑪黛拉島」的前一天，我們在旅館休息，很歡喜享受一下它的設備，可惜的是，它有的東西，都不合我的性情。夜總會、賭場、美容院、三溫暖、屋頂天體浴、大菜間、小型高爾夫球，都不是我愛去的地方，只有它的溫泉游泳池，在高高的棕櫚樹下，看上去還很愉快，黃昏時，池裏空無一人，去水裏躺了個痛快，躺到天空出星星了才回房。

七日很快的過去，要回去了，發現那雙希臘式的涼鞋從中間斷開了，這雙鞋，跟著我走過歐洲，走過亞洲，走過非洲，而今，我將它留下來，留在旅館的字紙簍裏，這就是這雙鞋的故事和命運，我和它都沒料到會結束在瑪黛拉。

行李裏多了一隻粗陶彩繪的葡萄牙公雞，手裏添了一個楊枝菜籃，這是我給自己選的紀念品。

回到大迦納利島家裏，鄰居來問旅行的經過，談了一會，又問：「下次去哪裏啊？」

「不知道啊！」漫然的回應著。

人間到處有青山，何必刻意去計畫將來的旅程呢。

溫柔的夜。

那個流浪漢靠在遠遠的路燈下，好似專門在計算著我抵達的時刻，我一進港口，他就突然從角落裏跳了出來，眼睛定定的追尋著我，兩手在空中亂揮，腳步一高一低，像一個笨拙的稻草人一般，跌跌撞撞的跳躲過一輛輛汽車，快速的往我的方向奔過來。

也許是怕我走了，他不但揮著手引我注意，並且還大聲的喊著：「夜安！喂！夜安！」

當時，我正在大迦納利島的港口，要轉進卡特林娜碼頭搭渡輪。

聽見有人在老遠的喊著，我不由得慢下車速，等著那人過來，心裏莫名其妙的有些不對勁。

那個陌生人很快的跑過了街，幾乎快撞到我車上才收住了腳，身體晃來晃去的。

「什麼事？」我搖下玻璃窗來問他。

「夜安！夜安！」還是只說這句話，喘得很厲害，雙手一直攀在我車頂的行李架上。

我深深的看了這個陌生人一眼，確定自己絕對不認識他。

見我打量著他，這人馬上彎下了腰，要笑不笑的又說了一句：「夜安！」接著很緊張的舉起右手來碰著額頭，對我拖泥帶水的敬了個禮。

我再看他一眼，亦對他十分認真的點點頭，回答他：「夜安！」趁他還沒時間再說什麼，用力一踏油門，車子滑了出去。

後視鏡裏，那個人蹣跚的跟著車子跑了兩三步，兩手舉在半空中，左手好像還拎了一個癟癟的塑膠口袋。暮色裏，他，像一個紙剪出來的人影，平平的貼在背後一層層高樓輝煌的燈火裏，只是身上那件水紅色的襯衫，鮮明得融不進薄黯裏去。一會兒，也就看不見了。

卡特林娜碼頭滿滿的停泊著各色各樣的輪船，去對岸丹納麗芙島的渡輪在岸的左邊，售票亭還沒有開始賣票，候船的長椅子上只坐了孤零零的一個老年人。

我下了車，低低的跟老人道了夜安，也在長椅上坐了下來。

「還沒來，已經七點多了。」老人用下巴指指關著的售票窗口，搭訕的向我說。

「也去對面？」我向他微笑，看著他腳前的小黑皮箱。

「去兒子家，妳呢？」他點了一支煙。

「搬家。」指指路旁滿載行李的車又向他笑笑。

「過去要夜深囉！」

「是。」漫應著。

「去十字港？」

「是！」又點頭。

「到了還得開長途，認識路嗎？」又問。

「我先生在那邊工作，來回跑了四次了，路熟的。」

「那就好，夜裏一個人開車，總是小心點才好。」

我答應著老人，一面舒適的將視線拋向黑暗的大海。

「好天氣，鏡子似的。」老人又說。

我再點點頭，斜斜的靠在椅背上打哈欠。

一天三班輪渡過海，四小時的旅程，我總是選夜航，這時乘客稀少，空曠的大船，燈光通明，好似一座無人的城市。走在寒冷的甲板上，總使我覺得，自己是從一場豪華的大宴會裏出來，那時，曲終人散，意興闌珊，此情此景，最是令人反覆玩味。

黑夜大海上的甲板，就有這份神秘的魅力。

等船的人，還是只有老人和我兩個。

遠遠的路燈下，又晃過來一個人影。

老人和我淡漠的望著那個越走越近新來的人，我心不在焉的又打了一個哈欠。

等到那件水紅色的衣服映入我眼裏時，那個人已經快走到我面前了。

我戒備的坐直了些，有些不安，飛快的掠了來人一眼，眼前站著的流浪漢，就是剛剛在港口上向我道夜安的人，不可能弄錯，這是他今夜第二次站在我的面前了，該不是巧合吧！

想著巧不巧合的問題，臉色就不自在了，僵僵的斜望著一艘艘靜靜泊著的船。

一聲近乎屈辱的「夜安」，又在我耳邊響起來，雖然是防備著的，還是稍稍嚇了一跳，不由得轉過了身去。

我用十分凝注的眼神朝這個流浪漢看著，那是一張微胖而極度疲倦的臉，沒有什麼特別的智慧，眼睛很圓很小，嘴更小得不襯，下巴短短的，兩頰被風吹裂了似的焦紅，棕色稀淡的短髮，毛滋滋的短鬍子，極縐的襯衫下面，是一條鬆鬆的灰長褲。

極高的身材，不知是否因為他整個潦倒的外形，使人錯覺他是矮胖而散漫的，眼內看不出狡猾，茫茫然的像一個迷了路的小孩。

「也要過海嗎？」他說。

看了他一會，我輕輕的將視線移開，不再理會他。這一次，我沒有再回答他的「夜安」。

我不回答。

「我——也過去。」他又說。

我這才發覺這是個外地人，西班牙文說得極生硬，結結巴巴的。

因為這個人的加入，氣氛突然凍結了，一旁坐著的老人也很僵硬的換了個坐姿。

「要過海，沒有錢。」他向我面前傾下了身子，好似要加重語氣似的攤著手，我一點反應都不給他。

「我護照掉了，請給我兩百塊錢買船票吧！」

「求求妳，兩百塊，好不好？只要兩百。」

他向我更靠近了一點，我沉默著，身體硬硬的向老人移了過去。

「我給妳看證明……」流浪漢蹲在地上索索的在手提袋裏掏，掏出一個信封，小心的拿出一張白紙來。

「請妳……」好似跪在我面前一樣，向我伸出了手。

他還沒有伸過紙來，我已經一閃開，站了起來，往車子大步走去。
他跟上來了，幾乎是半跑的，兩手張開，擋住了我的路。
「只要一張船票，幫助我兩百塊，請妳，好不好，好不好？」聲音輕輕的哀求起來。
我站定了不走，看看椅上的老人，他也正緊張的在看我，好似要站起來了似的。
碼頭上沒有什麼人，停泊著的許多船只見燈光，不見人影。
「讓我過去，好嗎？」我仰起頭來冷淡的向著這個流浪漢，聲音刀子似的割在空氣裏。
他讓開了，眼睛一眨一眨的看著我。臉在燈下慘白的，一副可憐的樣子。
我開了車門，坐進去，玻璃窗沒有關上。
那個人呆站了一會，猶猶豫豫的拖著步子又往我靠過來。
「請聽我說，我不是妳想的那種人，我有困難——」
他突然改用英文講話了，語調比他不通順的西班牙文又動人些了。
我嘆了口氣，望著前方，總不忍心做得太過分，當著他的面把車窗搖上來，可是我下定決心不理這個人。
他又提出了兩百塊錢的要求，翻來覆去說要渡海去丹納麗芙。
這時，坐在椅子上的老人沙啞的對我喊過來：「開去總公司買船票吧，那邊還沒下班嘛！不要在這裏等了。」
一向是臨上船才買票的，尤其是夜間這班。老人那麼一提醒我，倒是擺脫這個陌生人糾纏的好辦法，我馬上掏出鑰匙來，發動了車。

那人看我要開車了，急得兩手又抓上了車窗，一直叫著：「聽我說嘛，請聽我——」

「好啦！」我輕輕的說，車子稍稍滑動了一點。

他還是不肯鬆手。

「好啦！你……」我堅決的一踩油門，狠心往前一闖，幾乎拖倒了他。

他放手了，跟著車跑，像第一次碰到我時一樣，可是這次他沒有停，他不停的追著，蹌蹌跌跌的，好像沒有氣力似的。我再一加速，就將他丟掉了。

船公司就在港口附近的轉角上，公司佔了很大的位置，他們不只經營迦納利群島的各色渡輪，也代理世界各地船運公司預售不同的船票。

跨進售票大廳的時候，一排二十多個售票口差不多都關了，只有亮著去丹納麗芙渡輪的窗口，站著小小一撮買票的人。

我走去站在隊尾，馬上有人告訴我應該去入口的地方拿一個牌子。

拿的是二十六號，牆上亮出來的號碼是二十號。

穿過昏暗的大廳，在一群早到的人審視的目光下，選了一條空的長木椅子坐下去。

也許是空氣太沉鬱了，甩掉流浪漢時的緊張，在坐了一會兒之後，已經不知不覺的消失了。

我的右邊坐了五個男女老小，像是一家出門旅行的鄉下人，售票口站著三個正在服兵役的大男孩，穿著陸軍制服還在抽煙，左邊隔三條長椅子，坐著另外兩個嬉皮打扮的長髮青年，還有十幾個人散坐得很遠，燈光昏昏暗暗，看不真切。

那兩個嬉皮，在我坐定下來的時候就悄悄的在打量我，過了只一會兒，其中的一個站了起來，慢慢往我的方向踱過來。

我一直在想，到底那時候我的臉上寫了什麼記號，會使得這一個又一個的陌生人，要拿我，來試試他們的運氣。

這一想，臉上就凜然得不自在了。

青年人客氣的向我點點頭。

「可以坐下來嗎？」

溫和的語氣使我不得不點了點頭。

也是個異鄉人，說的是英語。

「請問，妳是不是來買去巴塞隆納的票？」

「嗯，什麼？」一聽這人不是向我要錢，自己先就脹紅了臉。我斷定他也是上來討錢的啊！

「是這樣的，我們有兩張船票，臨時決定不去巴塞隆納了，船公司退票要扣百分之二十，損失太大了，所以想轉賣給別人。」

我抱歉的向他搖搖頭，愛莫能助的攤攤手，他不說什麼，卻也不走，沉默的坐在我一旁。

牆上的電子板亮出了二十一號。

我靜靜的等著，無聊的看著窗外，一輛綠色的汽車開了，一個紅衣服的女人走過——就在那時候，我又看見了，在窗外，清清楚楚的趕著在過街的，那個被我剛剛才甩掉的流浪漢。

我快速的轉過身，背向著玻璃，心加速的跳起來，希望他不要看見我，可是那是沒有用的，知道那個人不是路過，知道他是跟著我老遠跑來的，知道他是有企圖的釘上了我，認定我是那個會給他兩百塊錢的傻瓜，現在他正經過窗口，他在轉彎，他要進來了。

那個流浪漢跨進了船公司，站在入口處，第三次出現在我面前。

他的眼光掃視到我，我迎著他，惡狠狠的瞪著眼。

看得出他有一點狼狽，有羞辱，有窘迫，可是他下決心不管那些，疲憊而又堅決的往我的位子一步一步的拖過來。

明明料中的事，看他真過來了，還是被驚氣得半死，恨不得跳起來踢死他。

他實在沒有邪惡的樣子，悲苦的臉，恍恍惚惚的，好似一個沒有辦法控制自己命運的人，一生裏遭遇的都是人世的失意和難堪。

他走近我，小心翼翼的沾著長椅子的邊，在我身旁輕輕的坐下來，他一坐下，我就故意往一邊移開，當他傳染病似的嫌給他看。

這時，大概他發覺我身旁還坐了一個跟他氣質差不多的人，簡直駭了一大跳，張著嘴，決不定要什麼表情，接著突然的用手指著嬉皮，結結巴巴的低嚷了起來。

「怎麼，你也向她要錢嗎？」

這個陌生人如此無禮的問出這麼荒謬的問題來，窘得我看著自己的靴子，像個木頭人一樣的僵著，看也不敢看那嬉皮。

「沒有，你放心，我不向她討錢。」嬉皮和氣的安慰他，忍不住笑了出來。

那個人看見別人笑，居然也嘻嘻的笑起來，那份天真，真叫人啼笑皆非。

我不相信他是瘋子，他不過是個沒有處世能力而又落魄的流浪人罷了，也許是餓瘋了一點。

「妳看，我又來了。」他吸了一口氣向我彎了彎身，又擠出一個比哭還要難看的微笑來。

我冷著臉，沉默著。

「你的船呢？」青年人問他。

「什麼船？」他茫然不知所措的。

「你不是船上下來的海員？」青年肯定的說。

「我？不是啊！」他再度嚇了一跳。

「我——我——我是這個，給你看。」

他又去掏他的紙頭了，隔著我，遞給青年人，那邊接了過去。

「挪威領事館，證明你是挪威公民，護照在丹納麗芙被人偷掉了——啊！這麼回事。」

他高興得很，如釋重負拚命點頭。

「那你在這裏幹嘛？」青年又好奇的問他。

他一指就指著我，滿懷希望的說：「向她請求兩百塊錢，給我渡海過去，到了那邊，就有錢了。」

我再度被他弄得氣噎，粗暴的站了起來，換到前面一張長椅上去。

這個人明明在說謊，一張船票過海是五百塊，不是他說的兩百。

當然，他又跟著坐了過來了。一步都不放鬆的。

「這樣好吧？妳不肯給我錢，乾脆把我藏在妳的車子裏，偷上船，上了船，我爬出來，自己走上岸，不是就過去了嗎？」他像發明什麼新花樣似的又興奮的在說了。

嬉皮青年聽了仰頭大笑起來，我被氣得太過頭，也神經兮兮的笑了，三個人一起笑，瘋子似的。

「不要再吵了，沒有可能的，請你走吧！」

我斬釘截鐵的沉下了臉，身後嬉皮青年仍在笑，站起來，走了開去，對我做了個無可奈何的鬼臉。

那個陌生人笑容還沒有退去，掛在那兒，悲苦的臉慢慢鋪滿了欲泣的失望。

「我替妳做工，洗車，搬東西，妳叫我做什麼我就做什麼。」幾乎哀求到倒下地去了，仍然固執的纏住我。

我的忍耐已到了失去控制的邊緣，不顧一大廳的人都悄悄的在注視我們這一角，站起來再度換了一排椅子。

不能給他錢，一毛錢也不給他，這樣過分的騷擾實是太可惡了，絕對不幫助他，何況，他是假的。

「我已經流浪了四天了，沒吃、沒睡，只求妳幫幫忙，渡過海，到了丹納麗芙就有錢了，我支持不下去啦，善心的，請妳——」

他又跟了上去，在我旁邊囁嚅不停的講著，好像在哭了。

「我是從挪威來度假的，第一次來迦納利群島，住在丹納麗芙的十字港，來了才三天，一個女人叫我請她喝酒，我就去跟她喝，喝了好多又去跟她過夜，第二天早上，醒過來，躺在一個小旅館裏，身上的護照、錢、自己旅館的鑰匙、外套，都不見了……我走回住著的旅館去，叫他們拿備用鑰匙給我開門，我房間裏面還有支票、衣服，可是旅館的人說他們旅客太多，不認識我，不肯開，要我渡海來這邊挪威領事館拿了身分證明回去才給開房門，借了我一點錢過海來，後來，後來，就沒錢回去了，一直在碼頭上流浪……」

我聽他那麼說，多少受了些感動，默默的審視著他，想看出他的真偽來。

「只要兩百塊，這麼一點錢，就可以渡我過去了，到了那裏，開了房門，就有錢了。」

「你自己領事館不幫你？」懷疑的問他。

他死命的搖頭，不願答一個字。

「這幾天，只要渡船來了，我就跑上去求，我情願替船上洗碗，洗甲板，搬東西，擦玻璃，什麼都肯做，只要他們給我免費坐船過去，可是沒有人理我，他們不聽我的。」他低喊著。

「如果妳肯幫助我，我一生都會記得妳，兩百塊錢不是一個大數目，而我的幸福卻操在妳的手裏啊！」

「這當然不是大數目，可是，我的朋友，你的困難跟我有什麼相干呢？」我內心掙扎得很厲害，眼看他已經要征服我的同情心了，又眼看他將拿了我的錢，在背後詛咒我的拖延，又好似聽見他暗笑我傻子的聲音，這麼一想，我竟殘酷的回答了他上面那句話。

「好吧，當然，當然跟妳沒有關係……好吧……好……」他終於不再向我糾纏了。喃喃低語著，臉上除了疲倦之外，再已沒有了憂傷，嘴唇又動了幾下，沒有發出聲音來，他知道，盼望著的收穫是落空了。

「總是一團糟，總是壞運氣的啊！」

他突然又慢慢的抬起頭來，恍惚的、濛濛的微笑起來，慢慢說出這樣的句子來，像唱歌，像低泣，又像嘆息。

當然，我的心靈受到了很大的震動，驚異的呆望著他，那張悲愁的臉，那個表情，終其一生，我都不能夠忘記吧！

那時，窗口站著的一個軍人突然向我招手，隔著老遠，大聲喊著：「是二十六號嗎？快來吧！」

我驀然驚覺，跳了起來，那個流浪漢也驚跳了起來，我匆匆忙忙的往售票窗口跑去。

「等妳二十六號好久了。」窗口的小姐埋怨起來。

「對不起，我沒注意。」

「哪裏？」

「丹納麗芙，現在那班船，帶車，牌子是西亞特一二七。」

售票小姐很快的開了票，向大門的方向努努嘴，說：「去那邊付錢，一千五百塊。」

我不敢回頭，往第一個小窗口走去，遞進去兩張千元大鈔。

那時我內心掙扎得很厲害。我的意念要掙脫自己做出相反的事情來。

兩百塊錢只是一杯汽水，一個牛肉餅的價錢，只是一雙襪子，一管口紅的價錢，而我，卻在這區區的數目上堅持自己美名「原則」的東西，不肯對一個可憐人伸出援手。萬一，那個流浪的人說的都是真話，而我眼看他咫尺天涯的流落在這裏，不肯幫他渡過海去，我的良知會平安嗎？我今後的日子能無愧的過下去嗎？

「喂！找錢！」窗內的小姐敲敲板壁，叫醒了在窗前發愣的我。

「快去吧！時間不多了！」她好意的又催了一句。

我抓起了船票和找回來的零錢，一甩頭，衝了出去，船要開了，不要再猶豫這些無聊的事了。

夜來了，雖然遠遠的高樓燈火依舊，街上只是空無一人，夜間的港口，更是淒涼。大玻璃窗就在我身後，我剛剛才走出船公司，一直告訴自己，不要回頭，不要去理那一絲絲牽住我心的什麼東西，綠燈馬上要轉亮了，我過街，拿車，開去碼頭，上船，就要渡到對岸去了。

可是我還是回了頭，在綠燈轉亮，我跨過街的那第一步，我突然回了頭。

在那個老舊的大廳裏，流浪的人好似睡去了一般動也不動，垂著眼瞼，上身微微向前傾著，雙手鬆鬆的攤放在膝蓋上，目光盯在前面的地下，悲苦和憂傷像一個陰影，將他那件水紅的襯衫也弄褪了顏色，時間，在他的身上已經永遠不會移動了，明天的太陽好似跟這人也不相干了。

我覺得自己在跑的時候，已經回到大廳裏了，正在大步向那個人跑去，踏得那麼響的步子，都沒有使他抬起頭來。

「這個，給你。」我放了五百塊錢在他手裏，他茫茫然的好似不認識我似的對著我，看看錢，他還是不相信，又看看我，又看錢。

「去買些熱的東西吃吧！」溫和的對他輕輕的說。

「妳——」他喃喃的說。

「下次再向人藉口要錢的時候，不要忘了，從大迦納利島去丹納麗芙的船票是五百塊，不是兩百。」我誠懇的說。

「可是，我還有三百在身上啊！」他突然愉快的喊了起來。

「你什麼？」我簡直不相信自己的耳朵。

「這不就是了嗎？」他又喊著。

我匆匆忙忙再度跑了出來，時間已經很緊迫了，不能再回過去想，那個人最後說的是不是又是一個謊話，他實在是一個聰明的人，被我指破了他的漏洞，馬上說他還有另外三百塊在身上。

急急的闖進碼頭，開過船邊鋪好的跳板，將車子開進船艙，用三角木頂住輪胎，後座拿出大披風來，這才進了電梯上咖啡室去。

買了牛奶、夾肉麵包，小心的托著食物，推了厚重的門，走到外甲板上去。

那時，乘客已經都上來了，船梯下面，只有一個三副穿著深藍滾金邊的制服踱來踱去。船上的鈴響了，三副做手勢，叫人收船梯。

那時候，在很遠的碼頭邊，一個小影子，拚命揮著一張船票，喊著，追著，往這邊跑過來，我趴在船舷上往下看，要收的船梯又停下來等了。

那個人，跑近了，上了梯子，彎著腰，拚命的喘氣，拚命的咳。

當我再度看見那件水紅色的襯衫時，驚駭得手裏的麵包都要掉到水裏去了，上天饒恕我，這個人竟是真的只要一張船票，我的臉，因為羞愧的緣故，竟熱得發燙起來。

他上船來了，上來了，正站在我下一層的甲板上，老天爺，我怎麼折磨了一個真正需要幫助的靈魂，這一個晚上，我加給了這個可憐的人多少莫須有的難堪，而他，沒有騙我，跟他說的一色一樣——只要兩百塊錢渡海過去。

那個人不經意的抬了抬頭，我退了一步，縮進陰影裏去，饒恕我吧，我加給你的苦痛，要收回已是太遲了。

船乘風破浪的往黑暗的大海裏開去，擴音機輕輕的放著一首西班牙歌：

「請你告訴我——
為什麼，為什麼
這世上
有那麼多寂寞的人啊——」

夜，像一張毯子，溫柔的向我覆蓋上來。

石頭記。

那幾天海浪一直很高，整片的海灘都被水溺去了，紅色警示旗插得幾乎靠近公路，遊人也因此絕跡了。

我為著家裏的石頭用完了，忍不住提了菜籃子再去拾些好的回來。

其實，那天早晨，那個人緊急煞了車從路上往海邊奔來時我是看見的，還看見他舉著雙手，我茫茫然的看了他一眼，覺得這跟我沒有關係，就又彎下腰去翻石頭了。

再一抬頭，那人已閃電也似的奔到我面前來了，他緊張的臉色似乎要告訴我什麼，可是他卻來不及說話，抓住我的手返身就跑，我踉蹌的跟了幾步，幾乎跌了一跤，亂扭著手腕想從這個陌生人的掌握裏掙脫出來，他越發的拉緊我向公路上拖，一面快速的回過臉，向我哇哇亂喊，身後的大海萬馬奔騰，哪裏聽得清他在叫什麼。那個人的表情十分恐怖，我看了很怕，莫名其妙的跟著他捨命的跑了起來。

這人再跑了幾步，突然回過身來，用雙臂環抱著我，在我耳邊叫喊著：「來了，拉住我。」

我也回身向背後的海望去，這才發現，天一般高的大浪就在我眼前張牙舞爪的噬了上來，我知道逃不過了，直直的嚇得往後仰倒下去，一道灰色的水牆從我頭頂上嘩的一聲罩了下來，那一霎間，我想我是完了，緩緩的閉上了眼睛。

在水裏被打得翻觔斗，四周一片的昏暗，接著一股巨大的力量將我向外海吸出去，那在身後死命抱住我的手臂卻相反的把我往岸上拖，我嗆著水想站起來，腳卻使不出氣力，浪一下退遠了，我露出了頭來，這又看見另外一個人急急忙忙的踏著齊胸的水伸著手臂向我們又叫又喊的過來。

「快，下一浪又要來了！」拖住我的那個人大喊著。

兩個人挾著我出了水，一直拖到快上了公路才將我丟了下來。

我跌坐在地上不停的嗆，牙齒不住的格格的抖著，細小的水柱從頭髮裏流進眼睛裏去。

「謝謝！」我嗆出這句話，趴在膝蓋上驚天動地的咳起來。

救命的兩個人也沒比我鎮靜多少，只是沒有像我似的癱在地上，其中的一個用手捂著胸口，風箱似的喘著。

過了好一會兒，那個中年人，第一個下水救我的不太喘了，這才大聲向我叱罵起來。

「要死啊！那麼大的浪背後撲上來了，會不知道的？」

我還是在發抖，拚命搖頭。

中年人又喊：「昨天這裏捲走兩個，妳要湊熱鬧不必拉上我，我打手勢妳看到了，為什麼不理，嗯？」

我抬起頭來呆呆的望著他，他滿面怒容的又喊：「嗯，為什麼？」

「對不起，對不起，真的不是故意的，對不起。」我哀叫起來，恨不得再跳下水去，如果這個人因此可以高興一點。

「喂，妳的籃子。」另一個後來跑上來幫忙的年輕人把菜籃拾了過來，放在我腳邊，他全身也溼透了。

「那麼早，在撿螃蟹嗎？」他好奇的問著。

我偷偷瞄了在擰溼衣服的中年人一眼，心虛的輕輕回答：「不是。」

籃子裏躺著圓圓的十幾塊海邊滿地都是的鵝卵石。

中年人還是聽到了我們的對話，伸過頭來往籃內一探，看了不敢相信，又蹲下去摸了一塊在手裏翻著看，又看了半天，才丟回籃子裏去，這才做出了個「我老天爺」的姿勢，雙手捂著太陽穴，僵著腿，像機器人似的卡拉一步，卡拉又一步，慢慢的往他停在路邊的紅色汽車走去，連再見都不肯講。

「先生，請留下姓名地址，我要謝您。」我慌忙爬了起來，追上去，拉住他的車門不放。

他嘆了口氣，發動了車子，接著又低頭看了一眼全身滴水的衣服，疲倦的對我點點頭，說：「上帝保佑妳，也保佑妳的石頭，再見了！」

「上帝也保佑你，先生，謝謝，真的，謝謝！」我跟在車後真誠的喊著，那位先生臉上的表情使我非常難過，他救了我，又覺得不值得，都寫在臉上了。

「唉，他生氣了！」我望著遠去的車子喃喃的說著。

身旁的年輕人露出想笑的樣子，從我籃子拿了一塊石頭出來玩。

「撿石頭做什麼？」他問。
「玩。」我苦笑了一下。
「這麼好玩？」他又問。
我認真的點點頭。
「把命差點玩掉囉！」他輕輕的半開玩笑的說。接著吹了一聲長哨，把他的狗喚了過來，雙手將溼衣服抖一抖，就要走了。
我趕快跑上去擋住他，交纏著手指，不知要如何表達我的謝意，這樣陷害人家，實在太說不過去了。
「我賠你衣服。」我急出這一句話來。
「沒的事，一下就乾了。再見！」他本來是要走的，這時反而小步跑開去了，臉紅紅的。人都走了，剩下我一個人坐在路邊，深灰色的天空，淡灰色煙霧騰騰翻著巨浪的海，黑碎石的海灘颳著大風，遠方礁石上孤零零的站著一個廢棄了的小燈塔，這情景使我想起一部老電影「珍妮的畫像」裏面的畫面。又再想，不過是幾分鐘以前，自己的生命，極可能在這樣淒涼悲愴的景色裏得到歸宿，心中不禁湧出一絲說不出的柔情和感動來。
回家的路上，大雨紛紛的落下來，滿天烏雲快速的遊走著，經過女友黛娥的家，她正抱著嬰兒站在窗口，看見我，大叫了過來：「啊，清早七點多，夢遊回來了嗎？」
「還說呢，剛才在下面差點給浪捲掉了，妳看我，臉都嚇黃了。」拉起溼溼的頭髮給她看。

的說。

「活該！」她笑了起來。

「妳看，撿了十幾塊。」我把籃子斜斜的傾下來給她看。

「真是神經，起那麼早，原來是在搞這個。」她驚嘆著。

「根本還沒睡過，畫到清早五點多，荷西去趕工，我也乾脆不睡到海邊去玩玩。」我認真的說。

「什麼時候才畫得完，我的那塊輪到什麼時候？」黛娥又急切的叫了過來。

「我也不知道呢，再見了！」迎著大雨快步跑回家去。

去年耶誕節的時候，我的一個女友送了我一大盒不透明水彩，還細心的替我備了幾支普通的畫筆。

老實說，收到這樣的東西，我是不太開心的，它只能算一件工具，一份未完成的禮物，還得自己再加創造才知道它會成什麼樣子。

當時，我馬上把很多用白線縫過的衣服翻了出來，細細的調出跟衣料一樣的顏色，將它塗在不襯而刺眼的白線上，衣服一下變好看了很多。

後來，我碰到了這個送顏料的女友，就把牛仔褲管下面自己縫的地方給她看，告訴她藍色的線原是白的，是她的顏料塗藍的。

我的女友聽了我的話十分窘迫的說：「三毛，送妳顏料是希望妳再畫畫兒，不是給妳染白線用的；縫衣服，街上賣線的地方很多——」

我聽了這話就認真的思索了一會兒，畫畫我是再也不會做了，上輩子的事不能這輩子再扯回來。

所以我只是望著這個女友笑，也不說什麼。

後來我一個人去港口看船，無意間發覺一家小店竟然在賣畫好的鵝卵石，比青果還小的一枚小石頭，畫得五顏六色，美麗非凡，我看了好歡喜，忍不住買下了一塊，回來後，把玩不已，心裏又掛念著那些沒有買回來的。第二天清晨又跑去看，又忍不住帶回來了另一塊，黃昏又去了一趟，這次是跟女友黛娥一起去的，結果又是買了一塊回來，三塊石頭，花掉了一星期的菜錢。

「妳如果吃石頭會更高興對不對？」黛娥問我，我舉著石頭左看右看，開心的點頭。

「自己畫嘛，這又不難。」黛娥又說。

我被她一說，不知怎的動了凡心，彩石太誘人了！

海灘就在家的下面，石頭成千上萬。

第一天決心畫石頭，我只撿了一塊胖胖的回來。

完全不知道要畫什麼，多年不動畫筆，動筆卻是一塊頑石，實在不知道為了什麼有這份因緣。

「這不是藝術，三毛。」荷西好笑的說。

「我也不是畫家。」我輕鬆的答著。

夜來了，荷西睡了，我仍然盤膝坐在地上，對著石頭一動不動的看著——我要看出它的靈魂來，要它自己告訴我，藏在它裏面的是什麼樣的形象，我才給它穿衣打扮。

靜坐了半夜，石頭終於告訴了我，它是一個穿紅衣服黑裙子，圍著闊花邊白圍裙，梳著低低的巴巴頭，有著淡紅雙頰深紅小嘴，胸前繡著名字，裙上染著小花的一個大胖太太，她還說，她叫——「芭布」，重九十公斤。

我非常歡喜，馬上調色，下筆如同神助，三小時之後，胖太太芭布活龍活現的在石塊上顯了出來，模樣非常可親，就是她對我形容的樣子，一點也不差。為了怕她再隱進去，我連忙拿亮光漆輕輕的在石上拂過，把她固定，顏色就更鮮明起來了，竟然散發著美麗靈魂的光澤。

我的第一塊彩石，送給荷西，他沒有想到一覺睡醒粗陋的小石頭變成了一個胖太太，這樣驚人的魔術使得我們兩人都歡喜得不知怎麼才好，我一提菜籃，飛奔海灘，一霎間所有的石頭都有了生命，在我眼前清清楚楚的顯現出來。

「照什麼畫的，照什麼畫的？」黛娥來看了，也興奮得不得了，叫個不停。

「石頭自己會告訴妳該畫什麼，只要妳靜下心來跟它講話，不用照畫冊的。」當時我正彎著頭細心的在一塊三角形的石頭上畫一個在屋頂煙囪上築巢的鸛鳥，石塊太小，我以極細的小點代替了線條，這樣遠看上去是非常有詩意的。

「石頭會跟妳說話？」黛娥呆了。

「國王有新衣嗎？」我反問她，她馬上搖頭。

「在我，這個童話故事裏的國王是穿著一件華麗非凡的新衣服的。」我笑著說。

「當然，有想像力的人才看得見。」我慢慢的又加了一句。

黛娥急急忙忙拿起一塊圓形的石頭來，歪著頭看了一會，說：「沒有，它不說話，不過是塊石頭罷了。」

「對妳是石頭，對我它不是石頭。」

那是今年一月的對話。

二月時，我畫完了顏料，我用光了一小罐亮光漆，我不斷的去海邊，日夜不停的默對著石頭交談，以前，石頭是單獨來的，後來它們一組一組來，往往半個月的時間，夜以繼日的畫個不停，只畫出了一組幾塊小石頭而已，石頭大半都有精緻高貴的靈魂，我也不煩厭的一遍又一遍仔細到沒有法子再仔細的、完美的去裝飾它們。

有一天，我把石頭放好，對著自己畫出來的東西嚴格的審視了一遍，我突然發覺芭布不知怎的那麼不整齊，圍裙原來是歪的，眼睛又有點斜白眼，那隻鸛鳥腿好像斷了一般不自然，長髮少女表情扭捏做態，天鵝的脖子打結了一般，小鹿斑比成了個四不像，七個穿格子裙的蘇格蘭兵怎麼看都有嫌疑是女人裝的，美麗的咕咕鐘看來看去都是一隻蛋糕——

我非常的傷心，覺得石頭們背叛了我，以前畫它們時，沒有看出這些缺點的啊。

想了一夜，第二天把石頭都丟回海裏去了。

黛娥聽說這麼多美麗的彩石都被丟掉了，氣得跺腳。

「不要氣，不過是石頭罷了。」我笑著說。

「對我，它們不是石頭。」她傷心的說。

「啊，進了一步，見石不是石了。」我拍手嚷了起來。

不合意的東西，是應該捨棄的。不必留戀它們，石頭也是一樣，畫到有一天，眼睛亮了，分辨出它們的優劣，就該把壞的丟掉，哪怕是一塊也不必留下它來。

我不知不覺的一日復一日的沉浸在畫石的熱情裏，除了不得已的家事和出門，所有的時間都交給了石頭，不吃不睡不說話，這無比的快樂，只有癡心專情的人才能瞭解，在我專注的靜靜的默坐下，千古寂寞的石魂都受了感動，一個一個向我顯現出隱藏的面目來。

有時候，默對石頭一天一夜，它不說話，我不能下筆。有時下筆太快，顏色混濁了，又得將它洗去再來，一塊石頭，可以三小時就化成珍寶，也可以一坐十天半月沒有結果。

呼喚它是最快樂了，為它憔悴亦是自然得不知不覺。有一天，我筆下出現了一棵樹，一樹的紅果子，七隻白鳥繞樹飛翔，兩個裸體的人坐在樹枝濃蔭深處，是夜晚的景色，樹上彎彎的懸了一道新月，月光很淡，雨點似的灑在樹梢……

荷西回來，見到這幅文字再也形容不出來極致的神秘的美，受了很大的感動，他用粗麻繩圈了一個小盤托，將這塊石頭靠書架托站了起來。

「三毛，伊甸園在這裏。」他輕輕的說，我們不敢大聲，怕石裏面幸福的人要驚醒過來。

後來，我放棄了過分小巧的石頭，開始畫咖啡杯口那麼大的，我不再畫單一的形象，我畫交纏的畫面，過去不敢畫太清楚的人臉，現在細緻憂傷的表情也有把握了，藏在石頭裏的靈魂大半是不快樂的，有一個仰著亂蓬蓬的頭髮口裏一直在叫：「哦——不——哦——不——」

另有一個褐衣面帶微笑的小女孩，在畫她時，她心裏一直在喊：「救命——救命——救命——」我聽見了，用英文字在她的畫像上圍了一圈「救命——救命——救命——救命——」

還有一個音樂師帶了一隻雞坐在紅色的屋頂上拉小提琴，音符在黃黃紅紅的大月亮上凍住了，那是一塊正方形的石頭裏的靈魂。

我不斷的畫，不斷的丟，真正最愛最愛的，不會超過五六塊，我不在乎多少，我只要最好的。

黛娥住在家附近，她每次都帶了兩個孩子來看我，我一聽見她嬰兒車的聲音，就跳起來把最寶貴的一批石頭藏進衣櫃裏去。

打掃的女工每星期來一次，來了也是拿塊抹布在我身邊看畫看癡了似的，我付房租時幾次對公寓的管理人說，我不要人服侍，可是公寓是一起收費的，不要工人也不行。

那天我在海邊「鬼門關」裏回來之後一直很不開心，做什麼都不帶勁，工人馬利亞來打掃，發現我居然不坐在桌前畫石頭，十分意外，我又重複了一遍什麼臉也嚇黃了，差點撿石頭溺死了的話給她聽。

「不要再畫了，這麼弄下去總有一天要送命的，山上沒有石頭嗎？」她聽了關心的嚷起來。

「海邊石頭細、圓，山上沒法比的。」我嘆了口氣，等她桌子一擦好，習慣性的又坐了下去，順手摸了一塊石頭來，又癡癡的看起來。

「妳難道靠這個吃飯嗎？」馬利亞無可奈何的嘆息起來。

天下多少真正的藝術家，就因為這份情癡，三餐不繼，為之生、為之死都甘願，我的熱情和才華，比較起他們來，又是差太多了，而馬利亞想的還是吃不吃飯的問題，她不知道，世上有一種人是會忘記吃飯的。

我很珍愛少數幾塊被我保存下來的石頭，是我畫了幾百塊石頭裏面挑出來的最極品。對我，它們有靈魂，有生命，有最細的技巧，最優美的形狀和質地，只要握這石頭中間任何的一塊，我的心真會不知怎麼的歡欣感動起來，它們是自己與我交談了很久很久，才被我依照它們想要的外形畫出來的。

為了這十一塊石頭，我買下了一個細小的竹籃子，裏面鋪上了紅色的絨布，輕輕的蓋著我的寶貝，絕對不輕易展示給別人看，每天起床，我總是拿了它們，坐在陽台上曬著太陽，輕輕的拂擦它們已被亮光漆保護得很好的顏色，這種幸福，是沒有東西能夠代替的。

復活節來了，過去我們居住在大迦納利島的鄰居來了一大家，要在丹納麗芙度四天假，迦納利群島的大家族來起來總是一群十幾個的，他們突然來看我，我自然十二分的高興，奔了出去買食物和成箱的啤酒，又去海邊通知荷西叫他早回來，亂了一陣才抱著大批烤雞回家。

腳沒上樓，就聽見一向只有鳥叫點綴的安靜公寓吵得成了大菜場，德國老太太嚇得拉住我拚命指我們的門。

「不要怕，是我的朋友們來了，只吵一下午就走。」我愉快的安慰她，她結果還是做出了憤怒的表情。

衝進門去，啤酒發給男人們喝，幾個年輕女人們一起湧進小廚房來幫忙，又擠又笑，不停的講話，愉快得不得了。

這時候，其中有一個洛麗說：「三毛，妳那一籃石頭是自己畫的還是人家給的？真好看。」

我開罐頭的手突然停住了，來不及回答，匆匆往客廳走，身邊四個十歲以下的小男孩野人打戰似的穿來穿去。

我的石頭，我的命根，被丟了一地，給大人踩來踩去，小孩子撿了在玩，其中一個很小的胖男孩，洛麗的兒子，居然把我視為生命歸宿的那塊伊甸園拿在嘴裏用牙齒啃，我驚叫一聲撲上去捨命搶了下來，小孩尖叫狂哭，女人們都奔出來了。

「什麼都可以拆，可以動，這些石頭不行。」我對圍過來的孩子們大嚷，把聚攏來的石頭高高的放在書架最上一層。

「難怪三毛緊張，這些石頭實在是太美太美了。」洛麗的妹妹班琪嘆著氣，無限欣賞的說。

接著她說出了我已經預料得到的話：「給我一塊，我那麼遠來看妳。」

「妳要，以後替妳畫，這幾塊絕對不可能。我一生再也畫不出比這十一塊更好的石頭了。」

班琪也不再爭了，可是壞壞的笑著，我有些不放心，把石頭又換到抽屜裏去。

後來大夥兒就吃飯了，亂烘烘的吃，熱鬧得一塌糊塗，說話得叫著說才聽得見。

這些好朋友，一陣旋風似的來，又一陣旋風似的走了。

我那日被搞得昏頭轉向，石頭就忘記了。

直到第二天，想起藏著的石頭，拉開抽屜把它們請出來，才發覺好像少了三塊。

我心跳得不得了，數了又數，一共是七塊，少了四塊，整整的四塊，我完全記得它們是什麼，它們是一個流淚的瘦小丑，一個環著荊棘的愛神，一整座繞著小河的杏花村，還有那個一直在叫救命的微笑小女孩。

我的心差點啪一下碎成片片。班琪偷走了我四個靈魂。

我難過了很久很久，決定這餘下來的七塊石頭要鎖到銀行保險庫裏去，絕對不給任何人看了。

我們租的保險櫃在大迦納利島的中央銀行，裏面放了一些文件，還有幾枚母親給我的小戒指，其他沒有東西了，我們暫時搬家時，也用不著去開。

一時不回大迦納利島去，我的七塊寶石就用報紙包好，放在一個塑膠袋裏，再藏在床底下，對馬利亞，我一再的說，床下的是石頭，不要去動它，我再也不去拿出來給人看了。

有一天早晨，我先去買菜，買好菜又轉去公寓管理處付房租，跟收款的先生隨口聊著天氣，他說：「這一陣很多人感冒，馬利亞今天也沒上工，說是生病了。」

「啊！那我回去打掃。」我說著站了起來。

「不要急，有替工的，正在妳房裏掃呢。」

我突然有些不放心，急急的走了出來，快步往家裏走去，還沒到，就聽見吸塵器的聲音，心裏一塊鉛遽然的落了下來。

「早啊！」我笑著踏進房，看見一個很年輕的女孩子在吸塵，她人在，我總放心了。

為了不妨礙她工作，我關上了廚房的門，沖了一杯紅茶，要丟茶袋時，發覺昨天的垃圾已經倒掉了，這不是馬利亞的習慣。

我心裏又有點發麻，鎮靜的慢慢走進臥室，彎下腰來看看我的石頭還在不在，可是床下除了地毯之外，還是地毯，我的石頭，不見了！

我雙手撲進床底下亂摸，又趴了下去，鑽了進去找，袋子沒有了，什麼地方都沒有。

我衝了出去，喊著：「床下的口袋呢？」

「剛剛垃圾車經過，我連同廚房的垃圾、床下的報紙一起趕著丟掉了。」細聲細氣的回答著。

沒有再聽下去，我一口氣飛下了樓，哪裏還有垃圾車的影子。

當時我實在不知道要去哪裏，我激動得很厲害，清潔工人沒有錯，我不能這樣上樓去嚇她罵她，我衝到黛娥家去，她不在，我就一直衝，一直衝，直到了海邊，衝進礁石縫裏，撲在一塊大黑石頭上驚天動地的哭了起來，哭了很久很久，沒了氣力，這才轉過身，對著大海坐了下來。

風呼呼的吹了起來，海水嘩嘩的流著，好像有聲音在對我說：「不過是石頭！不過是石頭！」

我聽見這麼說，又流下淚來，呆呆的看著海灘上滿滿的圓石子，它們這一會，都又向我說話了：「我有一塊石頭，它不是屬於任何人的，它屬於山，它屬於海，它屬於大自然……怎麼來的，怎麼歸去——」

我不相信石頭對我說的話，我撿拾它們時曾經幾乎將生命也付了上去，它們不可能就這樣的離開我。

我一直在海邊坐到夜深，月亮很暗，星星佔滿了漆黑的天空，我抬起頭來嘆息著，突然看見，星星們都退開了，太陽掛在天空的一邊，月亮掛在天空的另一邊，都沒有發光，中間是無邊深奧的黑夜，是我失去的七塊彩石，它們排列成好似一柄大水杓，在漆黑美麗的天空裏，正以華麗得不能正視的顏色和光芒俯視著地下渺小哀哭的我。

我驚呆了，望著天空不能動彈，原來是在那裏！我的身體突然輕了，飛了出去，直直望著天空，七塊石頭越來越近，越來越大，它們連成一隻大手臂，在我還沒有摸觸到其中的任何一塊時，已經將我溫柔的擁抱了進去。

三毛一生大事記。

● 本名陳平，浙江定海人，民國三十二年三月二十六日（農曆二月二十一日）生於四川重慶。

● 幼年期的三毛即顯現對書本的愛好，小學五年級時就在看《紅樓夢》。初中時幾乎看遍了市面上的世界名著。

● 初二那年休學，由父母親自悉心教導，在詩詞古文、英文方面，打下深厚的基礎。並先後跟隨黃君璧、邵幼軒、顧福生三位畫家習畫。

● 民國五十三年，得到文化大學創辦人張其昀先生的特許，到該校哲學系當旁聽生，課業成績優異。

● 民國五十六年再次休學，隻身遠赴西班牙。在三年之間，前後就讀西班牙馬德里大學、德國哥德書院，在美國伊利諾大學法學圖書館工作。對她的人生歷練和語文進修上有很大的助益。

● 民國五十九年回國，受張其昀先生之邀聘，在文大德文系、哲學系任教。後因未婚夫猝逝，她在哀痛之餘，再次離台，又到西班牙。與苦戀她六年的荷西重逢。

● 民國六十三年，於西屬撒哈拉沙漠的當地法院，與荷西公證結婚。

● 在沙漠時期的生活，激發她潛藏的寫作才華，並受當時擔任聯合報主編平鑫濤先生的鼓勵，作品源源不斷，並且開始結集出書。第一部作品《撒哈拉的故事》在民國六十五年五月出版。

- 民國六十八年九月三十日，夫婿荷西因潛水意外事件喪生，三毛在父母扶持下，回到台灣。
- 民國七十年，三毛決定結束流浪異國十四年的生活，在國內定居。
- 同年十一月，聯合報特別贊助她往中南美洲旅行半年，回來後寫成《千山萬水走遍》，並作環島演講。
- 之後，三毛任教文化大學文藝組，教〈小說創作〉、〈散文習作〉兩門課程，深受學生喜愛。
- 民國七十三年，因健康關係，辭卸教職，而以寫作、演講為生活重心。
- 民國七十八年四月首次回大陸家鄉，發現自己的作品，在大陸也擁有許多的讀者。並專誠拜訪以漫畫《三毛流浪記》馳名的張樂平先生，一償夙願。
- 民國七十九年從事劇本寫作，完成她第一部中文劇本，也是她最後一部作品《滾滾紅塵》。
- 民國八十年一月四日清晨去世，享年四十八歲。
- 民國八十九年七月三毛遺物入藏國立文化資產保存研究中心籌備處。現址為台南市中西區中正路一號國立台灣文學館。
- 民國八十九年十二月在浙江定海成立三毛紀念館，由杭州大學旅遊研究所教授傅文偉夫婦籌劃。
- 民國九十九年《三毛典藏》新版由皇冠出版。

❶ 撒哈拉歲月。

明明是一片陌生的大地，卻似前世回憶的鄉愁在呼喚她！

掀起「三毛熱」的撒哈拉故事！流浪文學最經典的代表作！

彷彿走進另外一個世界的幻境，我無法解釋的墜入它的情網，再也離不開這片沒有花朵的荒原了！

旅行在三毛的年代並不是一件很容易的事，她卻大膽的到撒哈拉沙漠那種落後地區居住，足見其勇敢築夢的個性。而撒哈拉的歲月也讓她真正踏上了寫作之路，掀起轟動整個華人世界的三毛旋風！透過她的細膩觀察和生花妙筆，單調的沙漠化為豐富多變的神秘國度；尤其她那種悲憫的胸襟，更把人性的光燦刻劃得教人泫然欲淚，至今讀來仍盈滿了對生命的熱情，難怪這些故事的影響力能夠歷久不衰！

❸ 夢中的橄欖樹。

從沙漠流浪到海島的眞愛，化爲感動的星光，燦亮到永恆！

三毛在迦納利群島後期的生活點滴，以及失去摯愛荷西後的心情！

人生帶來許多的愛，又留下許多的愛。就像記憶中那棵美麗的橄欖樹，如夢似幻又那麼真實……

從撒哈拉沙漠搬到迦納利群島，三毛的生活依然充滿繽紛的樂趣，她對待朋友的一片赤誠和灑脫個性也始終沒改變。但命運卻是無常的，荷西的悲劇在三毛心中刻下了不可抹滅的傷痕，幾乎擊垮了她！但最終三毛卻仍能堅強的面對這一切考驗，並將所有思念與感傷，用最真摯的心塗在紙上，化為更深刻的領悟！

❹ 快樂鬧學去。

這樣轟轟烈烈的校園生活，眞的只有用「鬧學」才能形容！

三毛從小到大讀書求學的曲折過程和精采故事！

如果教室像美術館、像遊樂場，上課是和名畫約會、騎著旋轉馬嬉戲，那誰不希望天天都是讀書天?!

因為早熟與敏感，三毛從小到大的求學過程也非常與眾不同。她曾逃學去墳墓堆啃閒書、演場話劇就以為自己戀愛了……特立獨行的作風令人瞠目結舌！長大後她到各國遊學，更是發生許多「驚采」故事，而三毛始終貫徹她的勇氣、幽默、正義感與想像力，把她的「鬧學」生涯過得淋漓盡致，也讓我們在字裏行間跟著她一起大開眼界！

❺ 流浪的終站。

流浪遠方的夢與愁，總是繫著對故鄉最深切的依戀與牽掛！

三毛寫故鄉人、故鄉事，和許許多多不滅的心靈塵緣！

人如飛鳥，在花花世界裏翺翔。
但我難捨難忘的終站，就在你們身旁……

本書收錄三毛追憶摯愛的親友家人以及回到台灣後的生活點滴。三毛的散文有的讀來像小說，〈江洋大盜〉中她把自己比喻作到處偷文學偷藝術的空心人、〈雨禪台北〉她說長久以來學會穿著溜冰鞋在天空飛翔；有的令人莞爾，〈愛馬落水之夜〉和〈狼來了〉寫她開車闖禍的糗事、〈求婚〉寫從小學開始的戀愛故事；有的又帶著濃濃感傷，〈週末〉寫獨自在家的相思、〈送你一匹馬〉寫受到瓊瑤鼓勵而重新面對生命……篇篇充滿細膩的觀察和真摯的感受，也牽動著讀者的心，讓我們忍不住跟著三毛一起同悲同喜！

❻ 心裏的夢田。

燃燒一個人的靈魂的，
正是對生命的愛，那是至死方休！

三毛的青春歲月及心靈札記！

用最真的心，在那畝小小的田裏，
種下了往昔、夢想，與滿滿的快樂……

本書收錄三毛從年少到後期的作品，很明顯的可以看出她文風的轉變及心路的轉折。結束異鄉生活後，三毛回台教學，她那種全力付出、燃燒自我的熱誠令人動容！而經歷了生命中的風風雨雨，三毛更有智慧與想法了，但不變的是她依然歡天喜地的把生活記錄下來，也讓我們從中學習到像她那樣享受生命每一瞬間的快樂。

❼ 把快樂當傳染病。

她不講大道理，只是自自然然的寫出眞心，
讓人不能不接受她的善意與愛！

親愛的三毛與讀者談心的療癒之作！

我喜歡把快樂當成一種傳染病，
每天將它感染給我所接觸的每一個人……

三毛的文章感動了全世界無數讀者，每天向三毛求助、求教的信件也不斷的如雪片般寄來。讀者的問題包括家庭、感情、學業等各種困擾，甚至還有人請她幫小孩取名字、問她怎麼學習外語……但她總是耐心細閱，一一回覆，從不說教，也絕不刻意討好，而是把每個來信的讀者都當作朋友，挖心掏肺的分享她的看法，並提出具體的建議，真心誠意自然的流露在字裡行間，令人感動之餘，也從中獲益良多！

❽ 奔走在日光大道。

以夢幻騎士的精神遊走四方，
感受著沒有國界與種族之分的友愛！

流浪的三毛，最精采動人的旅行見聞！

我奔走在一段段旅程中，感受前世今生交錯的悲愁！但人間的溫情又讓我恍如置身在日光大道，那般喜悅……

在經歷一場與荷西的生離死別之慟後，三毛應邀到中南美洲旅遊，並重新開始寫作。這趟旅程不時充滿危險困難，但三毛卻總是以一種超凡的膽勢與敏銳的心思去體驗，並反映在她的筆下成為一篇篇動人的報導，也充分展現出她勇敢熱情、積極樂觀的生命力！

❾ 永遠的寶貝。

因爲和人的接觸，才讓這些物品
成爲無價之寶，以及永恆的印記！

三毛最鍾愛的收藏品故事以及各時期私相簿！

它們帶著一個個故事，從四面八方來與我結緣，融入了我生命的軌跡……

三毛寫她的「寶貝」，是抱著一貫的心態：把生活中的片段記錄下來。她希望讀者把這些片段當成「床邊故事」，看一個圖片，聽一個故事，然後愉快的安眠。其實，我們不只讀到了趣味又溫馨的故事，也不只明白這些物品的來歷、體會到三毛對美的欣賞，更重要的是她對人情事物的疼惜和珍愛，教人深深感動！

國家圖書館出版品預行編目資料

稻草人的微笑／三毛 著.
-- 初版. -- 臺北市：皇冠, 2011.1
面；公分. --（皇冠叢書；第4066種）
（三毛典藏；2）

ISBN 978-957-33-2758-5（平裝）

855　　　　　　　99024655

皇冠叢書第4066種
三毛典藏 2

稻草人的微笑

作　　者—三毛
發 行 人—平雲
出版發行—皇冠文化出版有限公司
台北市敦化北路120巷50號
電話◎02-27168888
郵撥帳號◎15261516號
皇冠出版社(香港)有限公司
香港上環文咸東街50號寶恒商業中心
23樓2301-3室
電話◎2529-1778　傳真◎2527-0904
美術設計—王瓊瑤
印　　務—林佳燕
校　　對—邱薇靜・洪正鳳・金文蕙
著作完成日期—1988年
初版一刷日期(三毛典藏初版一刷)—2011年01月
初版十一刷日期(三毛典藏初版十一刷)—2017年08月
法律顧問—王惠光律師
有著作權・翻印必究
如有破損或裝訂錯誤，請寄回本社更換
讀者服務傳真專線◎02-27150507
電腦編號◎003102
ISBN◎978-957-33-2758-5
Printed in Taiwan
本書定價◎新台幣320元/港幣107元

• 三毛官方網站：www.crown.com.tw/book/echo
• 皇冠讀樂網：www.crown.com.tw
• 皇冠Facebook：www.facebook.com/crownbook
• 皇冠Instagram：www.instagram.com/crownbook1954
• 小王子的編輯夢：crownbook.pixnet.net/blog